U0570929

有一种力量，叫文学；

有一种美好，叫回忆；

有一种感动，叫青春；

有一种生命，在鲁院！

鲁迅文学院「百草园」书系

好好学习

李 阳 ◎ 著

HAOHAO XUEXI

江西高校出版社
JIANGXI UNIVERSITIES AND COLLEGES PRESS

本文集多以探讨人性本真需求和心灵成长历程为主线，追求真善美、传播正能量，追本溯源揭示存在于人物内心深处的彷徨与迷惑，展现小人物的真实人性和他们一心向善、向往光明的努力过程。

图书在版编目（CIP）数据

好好学习 / 李阳著. — 南昌：江西高校出版社，
2017.4（2020.7 重印）
（鲁迅文学院"百草园"书系）
ISBN 978-7-5493-5182-4

Ⅰ.①好… Ⅱ.①李… Ⅲ.①中篇小说—小说集
—中国—当代 ②短篇小说—小说集—中国—当代
Ⅳ.①I247.7

中国版本图书馆CIP数据核字（2017）第052292号

出 版 发 行	江西高校出版社	
社　　　址	江西省南昌市洪都北大道 96 号	
总编室电话	（0791）88504319	
销 售 电 话	（0791）88505573	
网　　　址	www.juacp.com	
印　　　刷	北京一鑫印务有限责任公司	
经　　　销	全国新华书店	
开　　　本	700mm×1000mm　　1/16	
印　　　张	14.5	
字　　　数	220 千字	
版　　　次	2017 年 4 月第 1 版	
	2020 年 7 月第 2 次印刷	
书　　　号	ISBN 978-7-5493-5182-4	
定　　　价	39.00元	

赣版权登字-07-2017-227

版权所有　侵权必究

图书若有印装问题，请随时向本社印制部（0791-88513257）退换

C目录
ontents

好好学习

一

上课前，贾心怡找了个教室后面的位置坐好后，翻开摊在桌子上的笔记本，按照课程表记录下授课标题和时间后，拿着钢笔心不在焉地摆弄着。想起昨天在去技工学校听课的路上，老班长说的那番话，她的好奇心被勾了起来，于是，她不动声色地四处扫了几眼。

教室里，陆陆续续来了一部分人。各自坐在平时习惯的位置上，很快就坐满了人，和往常一样，一时半会儿倒也没看出什么来。贾心怡坐在后面，对教室里的状况一目了然。

按说贾心怡不是一个好八卦的人，平时粗粗拉拉的，一副没心没肺的样子，为此闺蜜吴萍萍没少批评她，让她成熟点儿。贾心怡觉得自己心胸比较宽阔而已，无非是没有吴萍萍那点细致和缜密，可也没有吴萍萍说的那样幼稚。心大，那是大气，不算毛病。

思绪回到教室，贾心怡回忆起昨天大巴车上的情景。

当时大巴车刚出干部管理学院的大门，在行进的路上，老班长站起来，满脸严肃，皱着眉头，他单手扶住靠背椅，面冲着大家，清清嗓子说："我说几点，一会儿到了技工学校听课，不要大声喧哗，遵守技校的有关纪律要求。照理说这不用我叮嘱，但还是要强调一下，在学生们面前要树立形象。我们既是代表一个集体，也要代表个人素质。"

贾心怡原本看着窗外的风景。时至仲秋，道路两旁的白杨树叶子已经渐次转黄，低矮些的火炬树叶则开始泛红，更低矮的是冬青树，叶子依旧碧绿。据说这样种植是很科学的，平原风大，三个树种高低错落地挨在一起，形成一道密不透风的防护林，既美观又实用。若是在春夏两季，是看不出什么风景的，唯有到了秋天，树叶变成黄红绿三种各不相同的颜色，才显出防护林的美来。贾心怡观察窗外的风景，是想写一篇关于秋天的散文，讲散文写作课的老师说了，文章写得好或坏全在细节上，细节则来自于真实的生活。

一听老班长这么说，贾心怡便转过头看着他。

老班长五十多岁的样子，若不是穿件白衬衣，就冲他那一脸的褶子和黝黑，怎么看怎么像成天风吹日晒的农民，加上他普通话说得不好，有些口音，尽管咬字很清楚，还是透出一股子山东大葱味。

"这是一。二呢，你们都抓紧时间，赶紧把各自的联系方式报到学习委员老方那去，手机号、邮箱、微信号，做通讯录用。另外咱班要建立微信群，为方便大家联系。通讯录争取结业前发给大家，时间再不抓紧，就来不及了。"

"我的已经给老方了。"趁着老班长停顿的间隙，插话说的是萧远，挺精神的一个小伙子，二十六七岁，热情主动，属于班里的活跃分子。

"就你话多，没说你。大家都赶紧地。"胖乎乎的老方笑着道。老方和老班长年纪相仿，关系不错，不说话时，也老是满脸笑容，好像心里装不下那么多高兴事，都溢出来了，班里属他人缘最好。萧远跟老方走得比较近，所以老方说萧远时，也是半开玩笑半戏谑的口吻，透着他俩关系不错。

等老方和萧远不吭气了，老班长接着道："三，我再强调一下组织纪律。"说到这，老班长没来由地咳嗽了几声。

贾心怡盯着老班长的喉结，看着它在老班长脖子的皮肤下，上下窜动了几下。老班长抬手掩住嘴唇和下巴，等咳嗽过去了，放下了手。

"大家都知道，我们组织这次脱产学习不容易。要不是老社长面子大，上下斡旋，不可能这么快就举办了这个提高各位写作水平的培训班。"说到这里，老班长又停顿了一下。

贾心怡从老班长的脸上移开自己的眼睛，不再看老班长黝黑的脸，她把视线投向了车窗外。她觉得，班里肯定是发生了什么事。否则，面对这么多同学，还有司机，老班长不会反复敲警钟，强调纪律啊、素质啊，就跟要求中学生似的。

"我要说的是这个，男女同学之间啊，来往要掌握个分寸。有什么问题需要沟通，可以在教室里讨论的，就不要窜宿舍。"老班长继续说。他的话一字不漏都进了贾心怡的耳朵里。"剩下的，我就不多说了。别辜负了老社长的厚望。"

这番话，被老班长讲得既具体又含蓄，不过也没人搭腔，大巴车里原本放着音乐，这会被司机放大了声音，似乎掩盖了一些冷场。

老班长提到的老社长，是《莲城》杂志社的元老。贾心怡记得，杂志社最初就是老社长组建的，培养了一大批文艺骨干，现在很多文化部门的领导，当初都是从《莲城》开始发表豆腐块文章起步的。

莲城文化界，老社长可谓是桃李满天下，即使退休了，也是一呼百应的。

比如这次办的培训班，也是老社长临退休前，提出的最后要求，说要继续为莲城培养文艺新人点把火。

一群热爱文艺的人聚在了一起，朝夕相处，原本都是感性的，比起一般人来说或许情感要丰富一些，这也无可厚非。本来嘛，写文章的人本身，对各种外界事物就是特别敏感的，总能及时捕捉微妙的变化，这样才能写出好文章。但这才结识不到十天的时间，不至于这么快就发生了桃色事件吧？

可若无迹象，老班长应该不会说出那番话的。如果仅仅是捕风捉影的事情，老班长怎能当众一再提示呢？

贾心怡在自己心里打上了一个问号，估计即使去问老班长，他肯定也不会说出故事的男女主角是谁的。想起自己看过那么多阿加莎·

克里斯蒂的侦探小说，贾心怡决定不动声色地做个小侦探，她要破一破这起案子了。

二

　　莲城地处冀中平原腹地，因行政区图状若荷花，北部与白洋淀接壤，且辖区内多大大小小星星点点的水塘，水塘内荷花亦多，因此得名。

　　贾心怡在莲城中心学校教语文，课余时间喜欢写点小散文、诗歌，不时在《莲城》杂志上露个脸，算是莲城文艺界崭露头角的新人。

　　接到参加写作培训班的通知时，贾心怡刚到青岛。办培训班的事情，是早就听说了，但一直没有确定什么时候开班。贾心怡在学校工作，希望是暑假里参加培训，就不耽误开学上课。可是始终没有确切消息。等到临开学前一个星期，贾心怡想着再不出去，夏天就过去了，这才张罗带着老爹老妈外出转转。

　　莲城是平原，无山无海，没有见过大海的贾心怡一直想到海边去看看，采采风。

　　一家三口在青岛住到第三天时，贾心怡接到莲城宣传部干事的电话通知说，培训班9月1号开班，在莲城干部管理学院，时间二个半月。宣传干事解释说，之前迟迟没开班，是因为干部管理学院的老师们在放暑假，找不齐给培训班授课的老师。

　　可这样安排那就跟中学开学冲突了，这学期她教初一的语文课，贾心怡心想。只好回话说，能不能参加，得等回莲城后，跟校长和教务主任商定了，才能确认。

　　结束了青岛之旅，带着老爹老妈赶回莲城，去市委宣传部问询，才知道由于她没确定是否参加，她的名额已经被别人占了。

　　贾心怡便道，那也不要紧，她没课时，能去旁听就行。

　　宣传干事说，旁听不现实，培训班是封闭式管理，住在莲城干部管理学院，离贾心怡工作的中心学校远着呢！再说了，培训班是按人头支出的，吃喝住宿，都需要做预算，多一个人就多一份开销。

贾心怡一听，着急了。这个培训班是贾心怡盼望已久的，她知道《莲城日报》报社多年前举办过一期写作培训班，参加培训的那批人，后来很多人都在写作上有所建树，且都撰文说得益于那次参加写作培训班。

关于写作，贾心怡是有这个爱好的，她打小就喜欢读文学类的书籍，从沉溺于阅读到自己动手写一些散文，她暗自立志要当个作家。

她不想失去这个机会，恳求宣传干事通融一下，让她去参加培训。大约宣传干事看她心切，解释说他仅是办事员而已，做不了主，提示她倒是可以去找市委宣传部长，那是一个爱才的人。

事已至此，贾心怡再后悔当初不该去青岛游玩也没有用了。她只好硬着头皮，跑去找市委宣传部长，说明未能按时报到的缘由，强烈要求旁听，若是发生费用，由她自己负担。

之前，贾心怡并不认识宣传部长，只是参加培训这件事太吸引她了，她才斗胆请求。

宣传部长看贾心怡迫切的样子，问了她创作的文体、发表过哪些文章等，贾心怡一一作答，还表述了自己未来的写作计划。宣传部长听贾心怡讲述时，频频点头，他思忖半晌，随即打了一个电话，说明此事。估计是对方同意了，宣传部长挂了电话，对贾心怡说："告诉你一个手机号码，你们班班长的。你自己去联系吧。"

说完，拿出一份举办培训班的通知，递给贾心怡。贾心怡一看，参加培训的人员较杂，既有老骨干，也有新手上路。人员几乎遍布莲城所有机关单位，油田也包括了，老班长就是油田勘探公司搞机关宣传的。莲城附近有个油田，与莲城之间的关系很不错，唇齿相依，搞好油田和地方的建设，一直是莲城的重点工作之一。

再看人名，大部分人是只见其名，未谋其面。看来宣传部长是同意自己参加培训班了，一想到能和这么多同一爱好的朋友共同学习两个月，肯定会有收获，贾心怡高兴极了，她蹦了起来，恨不得抱着宣传部长亲一口！

但她哪敢造次啊，赶紧道谢，告辞。

回到学校，贾心怡找教务主任说明了情况，教务主任说得去请示校长。

校长很支持贾心怡，但又问："那你的课由谁来替代？"

贾心怡早就想好了，回答："吴萍萍吧。"

"吴萍萍？她不是刚生完孩子，在休产假吗？能行吗？"校长疑惑道。

"没事，孩子快一百天了，我去求求她。"贾心怡自信满满地道，"我俩是同学也是闺蜜。她老公小蔡是我小学时的同学，他们夫妻认识，还是我牵的线呢！"

校长笑了，说："那好。只要你能找到代课老师，我就批准你去参加培训班。"

贾心怡道："谢谢校长！吴萍萍真要是被我游说来上班了，请您不要让她坐班啊，课间她还得回家喂奶呢！"

"哈，你这丫头！想得还挺周到。"校长笑着说，"不用你说，我也不会让她坐班的。我也不是没生过孩子。"

贾心怡冲校长甜甜地笑了，赶紧去找吴萍萍。

吴萍萍是贾心怡读省城师大时的闺蜜，两人住一个宿舍，一起上课下课，无论是去食堂还是去图书馆、逛街，俩人形影不离。

那时，贾心怡就告诉吴萍萍，她的理想是当一名作家，等到老的时候，白发苍苍，满脸褶子，还能坐在摇椅里，抱着电脑写文章，那多好啊！

吴萍萍对贾心怡的理想很支持，便说自己的理想是老的时候含饴弄孙，给孙子或是孙女读贾姥姥写的童话故事。

每每说到此处，两个年轻的姑娘都笑得上气不接下气，滚在床上闹做一团。

想到这里，贾心怡觉得吴萍萍肯定会支持自己的。

"送你一个新手机。白色，你最喜欢的颜色。"一见吴萍萍的面，不等贾心怡开口，吴萍萍便笑呵呵地道。大概是刚生完孩子的缘故，吴萍萍的身子圆滚滚的，小圆脸也是胖乎乎的，一说话，眼睛就眯成了一条缝，十分可爱。

"嘿，怎么想起来送我手机了？"贾心怡接过礼物，奇怪地问，"是不是你家小蔡收受的贿赂？要行贿我？"

"就他？哈哈哈！别说他们油田设计院是个清水衙门了，就是有机会他也不敢啊。哎，有发票，手机若是出了毛病，你拿着发票找莲城商场去，一年内可以免费修理。"吴萍萍继续笑着说，"再说了，你有啥可行贿的？我家宝贝才三个月不到，上学也求不到你头上，我也在学校嘛。放心吧，不是行贿，是谢红娘的。"吴萍萍连说带玩笑地解释着。

"不是送过一双鞋子了吗？"贾心怡爱不释手地摆弄着手机，又纳闷了。

"你这红娘功劳大。仅仅送一双鞋子哪能表达谢意呢？"吴萍萍笑呵呵地说。

莲城有个风俗，若是红娘能介绍成一对佳偶，两人就会送介绍人一双鞋子，意为，红娘在介绍两个人结识时，来回跑腿、走的路多，磨破了鞋子，既是感谢也是补偿红娘的损失。

这在过去是真事，红娘在男女双方之间来回撮合，传递信息，走的路多，真能磨破鞋底子。现在哪用啊？在茶馆或是咖啡店介绍双方认识，彼此交换了手机号码，加上微信，自己互相了解去吧，成不成，都是用现代化的通讯方式传递信息了，不用来回跑。别说是红娘，谁都省了鞋底子。

但在莲城，传统习俗还是保留了下来。男女双方确定关系后，是要感谢红娘费心牵线搭桥的，送双鞋子，表表心意。俩人结婚后，对红娘也是不忘恩的。生完孩子过百天时，红娘来给孩子送红包。刚做了父母的，也要给红娘回礼的。礼物的价值随主家而定，不在花费多少，意在"喝水不忘挖井人"。

吴萍萍和小蔡的结识，的确要归功于贾心怡。

大学毕业后，贾心怡和吴萍萍被一起分配到莲城中心学校当老师，从大学校园到了中学校园，她俩仍然保留爱去图书馆的习惯。莲城中心学校的图书馆馆藏规模小，不解渴，贾心怡打听到油田设计院的图书馆馆藏最丰富，各类报刊书籍特别齐全，便拉着吴萍萍跑去办理阅览证。但设计院的图书不对外开方向借阅，她俩不知如何是好时，在设计院的大院子里，不期遇到了贾心怡小学时的同学小蔡。因为他们小学毕业后又在一个中学读书，同级不同班，尽管没有联系，但彼此是熟识的。

小蔡上的是石油学院，毕业后分配到油田设计院。

仨人见面后，贾心怡说明了情况，小蔡大力支持，说他办理了阅览证，她俩需要什么书，列出单子，他完全可以代办。

就这样一来二去，小蔡喜欢上了吴萍萍，吴萍萍也对帅气上进的小蔡产生了好感。

贾心怡看出了苗头，乐得成就好事。在适当的机会，捅破了那层窗户纸，撮合了他俩。

吴萍萍问过贾心怡，是不是也喜欢小蔡。贾心怡瞪着眼睛说，怎么会呢？都那么熟悉的同学了，从小学到中学都没产生感情，就是因为距离太近，根本没有感觉。哪像对吴萍萍，绝对是一见钟情。

这样一来，俩闺蜜的关系更好了。贾心怡也总是以功臣自居，时不时得意地炫耀一番。

贾心怡用的是部旧手机，早就该换了，但因为一直用得好好的，贾心怡想等到不能用了再说，好好的东西就换了，浪费。

细心的吴萍萍看在眼里，记在心上，她早就想好了，孩子过百天时，他们两口子送贾心怡这个红娘一部新手机。于是俩人早早地就提前买好了，备着。

贾心怡收了礼物，很开心，又把自己来的主要目的说了。

吴萍萍鼓掌支持，连声说没问题，孩子定时喂奶，家里有公公婆婆照看，不耽误她去代课。让贾心怡放心地去培训班，希望她早日实现自己的作家梦。

贾心怡听了吴萍萍的话，想起俩人上大学时一起聊的那些关于未来啊梦想啊的画面，觉得特别温暖。

"不过，个人大事也不要耽搁了，别老像个假小子似的，没心没肺。小蔡说要给你介绍一个小伙子，各方面都不错，也是文艺青年，合你的胃口。要不要见一面?"吴萍萍又说道。别看吴萍萍仅仅比贾心怡大半岁,可能是先一步结婚,为人妻、为人母早一些,相比之下,人也比贾心怡成熟许多。

"哎呀,我刚收了你们俩送的礼。你们就想收回去啊?"贾心怡瞪着眼睛说。

"没有啊。"吴萍萍回道。

"还说没有?我好不容易当回红娘,得到一双鞋子。你和小蔡也想当红娘,一人得一双鞋子,总共两双鞋子呗?"贾心怡假装委屈地说。

"哈哈!你这个小妮子!"吴萍萍听明白之后笑起来,"事成之后,我们不收你的鞋子好不好。小心眼!"

"嘻嘻!我也是跟你开玩笑呢。不过说真的,人我就先不见了,等参加完培训再说吧。"贾心怡现在一心扑在培训班上,眼下可没有那个闲工夫。

"那好吧。我尊重你,我让小蔡给那个小伙子传个话,等你两个月。"听了吴萍萍的话,贾心怡心里实在太高兴了,抱着吴萍萍,使劲地在她脸上亲了一口!这就是好闺蜜啊。

吴萍萍拍拍贾心怡的后背,赶紧推开她,假装嗔怪道:"这丫头,都当姨的人了,还没大没小的。快松手!我这流奶呢,小心蹭你身上。"

紧接着,吴萍萍叮嘱贾心怡做好听课笔记、录音,最好拍些照片。回头给她也听听,就当她也去参加培训了。

"那是自然!咱俩一起分享。"贾心怡痛快地答应了下来。

事情全部沟通好了,贾心怡心无旁骛地去培训班报到了。

三

这次学习机会对贾心怡来说,是来之不易的。大学毕业几年了,一直没有充电的机会,回想起大学的生活还是十分留恋的。

因此，她格外珍惜这次培训学习的时间，不迟到不早退。认认真真做好每节课的课堂笔记，担心有遗漏的地方，还做了录音，与课堂笔记相互补充。

培训班办在莲城干部管理学院，周边没有商场和娱乐场所，有一个农业科研单位研究所与它毗邻。尽管干部管学院离莲城不远，但若是需要进城，也得坐学院的班车，大约四十分钟的车程。

开班伊始，要求学员全住宿，一般情况下，不允许回单位，也不允许回家。封闭式管理，为的是一心一意、踏踏实实地安心学习。

请的老师，一部分来自干部管理学院，一部分来自省内外高校的教授学者。从政治、国情、文艺理论、文学批评、写作概要等几个方面授课，旨在全面提高学员们的思想认识和理论水平，为广大人民群众创作出更多更好的优秀文艺作品，丰富莲城人民的文化生活。

班里的同学有写歌词、说相声的，有编写小品、地方剧的，大多数是写通讯、散文、小说、诗歌、报告文学的。看来这次培训的覆盖面很广，莲城各个文艺战线的活跃分子都囊括进来了。

贾心怡对自己的写作态度很有自信。写作品，就是写小人物的生活，就是要给老百姓看，传播正确舆论导向。

想起老班长在大巴车上的那番话，贾心怡的好奇心被勾了起来。她心想，全班就三十几个人，九个女的，二十六个男的，只要有心，肯定能看出端倪。

一天上课前，齐岚妮举着一个蓝色的保温杯从教室外进来，把保温杯放到桌子上。

和她同桌的袁清溪已经到了，他很快站起来，端着蓝色保温杯去接开水，放在俩人中间。

课上，齐岚妮拿起保温杯喝了一口水。不一会儿，袁清溪端起保温杯，也喝了一口水。

这一幕被贾心怡看在眼里，她忽然心里一动，觉得有些不寻常了。想起昨晚下课后，看见齐岚妮在大门口等，贾心怡问她干什么去。齐岚妮说约了袁清溪几个人，一起进城去看电影《萧红》。

听说是电影《萧红》，贾心怡也很想去看。微信朋友圈里都传遍了，有说好的，也有批评的。恰巧贾心怡最近正在看萧红的《呼兰河传》，读得如痴如醉正上瘾呢。

十几岁时翻看过，可能是年龄不到，看不得描述苦难的故事。女孩子嘛，喜欢爱情啊、鲜花啊、浪漫啊、美好结局的故事啊什么的，所以看《呼兰河传》时，有些读不下去，故事离自己的生活太遥远，无论是年代还是地域，里面有太多的忧伤和死亡，也不忍读下去，于是放下了。

现在重新品读，也许是经历了一些事情，长大了许多，明白世事艰难的道理，这才读出了《呼兰河传》的味道。贾心怡暗叹，不仅是在那个年代，即使是当下，能把亲身感受和家乡真实样貌描摹得如此淋漓尽致的，也只有萧红一人，萧红是中国百年文学史上，难得的一个天才女作家。

心里迅速掠过对萧红的认知，贾心怡愈发想去看电影《萧红》了。她刚想张嘴问是城里的哪家电影院放映时，只见袁清溪匆匆从培训中心的大楼里跑出来，齐岚妮冲贾心怡点点头，俩人并肩往培训楼后面走去。

贾心怡回头观望一下，没看到还有别的人一起同去，有些纳闷。又一想，或许齐岚妮说的那几个人已经先行一步，买票去了呢。想想，自己也不便再插一杠子了，等有空回城再约吴萍萍一起去看吧。

直到今天看到俩人共用一个保温杯喝水，贾心怡心里生出许多联想来。班里的同学除却几个小年轻，大部分已婚。大家交往都是公开的，除了在一起讨论一下学习内容和体会，似乎并无太多来往。老班长提醒大家男女之间的来往要注意掌握分寸，是不是说的齐岚妮和袁清溪呢？

对于齐岚妮呢，贾心怡不太了解，只知道她是写散文的，在《莲城》杂志上发表过几篇千字文，文笔不错，在《莲城日报》上也见过她写的人物通讯报道，颇有才气。

莲城有四个区，齐岚妮是其中一个区卫生局的办公室秘书，个子不太高，可能是会穿衣打扮，从外貌上看不出多大岁数，总归四十多岁了。只见她披着栗色的长发，从两耳边向后编了两条麻花辫，麻花辫在后脑勺处会合，扎着一根栗色的绸带，飘落下来；上身穿一件灰色真丝长袖上衣，腰部系着同色的腰带，一腰侧面垂下两个流苏，下身是一条有很多褶皱的灰白色棉布裙裤，脚下一双灰色磨砂皮的半高跟皮鞋，颜色清雅，看上去很舒服。

至于袁清溪，莲城文艺界就无人不知、无人不晓了。他是油田某个单位宣传科的副科长，写通讯、杂文是一绝，常年可以在报纸上看到他的文章。给学生们上作文课时，贾心怡还用袁清溪的文章做过范文，教学生们如何写通讯和杂文这两个文体。

袁清溪也写诗歌，《莲城日报》整版刊登过，年年都是各种征文获奖的专业户，名列榜首。还画工笔画，偶有作品见诸报端和《莲城》杂志的中缝，花鸟鱼虫皆有，细致入微。可见，袁清溪是个文艺细胞丰富的人物。

贾心怡喜欢读诗，以前在省城师大上学时，经常买那些著名诗人们的诗集看，普希金、莱蒙托夫、徐志摩等等。袁清溪的诗歌写得不错，有意境，总能发现生活的细微处，还有自己独特的感受。

所以，在参加培训班之前，虽然没和袁清溪谋过面、说过话，贾心怡对袁清溪的印象还是不错的。贾心怡在培训班的名单上看到袁清溪的名字后，很是欣喜一番，她原本打算结识袁清溪后，多向袁清溪请教，若再能把他请到学校，给班上的学生上一堂作文课，那效果必是绝好的。带着这个美好的愿望，贾心怡一直在找机会跟袁清溪说这件事。

开学后的第一个周末，培训班举办舞会。袁清溪请齐岚妮跳过之后，第二个邀请的就是贾心怡。

跳舞时，袁清溪和贾心怡聊天，询问她的工作单位和创作情况。以一个过来人的经验告示贾心怡道："语文老师好啊！想当年，我的理想就是当语文老师呢！您能业余时间还坚持搞创作，很了不起啊！但是，您知道吗？创作必须有激情！激情？懂不？"

贾心怡第一次近距离和自己崇拜的对象袁清溪接触，心情较为激动，不知说些什么回应他才好，只能点点头。她在心里琢磨，这个"激情"确实要保持，写作若无激情，写出来的文章也未必有文采。

这就好比做饭，带着感情和爱心去做的饭菜肯定好吃，没有感情做出来的饭菜绝对口感差，味同嚼蜡。有温度和温情的文章一定是首先打动了作者，才能打动读者。

"我就是来寻找激情的。不是男女之间的激情，是和你们这些有共同爱好的朋友一起学习，一起探讨，激活我内心的文学细胞，让它们焕发出青春和活力。"袁清溪沉浸在对"激情"的论述中，"小贾老师，您看过我的文章吗？没有，好好好！我给您拿一本读。"

袁清溪富有磁性的嗓音震得贾心怡耳朵发麻。

刚回到宿舍，有人敲门，说："贾老师，您好！我是袁清溪，给您送书来了。"

贾心怡打开房门，请他进来坐。袁清溪拒绝道："不打扰您休息了。一本杂文集，请您批评指正。看完后，您别忘记了还我。"

袁清溪的年纪有五十岁了吧，染过的黑头发下刚长出一毫米长的白头发，大高个子足有一米八以上，听他一口一个谦逊地喊着"您"，贾心怡很不安。

贾心怡双手接过袁清溪的书，是白皮书，封面上一行字《麻袋里的钉子》，其下署名袁清溪，十分朴素。贾心怡立即开始阅读，没几页就发现很多错别字。她随手拿出铅笔进行校对，这是当老师多年养成的习惯，见不得错别字，特别刺眼，改过来之后，心里会舒服多了。

一口气看到半夜，内容没有记住多少，校对了二百多处错误。

书还给袁清溪不久，袁清溪又送来一本书，还是那本《麻袋里的钉子》。

贾心怡有些奇怪，翻开看看，发现错别字少了很多了，但还是有。贾心怡这次也校对了，习惯嘛。内容读了，对各种社会现象的各种不满，倒是跟书名很吻合。麻袋里的钉子嘛，就是刺头。

第二次把书还给袁清溪时，袁清溪说，小贾老师对他的帮助很大，必须请吃饭。贾心怡推迟不下，只好答应了。

袁清溪叫上了齐岚妮，在干部管学院的职工餐厅请客，那里可以点小炒。

一落座，齐岚妮拿过服务员手中的菜谱，说由她点菜，她最会养生了。贾心怡不置可否，看袁清溪未表态，也不再吭声。

"大拌菜。"齐岚妮对一旁站立的服务员道。

"好，绿色食品，品种多样。"袁清溪赞许道。

"花生米，水煮和油炸各一半。"

"好，花生也叫长生果呢。小齐，凉菜够了，多点几个热菜吧。"袁清溪建议道。

"来个手撕包菜吧。"齐岚妮说。

"好，特色菜，原生态，我顶顶喜欢的。"袁清溪由衷地赞叹道。

"五彩缤纷。"齐岚妮说。

"等等，什么叫五彩缤纷？"袁清溪好奇地问服务员道。

"不用她说。我知道：是山药，木耳，西兰花，银杏果，红色的彩椒，黑白绿黄红五种颜色，五种菜一起炒的。"齐岚妮示意服务员别开口，她微微笑着解释道，声音柔和，略有几分娇媚。

"好好好，小齐你果然会点菜。五彩缤纷，好！"袁清溪眉开眼笑地对齐岚妮竖起了大拇指。

"晚餐不能吃荤的，不好消化，容易在体内形成毒素，时间一长危害很大的。这是我多年的经验，对皮肤也不好。咱们女人要学会生活，生活可是一门大学问呢！"齐岚妮笑着对贾心怡说。

贾心怡连连点头称是。

"再来点饮料吧。小贾老师，您想喝什么，尽管开口，今天主要是感谢您的。"袁清溪冲着贾心怡说。

"我看来一壶白开水吧，饮料里都是色素和添加剂，对身体很不好的。"齐岚妮抢过话头，微笑着说道。

"对对对！就就就来白开水！我平时也是不喝饮料的。"贾心怡赶紧表态，急得有些口吃了。

"好！太好了！我就喜欢和聪明漂亮的女士们一起吃饭，不喝酒，不拼酒。聊聊天，谈谈心，探讨一下文学，多美好的夜晚啊！"袁清溪笑容满面，拍手称快道。

"服务员，来壶白开水，要烫的。必须煮开后 5 分钟，再关火，否则杀不死开水里的细菌，喝到肚子里不舒服的。"袁清溪叮嘱服务员道，转过头来说："我有责任照顾好两位大作家，这也是我的荣幸。"

吃饭过程中，袁清溪一直在谈他的那本杂文集，说绝对能轰动莲城文坛。

"多少年了啊多少年了？莲城还没有哪个人敢写我这样的犀利的文章，都当好好先生！不说真话。我不怕，我敢于直面真实的人生。"

"别光听我说，吃菜吃菜！"袁清溪说得慷慨激昂，不忘十分周到地照顾着齐岚妮和贾心怡，他用筷子夹起一粒花生，给贾心怡布菜。

点主食时，齐岚妮摆摆手说撑着了，她不吃。袁清溪也说不想吃，让贾心怡点，贾心怡刚想说来碗肉丝面，看他俩不点，只好说不吃了。

晚餐结束。三人从职工餐厅出来往培训楼走，袁清溪忍不住大声朗诵起来："我爱这秋天的夜，我爱这秋夜里的虫鸣。我愿变成一阵儿秋风，羞怯地围绕着你，温柔地去吻你那月亮一般的脸庞！"

"啊！好诗好诗！"齐岚妮举起双手轻轻拍着，赞叹道，"有普希金的味道。"

这诗要在平时看了，或许还觉得不错，可不知怎么回事，袁清溪的朗诵被齐岚妮喝彩时，贾心怡听了却有些臊得慌，她踌躇着，不知如何评判袁清溪的诗。只好不吭声，硬着头皮走在一旁。好在离培训楼不远，很快就到了。贾心怡赶紧跟袁清溪和齐岚妮道别，回到自己的房间，心才踏实下来。

贾心怡半夜突然醒了，一听肚子在咕噜咕噜叫唤，睡不着，从包里翻出来一包口香糖，嚼了半天，垫垫饥。

无意中看一眼手机，齐岚妮在微信的朋友圈晒照片，是晚上职工餐厅里她点的那四道菜，照片上题字"清新雅致，五彩缤纷"。

照片下面，是班里同学们的一溜点赞。

贾心怡一看到食物的图片，肚子愈发地饿了。她赶紧关了手机，蒙头继续睡觉。

四

开班两周，召开了第一次班会，老班长讲评了开班以来的种种事项，小结了学习情况，又讲了很多注意事项后，他说男生可以散会了，请所有女同学留下，单独说件事。

"说件事，培训楼公共卫生间女厕所的卫生纸，老丢。物业部门说，以前从来没有发生过这样的事情。我认为，也不会是咱们同学拿的。"等男生们全走出去了，老班长关上教室门，回过头来对留下的女生们严肃地说。

大家一愣，没想到是这么回事，这也太小儿科了吧？随即开始七嘴八舌地一起议论，一致认为是打扫卫生的保洁员诬赖大家。

"怎么就能肯定是女生干的？万一是哪个缺德的男生溜进女厕所偷的呢？"齐岚妮突发奇想道。

女生们被齐岚妮的话逗笑了，也都打开了思路，叽叽喳喳地说，"就是啊！""班长也应当把男生们都叫过来一起开会说说这事。""必须抓住他！万一是个变态呢？""对啊！这么一说，连我们的自身安全都得不到保障了！"

听着大家吵吵，班长背着手不表态，等大家都静下来，道："大家也别太紧张。你们反映的问题，我会和物业部门沟通一下。原本也不是什么大事，但毕竟发生了，影响很不好。说件不该告诉你们的事儿，前天我闹肚子，来不及回房间方便，就去了一楼男厕所，幸亏里面有卫生纸，我兜里没揣啊！否则笑话就闹大了。"

听老班长这么举例说明卫生纸的重要性，大家禁不住都善意地笑起来。谁还没个内急的时候，忘记带卫生纸的确是个令人尴尬的事情。培训楼的一楼卫生间里，放有卫生纸是件很贴心的实事，温情脉脉。

"肯定是她们自己内盗。素质真低！"齐岚妮撇撇嘴，鄙夷地说。

听半晌，贾心怡根本没往心里去，觉得这些都是上不得台面的鸡毛蒜皮小事，纳闷老班长何至于大动干戈地调查。

看着教室窗外随着秋风飘落的杨树叶，她在构思一篇散文呢。

这种调查是查不出来什么结果的，老班长只好宣布散会。

晚上，有人敲门时，贾心怡刚写完那篇下午班会时打腹稿的散文《秋天畅想曲》。打开门一看，是齐岚妮。贾心怡侧身让她进来。

齐岚妮环顾一圈，一落座就问贾心怡，说："莲城市委的宣传部长是你叔叔？"

"哪里啊？谁说的？不是。"贾心怡奇怪地问。

"哎呀，心怡啊，你也不用保密。我既然知道，肯定是有我自己的渠道的。"齐岚妮看着贾心怡，一副心照不宣的样子。她紧接着说道："你这叔叔可真不错。实话跟你说，这培训班原本没有我的，是我自己积极要求来上的。大概看我这个文艺青年心很诚，还有培养价值吧，宣传部给了我这次难得的机会。我一直想怎么感谢宣传部长呢。"

齐岚妮自称是文艺青年，很有趣，抛开年龄不谈，看她那打扮和做派倒是真像。

"哦，真不是的。"贾心怡想，这里面肯定是出了什么岔子，齐岚妮误会了，这得解释清楚。"我不认识宣传部长，以前开大会时远远见过，人家坐在主席台上。要不就是在《莲城日报》和电视上偶尔看见过。"

"嗯，看来我不说破，你是不承认了。"齐岚妮胸有成竹道，"你父亲原先在莲城中心学校当过教导主任吧？"

"是啊。"贾心怡道，这都多少年前的事情了，估计莲城中心学校毕业的学生都知道吧。

"宣传部长是你父亲的学生。"齐岚妮抛出这个答案，有些得意。

"是吗？我不知道。我父亲的学生多了。我也记不清楚了。"贾心怡是真不知道这件事，在家没听见父亲说起过。再说了，父亲也不是爱唠叨的人，几十年来，他教出的学生也不在少数。做大官发大财的都有，都没听父亲提起过，倒是比较念叨那些在中学、大学里教书的学生，总是写信告诉他曾经的学生们，如何严肃对待教书这件事，说为人师表是很庄严的事情，"教书育人百年大计"是父亲常挂在口头的话。

"那你是怎么到培训班的？"齐岚妮有些怀疑贾心怡，看来她不弄清楚贾心怡和宣传部长的关系是绝对不会罢休的。

"培训班原本有我，宣传部干事都通知我了。后来因为我和父母在青岛旅游，没及时报到，赶回来就听说没我了。我太想上这个培训班了，就去找宣传部长，把我自己的情况跟他说了，他就同意了。"贾心怡老老实实地回答道。

"噢，是这样的啊。你看，我就说嘛，宣传部长肯定是看了你父亲的面子，才给你这个机会的。"齐岚妮十分肯定地说，脸上呈现出一副心知肚明的样子。

"宣传部长恐怕不知道我是我父亲的女儿吧。"贾心怡当然知道真相是什么了，她没有让父亲去找宣传部长，也不知道父亲曾经做过宣传部长的老师。看齐岚妮追根究底的样子，她只能这么分析说了。

"哎呀，不管那么多了。"齐岚妮打断贾心怡，"我今天找你，是想请你父亲去找宣传部长，帮我老公说些好话，我老公就可以从镇上调到区里了。我们一家也就团圆了。"

莲城下面有十多个镇子，最偏远的一个镇子离莲城有四五十公里远，齐岚妮的老公就在最远的镇子上，十天半个月也回不了一趟家。

原来是这样的，贾心怡终于明白齐岚妮夜访的真实意图了。记得原先父亲在莲城中心学校教书时，贾心怡就和妈妈在镇上生活，妈妈是镇上小学的老师。一家人两地分居了很多年，直到有关政策出台后，父亲才按照有关政策把妈妈调到城里的小学。贾心怡完全能理解齐岚妮的心情。

"我回家去问问我父亲，也不知道能不能帮上忙。"对这事，贾心怡是没有把握的，但去帮一个需要帮助的人，是父母从小就对她进行的教育。况且她也没少看到父母以身作则，帮助有困难的亲友同事和朋友邻居。基于此，贾心怡才那么回答齐岚妮的。

"啊！太好了。送你一个手串，是小叶紫檀的，特别贵重。"齐岚妮的两眼放出希望的光亮来，她说这话从随身带的小皮包里掏出来一个首饰盒，打开，露出里面的东西，递到贾心怡的手里。"你自己戴，可千万别送人，这东西要5000多块钱呢。"

"别别别！"贾心怡一听，赶紧把首饰盒合上，立即塞回齐岚妮的皮包，"八字还没一撇呢，我只能帮你问问我父亲能不能帮忙，他也不一定能说上话。"

齐岚妮不再坚持，忽然抽泣起来，抹起了眼泪。

打进屋，齐岚妮的情绪就上上下下波动了好几回，这会儿不知为何流起了眼泪，贾心怡不明就里，只好连忙掏出纸巾递给齐岚妮。

"心怡不怕你笑话，我和老秦，我老公姓秦。我和老秦从小是街坊邻居，一起读小学读中学，一起考上中专。毕业后一起回到莲城，参加工作。他在下面的镇上，我在区里。后来就顺理成章地恋爱结婚，一直两地分居，到现在。"齐岚妮接过纸巾，擦擦眼泪继续道，"老秦从小身体就不好，有肾炎。不瞒你说，那方面也不行。生完我家姑娘后，几乎就再也不能那啥了。"

说到这里，齐岚妮停顿一下。贾心怡听着心里有些别扭，毕竟她还没有谈过恋爱。但看齐岚妮痛哭流涕的样子，也不好打断她，只好硬着头皮听下去。

"你年轻，不知道做女人的苦处。老秦身体不好，心情也不好，有些心理变态。表面不吭声，老是跟我较劲、冷战、不说话，搞家庭冷暴力。还有十年他就退休了，我想把他调回到区里，少年夫妻老来伴。"

不等贾心怡回话。齐岚妮按住贾心怡的手，使劲拍了拍。贾心怡原本也不知道说些什么安慰齐岚妮才妥当，齐岚妮的手势是不让她说话，正好闭嘴不吭气。

"我这人就是实在，咋把这些破事都说出来了。"齐岚妮红肿着眼睛看着贾心怡道，"我没把你当外人，你也得替我保密。"

贾心怡没想到齐岚妮会有这样的经历，也没想到她会把这种隐私告诉自己，心下对齐岚妮生出许多同情来，心里冒出不知从哪里看到的一句话：女人光鲜的外表下，掩饰着千疮百孔的累累伤痕。似乎说的就是齐岚妮了。

听了齐岚妮的要求，贾心怡只能连连点头，表个态道："岚妮姐，你放心吧。我谁也不会告诉的。你爱人调动的事，我去找我父亲问问吧。"

"噢，好。全指望你了。"齐岚妮破涕为笑，从小皮包里掏出化妆盒，往脸上补妆。她很快恢复了常态。

临出门前，齐岚妮关切道："心怡啊，早就听说你的散文写的极好，可不可以把你的作品给我拜读一下。我有一些朋友，是咱们省城好几个刊物的编辑。我向他们推荐你，有机会在外面的刊物发作品，对你今后的发展有好处。不要把目光只停留在《莲城》杂志、《莲城日报》和一些内刊上。"

"嗯，这个，好啊！请您多批评指正啊。"贾心怡没想到齐岚妮会说出这一番话来，让她有些激动，于是连连点头答应。

齐岚妮走了之后，贾心怡把刚写完的那篇《秋天畅想曲》反复修改了几遍，知道自己满意了，才发送到了齐岚妮的邮箱里。

随后给父亲打电话，结果不出所料，父亲说他不会去找宣传部长的，若真有困难，应当由齐岚妮自己去提出来，组织上不会不酌情照顾的。父亲还严厉地提醒贾心怡，她去培训班是进修学习的，要认真学习怎么写作，学正能量的东西，不要学一些不正之风。

贾心怡只好连连称是，挂了电话。虽然早就知道会是这样的结果，但她还是有些沮丧。

想想还是第二天再告诉齐岚妮吧，免得她难过，一夜都睡不好。

五

按照课程表的安排，周三下午没有课，一部分同学待在自己的宿舍倾心搞创作；一部分同学相约去城里办事。班会上，老班长说过，只要是出干部管理学院的大门，都是要向他请假的，晚上九点前必须赶回学院，找老班长销假。

午后，秋日的阳光照进宿舍里，暖洋洋的很舒服，贾心怡准备去干部管理学院的图书馆，去借几本授课老师们推荐的书看看。

一出培训大楼的门，贾心怡看见老班长站在大楼的台阶下看手机，就顺嘴问了一句："班长，等人呢？"虽然私下都叫他老班长，贾心怡觉得当面还是叫班长妥帖些。

老班长抬头一看是她，便道："正好！小贾，你没啥事吧？那就我一起等吧。"

"等谁啊？"贾心怡没明白。"我正要去图书馆呢。"

"解老。图书馆以后再去，不晚。"老班长说完，继续捧着手机，手指在手机屏幕上写写划划，忙着写信息，解释道，"我也是刚刚得知的消息，赶紧在微信群里通知一下同学们。今天下午，干部管理学院请解老来给老师们讲心理学方面的课。咱们先把解老抢到手，跟着蹭蹭课。解老的秘书说，解老答应了，给咱们半个小时的时间。可惜一部分同学不在，进城了。"

解老，贾心怡是知道的，省内知名的心理学专家，老太太六十多岁了还退而不休，学校、机关、厂矿各单位四处都请她去讲课，很受欢迎。能听到她的课，也是很难得的呢，贾心怡决定暂时不去图书馆了，站在台阶下和老班长一起等着。

"解老的秘书说，到了学院门口了。"老班长说完，收起了手机。

不一会儿，一辆黑色的轿车从大门口驶进来，停在了培训楼的大门前。

老班长赶忙上去迎接，打开车门，搀扶解老下车。贾心怡也懂事地接过解老的手提包，帮她提着，还陪解老先去了一趟洗手间。贾心怡明白为什么老班长留她了，有个女同志陪着，解老也方便一些。解老的秘书是男的。

培训楼的贵宾室，聚集着班里十多个没有外出的同学，得了老班长的信了，做了简单的准备，一起座谈。一部分同学讲了自己在创作作品的过程中，对人物心理描写的不到之处和障碍所在。

贾心怡本来没想发言，解老却点名让她说几句。

贾心怡赶紧谈了谈自己在工作中遇到中学生心理问题时的体会和

困惑。

解老听了，很重视，吩咐秘书在自己的笔记本上做了记录。解老说，在中小学开设心理学课，提前对学生进行心理干预，是十分必要和重要的。很多重点大学的学生自杀、自残，都是心理有疾病，要是提早预防，就不会让悲剧发生了。

"孩子在成长的过程中，有了健康的心理，才能放下思想包袱，健康地成长。"解老最后强调道，双眼在微卷的齐耳白发映衬下，格外发亮。

半个小时的时间过得真快，和解老告别后，贾心怡赶紧赶回宿舍，把和解老座谈时讲的内容，记在笔记本上。觉得自己的收获可真大。

晚饭时在餐厅吃饭。齐岚妮跟袁清溪坐在贾心怡的邻桌，只听见齐岚妮说："……我就看不惯有些人，趋炎附势，还装得自己一副很傻很天真的样子。"

贾心怡不知道她在说谁。想起下午与解老座谈时没有看见他俩的身影，就扭头跟齐岚妮说："岚妮姐，下午你不在。我看见解老了，比电视上还年轻。讲课特有水平。"

齐岚妮听了没回话，用鼻子"哼"了一声，转过脸去，接着和袁清溪聊天。

贾心怡不知道自己哪里说错了，只好讪讪地低下头，继续吃饭。想起自己告诉齐岚妮，父亲不肯出面帮忙把齐岚妮老公从镇子上调到城里时，齐岚妮很生气的样子，大概是从那以后，她就不待见贾心怡了。

这让贾心怡有些尴尬，本来就不是能力范围内的，办成还是办不成都有可能。齐岚妮应该懂得这个道理，但她的态度让人受不了，好像贾心怡有这个能力，却故意不帮忙似的。

吃过晚饭，刚回到宿舍就接到老班长的电话，让她通知齐岚妮明天上午座谈会发言。他找不到齐岚妮，让贾心怡转告。

搞个座谈会发言，是临时布置的，因为接到通知说，第二天上课的老师临时有事来不了，老班长和学习委员老方商量后，决定组织十个同学谈自己的创作经历，有哪些体会、得失，从创作文体的不同，各选出两个同学发言，每人十五分钟。

这倒是好说，主要是老班长还请了老社长来讲评，全班都得重视这次座谈，老社长是专家，座谈的内容要显出高水准来。

贾心怡在学校搞过演讲，知道十五分钟的发言，大概需要准备三千字左右的稿子，看来参加发言的同学，都得连夜准备发言稿了。这得赶紧通知到齐岚妮。

打电话不接，发短信和微信也不回。贾心怡有些着急，完不成老班长交办的任务，万一耽误明天上午的研讨发言，就糟糕了。

齐岚妮住贾心怡隔壁，贾心怡只好隔一会就去敲门，总也不见齐岚妮回来。没办法，贾心怡给老班长回电话，说通知不到。

老班长说，那就贾心怡发言吧。

贾心怡一听，紧张起来，赶紧说："班长，我写的作品不多，没啥创作体会。还是换别人吧。"

老班长的语气有些不悦说："这么晚了还换谁？就你了，好好酝酿，做准备。明天老社长来听大家谈创作体会。你最后一个发言吧，明天上午还有点时间。"老班长最后一句话的口气缓和了许多。

贾心怡这才真慌了神，也顾不上发困了，赶紧打开电脑，准备发言稿子。弄了半宿才搞定，天都快亮了，这才抓紧时间眯瞪了一会。

上午的座谈会上，等九个同学都发过言后。不等老班长发话，齐岚妮拿过话筒，拿出一份稿子，侃侃而谈，说得头头是道。

贾心怡看看老班长，他紧锁着眉头没吭声。

看来齐岚妮是收到自己发的信息了。但收到了，也不回，让贾心怡临时抱佛脚，点灯熬蜡连夜写了一篇发言稿，也没睡成觉，现在还头疼呢。贾心怡心里暗忖。

按照程序，齐岚妮发过言后，就是老社长讲评了。

作为主持人的老班长开腔道："嗯，还有点时间，贾心怡同学也准备了发言稿。那你就谈谈散文创作中的体会吧，捞干的说。"

贾心怡一听，连忙打起精神，简明扼要地谈了自己的体会。讲了写作中遇到的瓶颈。

大约因为是最后一名发言者，老社长记得很清楚，讲评时，针对贾心怡提出的几点问题和困惑进行剖析和解释。

老社长讲得太好了，很实用，对贾心怡今后的创作有很多帮助。贾心怡好开心，赶紧记笔记，把老社长说的话一字不差地记下来。以后可以当作写作的教材，直接指导她。

最后老社长还问了贾心怡的名字、工作单位，说以后如有不明白的地方可以去找他探讨，最好是写了稿子，有针对性地改稿更有效果。贾心怡没想到，还有这样的美事落在了自己的头上，简直不相信自己的耳朵了。

老班长不失时机地接话说："小贾，你还不留个老社长的电话和邮箱？你的稿子以后可以直接找老社长改了。"贾心怡赶紧端着笔记本走到老社长跟前，记录下联系方式。

座谈会结束，几乎一宿没睡的贾心怡，这时候一点也不困了，她目送老班长陪着老社长走出教室门，才随后大家一起往教室外走。

齐岚妮大声地跟袁清溪说："……哎呦！年纪轻轻地，真有心计。明明没有她发言，还准备了稿子。现在的年轻人，太不厚道了。哪像我们年轻时，简单，天真，傻乎乎的……"

贾心怡从他们身边走过，听了满耳朵。想起齐岚妮那天晚上在宿舍，跟自己掏心窝子说的那些话，贾心怡实在整不明白这个女人是怎么回事了，对自己的态度忽冷忽热、阴晴不定，跟眼下的秋天差不多。

再说了，发言是老班长昨晚临时安排的，当初可是为了救急，贾心怡纯属临危受命，否则谁会半夜不睡觉、绞尽脑汁地去写发言稿？

现在齐岚妮不阴不阳地诬赖贾心怡有心计，真是懒得跟她解释了。

贾心怡心想，齐岚妮肯定是因为年纪大了，若是真像她说的那样，在家里还遭受了她老公老秦的冷暴力，或许性情变得有些古怪反常，那也可以理解，就不和她一般见识了，以后还是少打交道吧。反正自己无愧于心就行了。

六

讲戏曲演变历史的老师课讲得很快，内容涵盖量大，恨不得在两个小时的课堂时间内，把所有关于戏曲的知识全部灌输给大家。好在有 PPT 课件，贾心怡顾不上记笔记，课上用手机拍了几十张照片。下课后，手机就剩百分之十二的电了。

中午，回到宿舍，赶紧充电。拿起插在床头柜边上的充电器时，贾心怡觉得有些异常，但也没深想。

下午，跑图书馆借了一本《牡丹亭》，争分夺秒地看了一遍。

晚上，按照手机所拍的照片，补完了上课笔记，这一天过得紧锣密鼓，真充实，好像回到了上大学的时代。贾心怡扭扭酸胀的颈椎，活动活动腿脚，一看时间，都快十二点了。

洗漱完毕，上床，把自己安顿舒服，准备用手机看看新闻，就可以结束紧张忙碌的一天了，她一看，手机又快没电了。

贾心怡拿起床头柜上的充电器，忽然感觉不对劲。她仔细观察那根充电器上的连线，发现颜色灰暗，再仔细瞅瞅，充电器的侧面上有几道划痕。

"咦，怎么回事？这不是我的充电器吧。"贾心怡心下奇怪，起床下地，打开屋子大灯，认认真真观察了一番。果然，方块状的充电器侧面有三道划痕，中间那道划痕比较深，已经有些发黑了，旧的。绝对不是吴萍萍送自己的新手机充电器。

贾心怡肯定了这个事实。立即开始想起中午自己充电时的疑虑，哦，想起来了，那时她就觉得充电器的连线颜色有些发暗啊，怪不得当时就有些怪怪的感觉，只是当时太忙，没有顾上深想。现在弄明白了。

随即问题又来了，是谁换的？啥时候换的？贾心怡托住自己的腮帮子，开始在脑子里回忆。想不起来。谁能从容淡定地把充电器换了，肯定是能进自己房间的人？谁能进自己的房间？只有保洁员了。

贾心怡想好了对策，才在猜疑中入睡。

第二天一早，拿过一张白纸，在上面写了一个大大的"？"问号，把充电器团成一团放在一张白纸上，搁在屋子中间。

贾心怡心想，若是能把新的充电器换回来，便罢。若是换不回来，再向老班长汇报。虽然没有失窃，但也说明培训中心的物业在管理方面有缺陷，竟敢偷换学员的物品，说不定还干了些别的呢！

忽然想起自己的背包一直放在壁柜里，贾心怡赶紧找出来，翻翻放在包包里的钱包，把里面的几百元钱掏出来，放在了裤兜里。她知道自己是个马马虎虎的人，若是被抽走一张两张，估计都不会察觉。看来以后还是小心为妙。

中午回到宿舍时，贾心怡观察到，屋子里有明显打扫过的痕迹，放着那个旧充电器的白纸从屋子中间被移到屋子边上了。

看来人家没理会，贾心怡拿着旧充电器看着，想了想，打通老班长房间的电话，向他说明情况。老班长听了之后，很重视，立即到贾心怡房间查看。

老班长也无法确定是谁干的，决定向培训中心的物业主任汇报。

在物业主任的办公室，听了贾心怡讲发现手充电器被调换的经过后，主任说："我们这是管理严格的培训中心，在此之前从来没有发生过这样的事情。"

"但现在明明是发生了啊。"贾心怡对物业主任的干练很欣赏，觉得她有些武断。

物业主任站起身关起房门，说道："还记得不记得刚开班时候，说你们女厕所丢卫生纸的事情？"

"丢卫生纸？喔，有那么回事。是老班长在班会上说的吧。"贾心怡想起来了。为此，几个女同学还聚一起聊过，怀疑是搞卫生的保洁员监守自盗。

物业主任说："对的。这个案子我们破了。"

"案子？算是盗窃案？"贾心怡不觉得丢卫生纸是什么大事，大不了说明拿卫生纸的人素质低呗，哪至于算什么盗窃案啊。这物业主任也太小题大做了。

"那盗窃犯是谁?"贾心怡问道,两眼在老班长和物业主任之间扫视一下。老班长不吭声。

"这本来是严格保密的,我们也不应该往外说。"物业主任停顿一下。贾心怡又看看老班长,老班长面无表情。估计老班长是知道内情的。

贾心怡只好瞅着物业主任严肃的脸,等她说出真相。

"齐岚妮。"物业主任吐出三个字。

"啊?!是她!不会吧?她用的可全是大瓶的、进口的化妆品啊!"贾心怡失声道。必须强调是大瓶啊,要知道,即使是小瓶子的也要上千元呢,那可是国际上知名的大品牌化妆品啊。逛莲城商场时,贾心怡见过标价,当时就咂舌,心想谁能用得起呢?咨询过服务员,什么早霜、晚霜、眼霜,加上化妆水,买一套下来大约4、5千元,相当于贾心怡两个月不吃不喝,把工资全攒下来才勉强够买一套。

贾心怡怎么知道的呢?

上周末,培训班组织大家去省城学习两天,参观几处名胜古迹,晚上看话剧,住一宿,安排在一家招待所,贾心怡和齐岚妮被分配住一个房间。

一进房间不一会儿,卫生间的洗脸池平台上铺满了化妆品,壁橱里也全是齐岚妮的东西。好在贾心怡带的东西不多,一看没地方摆了,就没取出来,还是放在自己的行李箱里。行李箱放在了床头柜侧面,也不占地方。

所以齐岚妮的化妆品用的什么牌子,还有那豪华阵容的架势,贾心怡一目了然。贾心怡只用国产的杏仁蜜,挺大一瓶不超过十元钱,是从小就用的。用着不错,从来没换过牌子。

贾心怡终于明白齐岚妮带的那个大旅行箱是派什么用场的了,虽然仅是在省城住一宿,齐岚妮根据所去场所的不同,换了三套衣服,应景应时。

看话剧之前,齐岚妮一直在卫生间打扮,长裙,披肩,耳朵上,脖子上,手腕处,无一处不被各种材质的饰品占领,就像一个移动的首饰店。

贾心怡看着齐岚妮的盛装，再瞅瞅自己的运动衣和休闲鞋，忽然有些不自在。

齐岚妮一边对着镜子粘假睫毛，一边说："看话剧是很高雅的事情。在咱们莲城是不可能的。到省城欣赏这样的高雅艺术，我们要盛装对待，也是对演员辛苦付出的尊重。"

说话间粘好了假睫毛，对着镜子忽闪忽闪眨眨眼睛，很满意，随即从化妆包里拿出一瓶香水，"噗噗"地往自己的耳后，腋下，手腕处喷去。

贾心怡定睛一瞅，那香水自然也是国际大品牌的，好像有句很有名的广告语，贾心怡记不大清了，大概意思是女人可以不穿衣服，但不能不用某某香水云云。

"瞧见没？你不要，我自己享用了。"齐岚妮把一只手举到贾心怡眼前，面露得色道，"小叶紫檀的手串，市场价好几千块钱呢，托袁清溪找熟人买的，才花了一千元。欣赏高雅艺术，就得佩戴贵重的首饰。"

"你们现在的年轻人啊，什么都不懂啊。"齐岚妮很惋惜地说道，粘着假睫毛的双眼上下打量一下贾心怡。

喔，贾心怡笑了笑，没搭腔。看着齐岚妮从头到脚捯饬自己，十分汗颜，觉得自己怎么连这都不懂，看过的小说也不少啊，里面也有对欣赏话剧时的描写，看来理论和实践十分脱离。哦，不对，是观赏歌剧吧。看话剧似乎对着装没啥具体要求，整洁大方就行。

一进省城的话剧院剧场，贾心怡留意观察了一下，很多中年妇女，都是盛装出席的，穿着长裙者居多，精致的发式、妆容，无一不在说明这是来欣赏高雅艺术来了。回头再看齐岚妮，腰板挺直，嘴角浮现出一抹莫测的笑意，下巴抬的很高，右眼角挑起来，也不看贾心怡，香喷喷地从贾心怡面前飘过去，落座。

显然齐岚妮的着装与观看的话剧，是十分搭调的。

看完话剧回来，观赏了一路省城的夜景，贾心怡的手机也没有闲着，咔嚓咔嚓了半天，又用微信"唰唰唰"地给吴萍萍发过去，让她同步欣赏。

回到招待所，贾心怡赶紧给手机充电，齐岚妮的充电器摆在卫生间里。贾心怡想起来了，齐岚妮和自己用的是同一款手机，充电器也是一模一样的。

刚入住一起时，齐岚妮见到贾心怡的手机，还说她自己的手机是一上市就购买的，买的早，原价，价格贵。说，贾心怡虽然是新的，肯定是打折的，便宜。

贾心怡没有接话。她心想，那是吴萍萍两口子的心意，哪怕就一分钱。她也高兴。

半夜，齐岚妮才回来，当时几点了，也不知道，贾心怡对她的行踪实在没兴趣了。

回到莲城干部管理学院，各住各的宿舍。

回忆完去省城看话剧的经过后，贾心怡说："用好几千块钱的进口化妆品的人，怎么会拿卫生间的卫生纸呢?"说什么贾心怡也不相信。

"确实，我们也不愿意相信这事。保洁员为了撇清自己，在公共卫生间的卫生纸上做了记号。随后打扫学员宿舍时，在齐岚妮的房间卫生间里，发现了做了记号的卫生纸。"物业主任面无表情地说。

"噢，既然是同款同型号的手机和充电器。会不会是拿错了?"老班长道。

"嗯?"物业主任鼻子里哼了一声，显然通过卫生纸事件，她对齐岚妮有了成见。

那也有可能，但实在不想为此再和齐岚妮去交涉了，万一她不承认，那很有可能，充电器都长一个样，那以后就更没办法相处了。

"算了吧。我没办法证实这事。"贾心怡自己打起了退堂鼓，这事说大不大，较起真来太耗神了，"旧的用着也还行，不耽误充电。"贾心怡接着说，心里觉得只是有些对不住吴萍萍和小蔡两口子的一片心意了。

"那好吧，反正你也没什么损失。"看来老班长也想息事宁人。

"那就不追究了?"物业主任大概有些不甘心，追问道。

好好学习

"不追究了。"贾心怡和老班长齐齐说道。

"我得说明白了，以后再发生类似的事情，请先跟我汇报，不要直接和我们的工作人员交涉。"物业主任提醒说。

贾心怡没吭气，老班长接话说："是的，按程序走。我的学员我负责，由我出面。"

出了物业主任办公室，老班长拉着贾心怡，说去操场上溜达溜达。

"小贾，这件事希望你就不要外传了。"老班长严肃地说。

"我知道。也不是啥光荣的事。"贾心怡道。

"我是相信你的。我是这样想的，这件事不了了之，但也不能让你个人吃亏，我个人掏钱给你买一个新的充电器。你看这样处理如何？"

贾心怡没料到老班长是这么想的，赶紧表态道："哎呀，老班长，不至于的，求你千万别那样做。这个旧的充电器可以用的，我不需要换新的。真的！请你相信我。永远别提这件事了，好不好？"

老班长看着贾心怡，道："班里出了这样的事情，我也有责任。"

"这事不怪你，你可别往自己身上揽。每个人的素质都不一样，临时组织在一起培训，难免发生一些不愉快的事情，责任在个人。你不用自责的。"贾心怡劝慰道。她说的都是心里话，一只手伸出来，五根手指头还不一般齐呢，更何况是三十多个成年人聚在一起，各有各的心思。只是，不要再出什么大事就行了。

老班长赞许道："谢谢小贾，让你个人受委屈了。"

"天上飘过五个字：那都不叫事儿。"贾心怡顽皮地一笑道，"咦，'那都不叫事儿'，应该是六个字吧？哈哈哈哈！"

再看见齐岚妮时，贾心怡心里很不舒服。齐岚妮的眼睛与贾心怡对视，直直地看着她，说不清楚是探究还是示好。虽然只是一瞬间发生的，倒是贾心怡受不住了，赶紧转移开自己的视线。

就当是无头案好了。贾心怡对找到充电器的下落，早就失去了兴趣。

七

一周过得很快，转眼就是周末了，有点变天，贾心怡计划回家取些衣服，顺便去看看吴萍萍的小宝宝。给吴萍萍打了电话，约了见面的时间和地点。

出教室时，贾心怡看见萧远还在忙乎，对着笔记本电脑查找什么，顺嘴问了一句："你还不去吃午饭？"

萧远回答说，他准备"十一"国庆节要去内蒙玩，网上订火车票呢。

贾心怡听了，心里一算，的确，还有一个礼拜的时间就是国庆节了。便说："我家楼下就有火车票代售点，一会儿回城，我帮你买吧。"

萧远觉得也可以，笑着说："那敢情好。不过不好意思，还有老方呢。"

"老方去哪儿？"贾心怡好奇地问。

"也是内蒙，我们俩一起出游。他才是主角，去内蒙采风、拍照，我给他的图片配文字。"萧远愉快地回答道。

贾心怡知道萧远爱写散文诗，心想，他俩的合作真好，图文兼顾、并茂。

"不错啊，两人结伴出游。好的，没问题，都交给我吧。"贾心怡爽快地说，"反正你俩去的是一个地方，我帮你俩一起买吧。"

"好啊！我这就找老方要身份证去。"萧远高兴地说，"你不计划出去玩啊？"

"我不出去了，老师列的书单那么多，都没时间看，正好利用假期恶补一下。"贾心怡回答道，"萧远，你快点啊。我先去宿舍取包，回来就走。"

等贾心怡回到教室，看见老方也在。萧远把他俩的身份证和一叠钱，一起交到贾心怡手里，说："那就麻烦老妹儿了。"

"先别给钱啊，还不知道是多少呢。我先刷卡帮你们垫付，回头再算账吧。"贾心怡拿过那两张身份证放进自己的包里，没拿萧远手里的钱。

"好吧，我看行。"萧远也是痛快人，说话办事都很利索。

"哎，我看这样好不好！"一直没说话的老方开口道："萧远，你给心怡分配一个人，明天上午去采访时，让心怡和咱们一起去。"

"好！正好袁清溪说他忙着出那本杂文集的事情呢，他手里的两个先进人物都顾不上写了。我留一个，剩下这个女环卫工人就交给心怡吧。"萧远痛快地回答道。

"怎么回事？"贾心怡不明白他俩在说什么，有些糊涂了，便问道。

"哦，是这样的，莲城市环卫局要出本书，把近五年来涌现出的二十名优秀人物事迹汇集成册，在全市做宣传。环卫局主管宣传的副局长找到了我头上，请咱班的人写报告文学和通讯报道。我找了咱班的几个同学，一起做这事，每个人分配了一到两个先进人物，给每个先进人物写一篇报告文学。当时没找你，是考虑你是写散文和诗歌的。"老方解释说。

"对啊，我没写过报告文学。"贾心怡有些怯场，虽然她也想尝试一下。知道自己写散文和诗歌比较拿手，一直想往小说和报告文学上转。这次上培训班，也是奔着这个目标来的，毕竟多学会写一种文体，既是对自己的挑战，也是能多学本事的。

"通讯报道写过吧？"萧远在一旁说，"咱们也上了一个月的课了，你肯定有收获吧？不要担心，你就大胆地写吧。写不好，还有老方最后把关呢。"

"是，萧远说的没错。不用怕，写什么文体都得有第一次，都得练，这没什么巧劲。你回去上上网，查一下怎么进行人物采访，今晚拟出采访提纲，马上发到我的邮箱，我帮你看看。"老方笑眯眯地鼓励道，"具体写的时候，我和萧远都可以指点你。"

"太好了！那我就恭敬不如从命了。"贾心怡很高兴，难得有这样一个机会，一边学习，一边实践，把课上学到写作方法和技巧马上用于实际。还有老方和萧远热心地帮助指点，必须好好准备。

"那咱们明天上午九点，就在市环卫局大门口汇合吧。"萧远说。

"OK！不见不散。"贾心怡愉快地答应了。

回到家，赶紧先去火车售票点，给萧远和老方买了火车票，马上微信告诉了萧远。

贾心怡又给吴萍萍打电话，说明不能见面的原因。吴萍萍自是十分支持，说有的是时间聚会，还是忙正事要紧。

随后一心盯在网上，搜索"怎样采访先进人物？""怎样拟定采访提纲？""怎么写出一篇合格的报告文学"等等，下载了一堆资料，从中筛选自己需要的内容。

忙乎半天，贾心怡拟定好了采访提纲，看不出还有什么需要补充的内容后，发到老方的邮箱里。很快，老方帮着删减和增补了几点，又发回给了她。

贾心怡心里有底了。虽说万事开头难，但第一次写报告文学，就有老方这样的内行直接指导，手把手教，贾心怡觉得自己的命简直太好了。

余下的时间来不及去买书了，就从网上搜寻了一些报告文学，读了起来。

周六上午的采访很顺利。

莲城市环卫局特别重视这件事，主要领导都参加了座谈会，被采访的环卫工人也悉数到场。

老方介绍同学们时说，大家都是莲城文艺界的笔杆子，热爱环卫工作，感谢环卫工作者的辛劳。最后表态说，各位将不辱使命，写出最好的文章赞美环卫工人等等。

这是贾心怡第一次到环卫局。环卫局坐落在莲城南端的一个大院子里，矗立着三四栋楼，院子里停放着洒水车，到处都是整齐划一，干干净净的。

按照萧远的分配，贾心怡的采访对象是个女大学生。贾心怡和姑娘找个办公室，聊了起来。

梳着一头利落短发的姑娘叫刘洁丽，个子高高的，刚二十二岁，说话慢声细语，介绍自己在大学里学的是园林绿化专业。毕业后找不到工作，很多同学都去了北京上海这样的大都市，虽然就业机会比起莲城来相对而言多了许多，但刘丽洁没有动心。她眼看父母年迈，需要照顾和反哺，不忍心远离。

刘洁丽的父亲是环卫工人，她小时候就跟着父亲扫过大街。当初上大学选择园林绿化也是因为喜欢，想把城市打扮得漂漂亮亮的。后来莲城环卫局招临时工，刘洁丽应聘上了扫大街的岗位。

扫大街的过程中，她发现绿化方面存在一些问题，就根据自己在大学所学专业，给绿化部门提出了相应的合理化建议，发到绿化局公开的邮箱里，结果很快就被采纳了，进行了整改。绿化局还给环卫局打招呼，说需要刘洁丽这样的人才，要把她挖走，没准很快就会被绿化局正式录用了呢。

贾心怡很佩服刘洁丽作出的选择，也佩服她没有丢弃专业，能在环卫工作过程中，发现城市绿化方面的问题，用自己所学的知识给绿化局提建议。这比起很多啃老族，宅在家里不就业的大学生们强多了，是靠劳动和知识改变命运的典型啊。

刘丽洁说劳动是最光荣的，能够自食其力，不给父母增加负担，还能回馈父母养育之恩，回馈社会。她觉得自己做的都是最普通的事情，不值得宣传。

多朴实多善良的姑娘啊！在采访的过程中，贾心怡内心一直被感动着，社会需要刘丽洁这样的有志青年，能在平凡的岗位上发挥自己的才干，十分难得。

采访结束后回到家里，贾心怡用了一个下午和晚上的时间，一气呵成写出了一篇8千字的报告文学《像金子一样熠熠生辉》。

第二天周日，贾心怡再次对这篇文章进行了润色，直到自己满意之后，才发到老方的邮箱里。

很快，老方提出修改意见，反馈给了她。看了老方提出的建议，贾心怡觉得老方水平就是高，欣然采纳，改完之后再发给老方。如此来回四次之后，稿件通过。

随后，课间时，萧远跟贾心怡聊天，说："贾心怡，你的稿子老方给我看了。写得真不错，都是真情实感，还把人家家庭情况都挖出来，人物形象立体丰满。所以，你发现没有，只要用心，没有学不会的。"萧远接着说，"不像有些同学写得不行，还不谦虚，舍不得删掉废话。改了好几遍了也不合格，真没办法。"

"谁啊？"贾心怡问。

"还能有谁？齐岚妮，那位大婶呗！"萧远很不屑一顾，"那点稿费还真就有人看上了。"

"或许家里困难，需要钱。"贾心怡猜测，忽然想起了那些价值不菲的高级化妆品。她对自己说的话有些怀疑了。

"不至于吧？再困难也不差这二千块钱。"萧远道。

贾心怡又想起齐岚妮跟自己说的隐私，也不好说什么了。齐岚妮做事实在是让人看不懂，也看不透。或许世上就是有各种各样的人，这个世界才是多姿多彩的。

八

这个"十一"国庆节，贾心怡过得真充实，用她自己话来说就是"只赚不赔"，第一没有外出花一分钱，钱包还是鼓鼓的；第二看了两本名著，武装了一下头脑。绝对双赢。

过完节，同学们全部按时回到培训班。

贾心怡带来几件裙装，想把自己装扮得文艺些，脖子里围上一条彩虹色的长丝巾，的确增色不少。贾心怡觉得镜子里的自己很有文艺范儿了。

老方和萧远从内蒙采风回来了。第一天上完课后，老方送给贾心怡一副银质手镯，说银手镯跟她的气质很搭配，质朴、不张扬。

萧远在一旁，也直帮腔说好看。说完掏出一块棉布，说是送给贾心怡，擦手镯用的。这俩搭档还真有意思。

银手镯的样式古朴大方，花纹繁复，精美漂亮。贾心怡很喜欢，就问是多少钱，说着掏钱准备付给老方。老方连忙摆手说不要，就当是写环卫工人那本书稿预付的稿酬好了。

贾心怡一听，觉得也行，不再提付钱的事。

萧远还教贾心怡说，两只手镯都戴左手腕上，好看，别一手一个。

贾心怡照办，把两只银手镯戴在一起，时而互相碰撞，叮当作响，边抚摸边欣赏，十分喜欢。心下觉得，老方和萧远都是很细心的人。

一旁的袁清溪插话道："老方，你和萧远都老土了，现在哪儿还有人戴银手镯？那都是老祖母时代的首饰，早就过时了。现在流行的是手串，懂不？崖柏，懂不？小叶紫檀，懂不？海南黄花梨，懂不？老山檀香，懂不？"

见老方他们不接话，可能是被一串"懂不"整"不懂"了。袁清溪一副恨铁不成钢的样子，推推眼镜，道："不懂市场，就不懂流行趋势，不知道流行趋势，就不知道人们都在忙乎什么，不知道人民的需求，怎么能写好文章呢。"

"你这思维太跳跃了。我们脑子慢，跟不上。你就单说手串好了。"老方笑眯眯地开口道。

"啊，说手串是不？"袁清溪更来劲了，"手串市场多乱呢，价格几十块到几万块、几十万块都有。你得有双慧眼，要会淘。淘，淘宝，懂不？就是花最少的钱，让利益最大化。我有一哥们，去古董地摊花了不到一百块钱买把紫砂壶，结果怎么着，打死你们也猜不出来，那可是价值好几万的名家制壶啊。"

"咋淘？"萧远看袁清溪说的热闹，便问道。

袁清溪停顿一下说："比如说啊，要有懂得相关知识，要研究，得识货，俗话说：买的永远没有卖的精。你得比卖家还懂行，才不能上当受骗。就说齐岚妮吧，请我帮她买手串，我就给她挑了一串紫檀柳手串，一百多块钱的东西，戴着玩玩就行了。太贵的，她也不懂。女人嘛。"

"说半天都是纸上谈兵，你藏着什么真宝贝呢？拿出来让我们大家伙都开开眼呗。"老方依旧笑着说。

"我傻啊？我才不买那些玩意儿呢。了解一下这方面的知识得了，跟你们这些大文豪们聊天时，也显得咱肚子里有货嘛。哈哈哈！"袁清溪打着哈哈，得意地说，"你们想知道啥是紫檀柳，去找齐岚妮，她手腕子上戴着呢，可以欣赏一下。"

看袁清溪得意洋洋的样子，大家跟着"哈哈哈"一笑，一哄而散了。

贾心怡倒是觉得自己真长知识了。楼道里，碰见齐岚妮，她一眼看见了贾心怡手腕子上的银手镯了，立即问哪来的。贾心怡实话实说。

齐岚妮撇撇嘴道："让我看看，别是什么假的藏银、苗银的吧？地摊货，几十块钱就能买一对儿，特便宜。"

说完，不等贾心怡同意，齐岚妮拽过贾心怡的手腕子，举到自己的眼前，仔细瞅，说："掂掂分量真轻，不怎么样啊。老方说多少钱没有？啊！什么？他说从稿费里刨除？这个老方真狡猾，成天笑眯眯地，就是一个笑面虎。他这是想多扣你的稿费，你可不能上当。"

贾心怡赶紧抽回自己的手，掏出萧远给她的那块棉布擦擦手镯，回答说："我喜欢就行。原本也没想要稿费，就当是自己练笔了呢。"

"呦呵，别假清高啊。付出劳动了，就得有所得不是？按劳取酬嘛。"齐岚妮撇着嘴说。

贾心怡没接话，赶紧走了。

没几天，召开班级会议，传达和学习省城文联召开的文艺座谈会的精神。老班长请来《莲城》杂志的老社长，给大家解读座谈会精神。

事先已经学习了讲话座谈会内容了，会上同学们都很踊跃，有七名同学积极发言表态，要创作出无愧于这个时代的好作品。

中间休息时，贾心怡找了个空档，把自己新写的一篇散文打印好，给了老社长，是在那篇创作体会发言稿的基础上改写的散文。既然上次见老社长时已经接洽过了，要抓住机会请他给自己提意见。贾心怡特别期待专家的讲评，这样才能不断提高自己的写作水平。

七名同学的发言，第二天就刊登在《莲城日报》上了，副刊同时登出了贾心怡的散文《给理想插上五彩的翅膀》，直接放在"中国梦莲城梦我的梦"征文来稿栏目了。

老班长拿来一摞子的报纸放到教室里，大家争相抢着阅读。

贾心怡原本以为，老社长会把对散文的修改意见反馈给她，没想到直接就发表了，看到《莲城日报》刊登的自己文章和名字时，心里"砰砰砰"直跳。

这时，吴萍萍打来电话，说在《莲城日报》上看见贾心怡的散文了，写得真好，表示祝贺。

贾心怡接到电话时，还在教室里，坐下来回答道："嘿！你这动作够快的啊。是，我自己也没有想到啊。我知道有这个征文比赛，还没想好怎么写呢。嗯，是，老社长直接给我投稿了。我刚才琢磨了一下，那篇稿子符合征文要求。谁都有自己的梦想，我的梦想就是好好学习、天天向上，写出好文章嘛。"

萧远路过贾心怡身边时，微笑着竖起了大拇指，贾心怡冲他点点头。齐岚妮也走了过去，脸色很不好看，贾心怡没跟她对视，低下头，接着跟吴萍萍闲聊了几句。

不一会儿，贾心怡在微信的朋友圈里看见齐岚妮把她自己和老社长的合影晒了出来，配了文字：近日与散文大师某某某会晤，聆听大师教诲，大师是上世纪驰骋文坛的领袖，著作等身云云，获赠大师亲笔签名，并合影留念。

照片里齐岚妮笑的十分可爱，挽着老社长的胳膊，一派小鸟依人状。老社长的黑衣和苍老，把穿着牙黄色套裙的齐岚妮衬托的珠圆玉润。

晚饭前，袁清溪打电话给贾心怡说："小贾老师，您的文章得到老社长的亲自点评，这么快就刊登出来了，简直是可喜可贺嘛！我们都为您感到高兴哪！您得请客祝贺啊！"

贾心怡赶紧说道："袁老师您过奖了！我担待不起，还有那七位同学也需要祝贺的。"

"哦，那可是大不一样的。小贾老师，您的文章是老社长钦点，等于是开过光的啊。哈哈哈！"袁清溪热情洋溢的声音一阵阵穿过来。

贾心怡忽然想起，袁清溪请自己吃过饭，必须回请，礼尚往来嘛。于是她回答说："好的好的，袁老师，没问题！今晚我在职工餐厅请您。"

贾心怡一琢磨，老班长对自己颇为照顾，若不是他提示自己，哪里能得到老社长的关注、点评。另外，老方和萧远也不错，尤其是老方，从内蒙回来，给自己带了那么好的礼物，这些人情都得还。贾心怡又打电话请老班长和老方、萧远一起去吃饭。

结果，他们都说有事，不去。老班长说没必要请客，都是应该做的。萧远说他在忙着给老方在内蒙拍的照片配文字，没空。又对贾心怡说，一个班的同学，关系都不错，说请客感谢那是瞧不起他和老方。

贾心怡只好作罢，一看，还得是他们俩，就打电话跟袁清溪说好，五点半在培训楼门口汇合。

贾心怡早早下楼，等候。

不一会儿，一辆车开过来。车窗摇了下来，袁清溪坐在车里冲她招招手。

贾心怡走到驾驶室跟前，说："袁老师，在职工餐厅，几百米远的路，不用开车去。"

袁清溪满眼笑着，招呼说："您先上车吧。"

等贾心怡上了车，袁清溪还是不走。贾心怡问他还等谁，袁清溪说还有齐岚妮。贾心怡简直无语了，想想和齐岚妮之间的龃龉，自己也没有张罗请齐岚妮，一定是袁清溪自作主张。事已至此，贾心怡也没办法了。不过既然是外出吃饭，有个齐岚妮倒好，免得就自己和袁清溪俩人，颇为尴尬。想到这里，贾心怡对齐岚妮有些期盼了。

几分钟后，齐岚妮出来了，直接拉开车门钻了进来，笑着和贾心怡打个招呼，好像她俩之间没有任何间隙似的。

袁清溪二话不说，开车拉着齐岚妮和贾心怡，往干部管理学院的大门外驶去。

原来袁清溪是开车来的培训班，怪不得齐岚妮和他去城里看电影，那么方便，不用乘坐有时间限制的班车。贾心怡心想，又记起老班长说的离开干部管理学院要请假的规定，便道："袁老师，您看，要不要跟老班长请个假呢？"

"不用的。咱们又不是小孩子，出去吃个饭就回来。悄悄地去，悄悄地回来。"袁清溪不同意请假，接着说道，"今天咱们不在职工餐厅吃了，我拉你俩去个好玩的地方。"

半个小时后，车子停在一家野味饭店门口。熄火，进店。

"我来点，你们没有来过。"袁清溪在雅间一落座，便开始张罗。他不用菜谱，直接对服务员说道："笨鸡炖榛蘑，红烧嘎鱼，有鸡有鱼，大吉大利。林蛙也上一个，这可是补品啊，女同志吃了最好的。再来一个特色菜，野生的甲鱼，清炖！一般人没有这个口福的。汤么，就来乌鱼蛋汤吧。四菜一汤，咱们可没超标。小贾老师的文章发表了，是件大喜的事情。噢，再来瓶子酒。"

不等贾心怡开腔说话，袁清溪接着说："是不是担心我酒驾？不会的。饭店有代驾，直接开车把咱们送回去。司机自己再想办法回来，不用咱们管。"

"俗话说得好，无酒不成席。把你们老板珍藏的莲城老窖拿一瓶过来，白瓷瓶的，他懂的。"安排完酒水，袁清溪接着说道："小贾老师的事情，太让我高兴，比我自己发表文章都高兴。说好了，今晚我来结账！说让小贾老师请客，那是个托词，其实是想和你俩聚聚。我工资高，是你俩的大哥。都听我的。"

酒菜陆续上桌，三人喝了起来。贾心怡不会喝酒，还是喝的白开水。齐岚妮陪着袁清溪喝酒，不一会儿，俩人的脸颊显出了一层红晕。

酒至酣处，脑袋大脖子粗矮墩墩的饭店老板进来敬酒。

袁清溪介绍说："来来来，我给你介绍一下，这位美女：小贾老师，前途无量，文坛新秀，势不可挡。"

又指着齐岚妮介绍说："这位：资深美女作家啊！文坛常青树。岚妮老师发表文章时，一时洛阳纸贵，《莲城日报》都被抢光了。今天两大美女作家光临你的酒店，星光闪耀啊！"

听着袁清溪夸张的介绍，齐岚妮矜持地微笑着，今天她几乎没怎么说话，安静地喝酒，安静地吃菜，安静地微笑，是个安静的美人。

"星光闪耀星光闪耀！鄙人的酒店蓬荜生辉蓬荜生辉。"饭店老板满脸笑容，瞪着一对牛眼对服务员道，"去去去，告诉师傅加个菜加个菜，拔丝苹果苹果，女士们爱吃爱吃，我送的送的。"

仔细看，饭店老板没喝多，也不是结巴。说话还自带复读的，贾心怡第一次见，开眼了。

推杯换盏一番，饭店老板告辞出去了。

袁清溪喝得有些高，面红耳赤，大着舌头说："我去结账。"

贾心怡立即站起来，说："袁老师，我去。"

袁清溪瞪着发红的眼珠子道："坐下！小贾老师，您坐下！啥也不要管。大哥我来！"说完跟跄着走出了雅间。

不一会儿回来，袁清溪似乎精神了一些，接着把瓶子里剩下的几两酒也灌进了肚子。

齐岚妮不胜酒力，面若桃花，双眼迷离，他俩喝得都有些迷糊。两人喝了一瓶子白酒，这酒量相当厉害了。

贾心怡扶着俩人一起往外走。袁清溪大着舌头说："服服服务员呢？那个野野野生王八要打包，别浪费了啊！挺贵的呢！"

贾心怡回头看了一眼连汤都不剩的几个盘子，冲服务员点点头，说："不用了。谢谢你啊。"

服务员微笑道："你们的账还没结呢。"

贾心怡的脸腾地红了，忙不迭地说："我来我来！请稍等。"

说完先把俩人送上车，贾心怡赶紧转身去付账。

收银员递过来一张单子，贾心怡一看，唉呀，二千多，心里哆嗦一下，再看酒水是一千二百元，问道："莲城老窖，这么贵？"

"哪是莲城老窖？咱们莲城有老窖吗？"收银员是个二十来岁的小姑娘，眉毛修的细长，唇红齿白，她反问道。

"那这是什么酒呢？"贾心怡问。

"茅台。"收银员淡淡地说。说完示意了一下服务员，服务员立即举起手上拿着的酒瓶子，是那个没有商标的白瓷瓶，酒瓶盖子冲着贾心怡，以验真伪。

看来要出糗了，原本也没想到会花这么多，就没有去学院的银行柜员机取钱。知道自己带的现金不够，贾心怡有些尴尬，这下子丢人丢大发了。

"可以刷卡。"收银员挑了一挑细长的眉毛，定定瞅着贾心怡说。

"太好了!"贾心怡一听，好像得了特赦令似的，赶紧掏出一张银行卡，感激不尽地递给了收银员，按密码，签名，搞定。

代驾的司机开着袁清溪的车，把他们仨往干部管理学院送。后面跟着一辆面包车，是拉司机回酒店的车。

走到半路，后面的车子打双闪，贾心怡他们这辆车停下来。面包车的司机下车过来说，车子没油了。这辆车的司机也说："大姐，咱们这辆车亮红灯了。"

贾心怡没遇到过这种事，只好问："咋办?"

"咋办? 加油呗。" 司机说前面就有一个加油站。

到了加油站。贾心怡看着车里睡着的两个人，对两个司机说,："一辆车加 50 块钱的油吧。给你，一百块。"

车子停到了培训楼后面，贾心怡叫醒齐岚妮和袁清溪，扶着他俩回了各自的宿舍。

半夜，贾心怡突然醒了，一听肚子在咕噜咕噜叫唤，再也睡不着，从包里翻出来剩下的一片口香糖，嚼了半天，还是不顶饿啊。

第二天，袁清溪酒醒了，跑来问贾心怡道："小贾老师，我是没结账吗? 去趟厕所回来就忘了! 瞧这事闹得。说好我请小贾老师的客，怎么能让您结账呢? 我必须把钱给您!"说完，袁清溪掏出钱包，从里面掏出一叠钱来，一把塞到贾心怡手里。

"不不不! 我请客! 我请客! 说好的了。"贾心怡赶紧把钱推了回去。

"小贾老师，您不要太客气了。那好吧，下次! 下次一定! 谁也不许跟我抢单!"袁清溪很豪爽地"哈哈哈"笑着说，"酒喝太多了，莲城老窖太耽误事! 耽误事! 酒真不是个好东西。"

回想起《麻袋里的钉子》里那些透着辛辣气味、针砭时弊的文章时，贾心怡发现，同样一个人，作文和做事，是有天壤之别的。看来有时说"文如其人"，也不够精准。不记得从哪里看到过这么一句话，"人在作文和真实的生活中时，是处于两个完全不同的世界里。作文时，是在真空里，是梦想的世界；世俗的生活中，会使人变得俗气很多"。这话说得很有道理。

紧接着北京召开 APEC 国际会议，福泽到京南冀中的莲城，连续多日的阴霾天都不见了。那几天，莲城的天空蓝得不像真实的。

趁着天好，培训班组织班里的男生们进行了一场篮球赛。老班长是裁判，女生们充当啦啦队。

比赛打得很激烈，但主要是为了锻炼身体。

老班长总结比赛得失时，对着天空慨叹道："艾派克蓝啊，你是那么的蓝。蓝得简直不像话，却像一幅画。"

说完严肃地跟大家说，"看，培训班没白上吧，我也会做诗了。"

别看老班长平时不苟言笑，偶尔冷幽默一下，也是十分搞笑的呢。

直到 APEC 会议结束了，莲城的天空还是那么蓝，大家的心情很不错。

九

萧远给贾心怡发微信，说想找她商量一件事，到楼下的操场上里聊。贾心怡明白，萧远不到她宿舍，是为了避嫌。

于是，贾心怡下楼来到了操场上，萧远已经等在篮球架那里了。

"什么事电话里不能说。还搞得这么神秘？"一见萧远的面，贾心怡纳闷地问他。

萧远皱着眉头，说："我怕电话里一句两句地，说不清楚。"

"那到底是什么事啊？"贾心怡问道。平时和萧远接触不多，但贾心怡觉得萧远阳光向上、乐于助人，是比较正直和正派的，所以对他的印象比较好。

"跟你直说吧，老班长家里事情很多，他儿子前年出车祸死了，儿媳妇怀着孕，背着他们老两口把五个月的胎儿打掉了。老班长的老婆受不了丧子和丧孙的刺激，疯了，住在精神病医院里。而且老班长老婆一直没有好转，花费颇巨。我和老方商量了一下，咱们给老班长捐点款吧，虽然杯水车薪，可也是那么个意思。想征求一下你们女同学的意见。"萧远一口气把话说完了，神情有些期待的样子。

　　"啊！这么惨？"贾心怡吓一跳，一口答应道，"没问题啊。捐多少？有数额规定没有？"

　　"太好了，就知道你准会答应。"萧远笑起来，虽然眉头还拧着，他拍掌道，"没规定钱数，捐多捐少都行，主要是表个心意。女同学那方面就交给你了。"

　　"行，我去跟她们说。"贾心怡一口应承下来。

　　俩人边走边商量地回到培训楼。看见齐岚妮走出来，不等贾心怡开口，齐岚妮便道："你们俩干啥去了？这么高兴。莫不是有啥喜事？"

　　萧远一见齐岚妮，脸上的笑容瞬间消失了。他没接齐岚妮的话，冲贾心怡点点头，就上楼去了。

　　"嘀！别走啊，有啥不好意思的？见我就躲。"齐岚妮的话音提高了几度，在萧远身后说道。

　　贾心怡看见齐岚妮也有些憷头，但想到刚才和萧远的分工，还得跟她聊聊，于是拉着齐岚妮说了起来。

　　"至于吗？"没想到齐岚妮听完贾心怡的话，居然不同意，她一瞪眼睛，看着贾心怡道，"咱们都是工薪阶层，挣的是死工资，谁也不比谁富裕多少。再说了，不是还有工会嘛，每年交那么多会费，也不知道都花哪儿去了。老班长他们油田有钱，用得着咱们捐款？老班长也看不上啊。我不同意。"

　　说完，齐岚妮丢下贾心怡，走了，高跟鞋踩在地上，发出"咯噔咯噔"的声音。

　　出师不利，贾心怡不知道怎么游说她了，只好去跟其余的女同学说。结果没人不同意，有的人当场就掏钱包，被贾心怡拦住了，说：

"我只是先征求一下大家的意见，具体操作等老方和萧远的信。"

萧远回话了，他说，决定在班里举办诗歌朗诵会，要求人人参加，所朗诵的诗歌一部分由同学们自己创作，一部分是名人名著。在朗诵会上组织捐款活动。萧远的这个创意，已经征求过大多数人的意见，几乎全票通过。

诗歌朗诵会如期举行，由萧远和一个女生主持。由于事先都有准备，朗诵中途，大家纷纷往募捐箱捐款，贾心怡和一个男同学负责收款。

朗诵会的高潮在结尾处。

萧远和那个女生一起朗诵了北岛的诗《一切》和舒婷的诗《这也是一切》

萧远：一切都是命运，一切都是烟云，一切都是没有结局的开始，一切都是稍纵即逝的追寻。

女生：不是一切大树，都被暴风折断；不是一切种子，都找不到生根的土壤；不是一切真情，都流失在人心的沙漠里；不是一切梦想，都甘愿被折掉翅膀。不，不是一切都像你说的那样！

……

最后，两人一起合着朗诵：一切的现在都孕育着未来，未来的一切都生长于它的昨天。希望，而且为它斗争，请把这一切放在你的肩上。

诗歌朗诵会圆满结束，贾心怡和那个男同学，从捐款箱里清点出6700元钱，交给了老方和萧远。收到同学们的心意，老班长很激动，连说感谢大家。

瞅了个空，萧远悄悄问贾心怡，齐岚妮捐了多少。贾心怡想了想说，没看见她。

后来听老方说，袁清溪也没参加，他俩请假了，说是去省城出版社谈《麻袋里的钉子》出书一事。

"嘿，真行！我是服了。"萧远无奈地拍着自己的手掌，对贾心怡说，"可以不参加诗歌朗诵会。但钱得捐吧。"

"算了，别强求。这也得自愿，又不是上级布置的任务。"贾心怡劝萧远。

"山不转水转。我就不信了，他俩就没有求人的那一天？"萧远还是有些愤愤不平。

贾心怡想起齐岚妮找自己办事前后的那副嘴脸，说："人各有道。"

"真可笑！应了那句老话了：林子大了什么鸟都有啊。"萧远冷笑着说，贾心怡没有再接话。

第二天，贾心怡接到老方的电话，让她去趟老班长宿舍。

还没走进屋子，在楼道里就闻到一股墨香。贾心怡进屋一看，好几个同学都在。老班长挥毫写字，萧远站在一旁帮忙抻着宣纸，旁边晾着一部分写完的作品。

老方看见贾心怡进来了，笑眯眯地招呼说："来来来，心怡，班长给你的墨宝，收好了。"

说完，递给她一幅卷好的字。

贾心怡展开一看，是"好好学习"四个大字，落款罗永章，旁边盖着篆字红戳，是老班长的名字。

屋子里的床上，椅子上，到处都摆着写好的书法作品，"海纳百川""文以载道""驰骋千里"，等等。

贾心怡很喜欢，问写给老方的字是什么，老方展开手里拿着的纸卷，是"虚怀若谷"。

这时，不知齐岚妮怎么得了信，她一进屋子就说："听说老班长招呼大家，要给每个人留墨宝。我立即积极响应，配合班长工作。"

班长二话没说，挥毫写下四个大字。

齐岚妮一看，给她的那幅字上写着"以文化人"，尖着嗓子说："听说书画市场是按字收钱呢。我不要这个'以文化人'，给我写个多点字的。等以后老班长出大名了，估计想求老班长墨宝都难。"

贾心怡原本想说几句话，齐岚妮一来，她就什么也不想说了。

大概是见大家不吱声，齐岚妮又开口道："咦，我差点忘了，老班长，大家还给你捐款了呢。我看你还是卖字吧，我们捐的三瓜俩枣不顶事。卖字来钱多快呢。"

一屋子的人匪夷所思地大眼瞪着小眼，齐岚妮张嘴还想说什么，立即被萧远打断了，他推着齐岚妮的后背往门外走，边走边说："大婶啊，这屋子的墨汁味太冲，别熏着您老人家的贵体了。您还是哪凉快，哪呆着去吧。"

"嘿！你这臭小子，说谁是大婶，还老人家？我有那么老吗？叫姐姐还差不多。"齐岚妮显然不喜欢被萧远叫老了，纠正道，"别急，我的字还没拿呢。"

齐岚妮扭着肩膀，回屋拿起那幅"以文化人"，昂首阔步地走了。

"这大婶！真是个奇葩。我长这么大，可算开了眼了。"转身回到屋子里的萧远，摇着脑袋恨恨道。

"三千年一开花，三千年一结果。乃奇葩也！"老方笑眯眯地摇着头晃着脑，随即伸手假装打自己的嘴巴，道："虚怀若谷，要虚怀若谷啊。阿弥陀佛！善哉善哉。"

班长的脸上泛着淡淡的笑容，他一鼓作气挥就一幅字："天天向上"，递给了萧远。

十

眼看着培训班结业在即，班里要求，每个人都要写出个人总结上交。

贾心怡很快就写完了，但总觉得意犹未尽。个人的学习总结都是在写实，除此而外，心里还有很多感慨没有抒发。

想到此，她又在自己的笔记本上写下："世界上走得最快的永远是最美好难忘的时光，无论我们怎样恋恋不舍，在这里所有欢乐的日子，都终将离我们远去。我们带着期望在这里相聚，又满载着收获从这里出发。我想象着，不远的将来一定有那么一天，我们会听从心的召唤，从四面八方赶来，在这里再次团聚。而我们的心因为一个共同的理想，依偎在一起，一刻也不曾分离。

我们拥有过这段熠熠生辉的岁月，
从深绿的中秋到银杏飘落的初冬。
我们曾经栖居于此，
每天欢喜，在夜幕上写下温暖和爱。

这是一段流光溢彩的时光，
激情澎湃思绪飞扬。
这是一生一世难忘的一曲恋歌啊，
永远在心里悄悄吟唱。"

写完这段话，贾心怡心里舒畅许多，用文学的语言来表达心情，以此纪念这段学习经历。

回顾半晌，贾心怡收获颇多，未来不再拘泥于散文和诗歌的创作，她决定以后还要尝试写报告文学和小说，用多种文体书写所热爱的美好生活，多好。

同学们忙着收拾行李，退房，通讯录发下来了，互相写留言，招呼以后常联系，相约来年荡舟白洋淀，赏荷吟诗，以文会友。互相鼓励道，今后不仅要多在《莲城》和《莲城日报》等报刊杂志上发表作品，还要冲出莲城，向省会向全国各大报刊杂志进军。全力以赴繁荣莲城文化事业。

培训班结束的头一天，齐岚妮找到贾心怡，笑眯眯地说："心怡啊，送你一袋子桔子吃。刚下来的水果，可新鲜了。"

说完，齐岚妮把手里的那袋桔子放到写字台上。塑料袋子没有系上，敞开了口子，滚出一只桔子，骨碌两下跌落在地板，继续骨碌骨碌跑到了床下面。小桔子长得很圆，逃跑的动作太快，还没来得及阻拦，就不见了。

"咦！哪去了？"贾心怡眼瞅着那个橘黄色的小球，蹦跶着消失在了眼前，心里暗忖道。

对齐岚妮的来访，贾心怡猜不出她要干啥。据自己对她的了解，肯定是有事。贾心怡决定先不开口，看她说什么。

齐岚妮的目光，也从那只桔子的消失处收回，与贾心怡对视。她的眼角一弯，嘴边露出笑意，开门见山地说出了来意："心怡啊，咱班里你学习最认真，笔记最全我想把你的听课笔记和录音复制下来。你知道，我的笔记不太完整。回去后，我还得继续加强学习。这次培训很重要呢。"

贾心怡明白了，脑子里立马闪过齐岚妮上课时接打电话、出去上厕所、端着水杯接水等情景，齐岚妮的高跟鞋在寂静的教室里发出的"咯噔咯噔"声，也在脑海里回响起来。

贾心怡原本想把自己的笔记本借给她的，但是话一脱口的瞬间，却反悔了，于是道："噢，这事啊，对不起！我的笔记也不全。你还是到别的同学那里复制去吧。"

听到贾心怡的答复，齐岚妮原本的笑脸，忽然变了颜色，她鼻子里"哼"了一声，脸上的笑意全无，眼角和嘴角都正常归位。她转身走的空档，也没有忘记拎写字台上的那袋桔子，出门时，"啪"一声重重地关上了门。

贾心怡一下子躺在床上"哈哈哈哈"大笑起来。

滚到床底下的那只小桔子默不作声，发出一股好闻的水果香气。

"这桔子要是个有生命的小精灵，估计这会儿也在咧嘴笑吧。"贾心怡突发奇想。

回到家里，贾心怡立马收心，让自己恢复到上班状态。在培训班里穿过的那些很文艺的长裙丝巾和佩戴的饰品，都收进了大衣柜和首饰盒里。

看着手腕上的那副精美的银镯子，贾心怡摆弄半晌，故意让两个银镯子互相碰撞，发出好听的声音，随后慢慢摘下来，用萧远送的那块白色的柔软棉布擦干净，手镯发出柔和的光亮，沉静美好，贾心怡恋恋不舍地欣赏一番，包上，收了起来。

老师上课不允许佩戴首饰，这是学校的规定。

"以后再找机会戴吧。"贾心怡心想。

十一

萧远给贾心怡打电话报喜道:"贾同学!向你道喜了。"

"啥喜事?我怎不知道?"贾心怡没明白。

"那本写环卫工人的书《像金子一样熠熠生辉》出来了!用的是你写的那篇报告文学做的书名呢。"萧远的声音兴高采烈。

啊!听到这个消息,贾心怡也十分高兴:"哈哈!那应该同喜啊!在哪儿呢?我是说书在哪儿呢?"

"我给你快递过去。顺便把给老班长的那两本书也一起打包。回头你给他送去,怎么样?"萧远问。

"行啊!正好我想要去见见老班长呢。"贾心怡高兴地答应了。

"好,那你等着啊,一周之内准到。不和你聊了,我还得给其他同学打电话报喜。"萧远说完,挂了电话。

贾心怡给老班长发了微信,说这事。半天不见老班长回信,也没在意。估计老班长不在网上,他若是看见了必然会回话的。

紧接着,贾心怡给刘洁丽发了微信,告诉她这个好消息。过半晌,才见刘洁丽的回信:"太好了姐姐!谢谢你。刚才我去绿化局面试了,很有可能被录取呢!今晚正好有时间,我请你吃饭吧。"

贾心怡稍微一思索,如果拒绝了刘洁丽,她肯定不开心,还是等拿到书之后再见面吧。于是,贾心怡回微信道:"恭喜你啊妹妹!今天可是双喜临门啊。不过你先别着急,等书到了,咱们再庆祝不迟。"

刘洁丽没再坚持,回了微信,是个"开心笑脸"的图案。贾心怡十分高兴,想到这个刘丽洁终于靠自己的专业技能,调换到对口的单位和岗位,的确值得祝贺。

忽然,贾心怡看到齐岚妮在微信群里说:"那么好的老班长怎么就得了绝症呢?呜呜呜呜!"

紧接着齐岚妮又发语音说道:"不过告诉大家一个好消息,我的文章被省城日报的副刊登出来了，是今天的三版'美文品读'。大家祝贺我吧！"

贾心怡吓一大跳！老班长得绝症了？啥时候发生的事情啊?！也没听萧远说啊，噢，他可能还不知道呢！想到袁清溪和老班长都是油田的，贾心怡赶紧找出通讯录，浑身哆嗦着找到袁清溪的手机号码，打了过去询问。

"那是真的。"袁清溪嗓音低沉地说，"胃癌，刚做了切除手术。"

"啊！"贾心怡什么也没说，挂掉了手机。脑子里空荡荡的。望着外面的天空，湛蓝湛蓝的，想起老班长说的"艾派克蓝啊，你是那么的蓝"，贾心怡终于控制不住内心汹涌的悲伤，恸哭起来。

哭了一会，抽泣着给萧远打电话，想约上他和老方几个同学，一起去医院看望老班长。

"谁说是胃癌？"萧远的声音像炸雷似的响起来，贾心怡不得不把手机离耳朵远了一些。

"袁清溪说的。"贾心怡说。

"他的话你也信？"萧远反问道。

"你快说，那到底是怎么回事啊？"贾心怡焦急道，"我已经哭了半天了。"

"我也是刚得的消息，老方在医院给我打电话说的。老班长的胃部发现一个肿瘤，鸽子蛋大小，已经切除，活检结果出来了，确诊是良性的。"萧远说。

"啊！太好了！萧远谢谢你啊！你把我从地狱拯救到了天堂！"贾心怡欢快地说道，心情简直太好了，窗外的天空那么蓝。"艾派克蓝啊，你是那么的蓝。蓝的简直不像话，却像一幅画"，看什么东西都特别可爱。

萧远和贾心怡约好，一起到莲城医院看望老班长。

病房里，老班长的精神很不错。他说去培训班之前就知道身体不太好，但他也很渴望上这个培训班。于是，他把医生的诊断证明藏了起来，坚持上完培训班才去住院。

老方说，单位给老班长请了 24 小时的陪护，过半个月就能出院了。到时，可以请个小时工，在家照顾老班长。

"放心吧，不用半年就活蹦乱跳了。"老班长的主治医生说。

老班长老婆那边，也不用告诉她。老方开车带着萧远和贾心怡，去精神病医院看望过她了，她安静地抱着一个布娃娃躺着，不哭不闹。

贾心怡回到学校报到，正常上课，不用吴萍萍帮她代课了。

课间休息时，贾心怡打开手机，看到微信群里，齐岚妮的头像变成一个妙龄少女，扎着马尾辫，托着腮做一副可爱状。可能是她二十年前的老照片，还在朋友圈里贴了一篇署名齐岚妮的文章《我在秋天里歌唱》。

贾心怡浏览了一下文章的内容，忽然发现那是她交给齐岚妮的那篇《秋天畅想曲》啊！记得当时齐岚妮说，要帮她向省内报刊推荐的。

这时，齐岚妮用微信单独私信贾心怡，解释说，那篇散文有些误会，估计编辑一看是她齐岚妮推荐的，就以为是她写的。于是署名成了齐岚妮了，编辑还改了文章的名字。

"哈哈！"贾心怡笑出了声，谁发表不是发表呢？想想老班长的人生遭遇，她特别珍惜眼前的平安生活，其余的都不在乎了。

见贾心怡不回微信，齐岚妮接着又给她打电话。

上课的铃声响了，贾心怡起身去上课，顺手把手机装进了口袋。不一会儿，手机震动声不断，贾心怡知道自己忘记关手机了。课上得有些分心，板书时，不小心写了一个错别字，有个学生站起来，指了出来。

贾心怡闹个大红脸，赶紧改错。随后，悄悄把手机关上了。

下班后，回到家，过滤去培训班里的那些不和谐音，贾心怡想，整个培训班生活还是很愉快的。不能让那些愉快变了味，贾心怡回忆着，想起网上那篇关于"垃圾人定律"的文章，指某种负面能量缠身的人，四处倾倒精神垃圾，令人痛苦不堪。

想到这里，贾心怡立即行动，删除通讯录里跟齐岚妮和袁清溪有关的所有信息，她也要排除生活中的垃圾人。

这世界，清洁安宁了许多。

贾心怡已经把老班长给她写的那幅字"好好学习"装裱好了，挂在了墙上。

这时，手机铃声响了起来，贾心怡一看是萧远，接了，说："书还没收到。什么事？"

"不是书的事。我是说，周末你有空时，咱们去商场买两双鞋子去。"萧远的声音明快干净。

"买两双鞋子？给谁？干啥呀？"贾心怡有些丈二和尚摸不着头脑了。

"咱们不得谢媒人吗？"萧远说。

"谢媒人？"贾心怡更糊涂了，"萧远同学，你没打错电话吧？"

"没打错啊！怎么，两个月的时间朝夕相处，小贾同学对我的了解还不够吗？"萧远假装委屈地说，"再说了，你不是也收下我送你的定情物了吗？"

"哦，定情物？"贾心怡忽然想起那对被自己珍藏起来的银手镯！她的脸"腾"地发起烧来。

"是啊。老方还没跟你说真相吧？噢，我知道了，这家伙忙着弄他的摄影作品集呢。"萧远的口吻是抱怨的，但语气上已经有些得意了。

微信"嘀"一声，贾心怡低头看了一眼手机，吴萍萍发过来一张照片。照片里，是培训班举办的诗歌朗诵会上，贾心怡望着萧远朗诵那首北岛的《一切》时的情景。

这张照片，贾心怡没有见过，一想，肯定是老方拍的，诗歌朗诵会那天，老方是摄影师。

仔细一看，照片上，萧远站在台上朗诵，贾心怡立在舞台的左侧，仰着脸看向萧远，两眼放着光亮，嘴角上是一抹欣赏的笑意。不知老方怎么取的景，画面上只突出了萧远和贾心怡两个人，看上去，贾心怡满脸都是对萧远很崇拜的样子，构图十分巧妙。

吴萍萍又发过来一段话，她在微信里说："亲，照片上你含情脉脉望着的那位青年才俊，就是小蔡要介绍给你的男朋友萧远。他会跟你联系的。萍。"

　　贾心怡看着手机里她和萧远合影，抬起头看见墙上"好好学习"四个字，想起老班长给萧远写的那幅"天天向上"，"扑哧"一下，笑出了声。

美好生活

  最近这段时间，我的日子很不好过。

  单位工作繁琐，杂乱无章，令人焦头烂额，就连脸上久违的青春痘也开始蠢蠢欲动，此起彼伏。搞得我心情郁闷茶饭不思，可以说是按下葫芦，却又起了瓢。

  事情的起因是，我的老婆大人蒋美好同志，卷着铺盖跑回她娘家去了！

  她临走时瞪着丹凤眼，恶狠狠地给我扔下一句狠话，说："路胜利，我不跟你过了！"

  说完，还没等我反应过来，她就义无反顾摔上我家的房门，曼妙的身影立即从我眼前消失了。

  唉，蒋美好临别的那句话，既刺激又伤人心。

  是的，我叫路胜利。可我眼前丝毫没有胜利的喜悦模样，反而因无处安放内心的彷徨，如丧家之犬一般显得惶惶不可终日，一败涂地。

  自从蒋美好离家出走，我每天回到家里，既看不见蒋美好的美丽身影，也听不见她银铃般的说话声音，屋子里丝毫不见往日的勃勃生气。

  八十多平方米的两居室，没有女主人打理，到处都是乱七八糟的。拖鞋跑到了厨房里，报纸躺在冰箱上，茶几上都是灰尘，每样东西都显得毫无道理的颓废、沮丧和自由散漫，对我这个正牌的男主人完全视而不见。

我原本就不是一个勤快的人，主要原因是我所有的气力和热情都在单位耗尽了，而家里的摆设布置和卫生，都由蒋美好负责。

没有老婆蒋美好的家，我一秒钟也不想待，也懒得收拾，免得想起以前和蒋美好在一起时卿卿我我、浓情蜜意的美好生活，闹心啊。

家里没有了吸引力和温暖，我只好拿了几件换洗的衣服，去办公室住。

住的问题好解决，又得面对吃饭的问题，回父母家混了两顿饭就不敢去了。

因为我妈老是追问我，蒋美好怎么没有一起来吃饭？我说她工作忙，在单位吃。我妈狐疑地说，再忙也得吃饭呀，她们单位有食堂吗？

得，再问几句就露馅了。我还是在派出所小食堂解决肚子的温饱问题吧。

我是个最基层的小民警，我工作的派出所叫幸福派出所，地处小城的南面的幸福小区。

感谢几年前派出所搞的"五小"工程，在螺蛳壳里做起了道场。

我们幸福派出所在巴掌大的小院子里，建了小健身房、小浴池、小洗衣房、小阅览室、小食堂，既方便了全所的民警，也使得我日常生活的基本需要暂时都能在派出所解决。

反正也是孤家寡人，顺便，我承包了所里的夜班，帮弟兄们值班。家里冷锅冷灶的也没意思，我就以幸福派出所为家了。千万不要小瞧我们派出所的名字，那"幸福"二字还能给我些许的安慰。

晚上，在值班室值班。闲来无事，我给蒋美好打电话，看她是否能网开一面，听我解释解释"犯错误"的缘由和来龙去脉。

蒋美好的手机彩铃设置的是《姐姐妹妹站起来》那首歌，在我耳边萦绕了半天，我听了好几遍那句"十个男人七个傻八个呆九个坏"歌词，她还是不接。

无奈只好挂掉，看来她还在生我的气呢。而这个孤寂的夜晚，我很想找个人聊聊。

想了想，我接着给严有智打电话。

电话倒是接听了，但是还没容我张口说一句话，严有智就跟机关枪似的抢先给了我一梭子！

她说，她在服装店上晚班呢，生意还不错，客人很多，忙着呢。还说她也有事正想找我，但得等到她有空儿的时候才行。

说完便挂了。

听完她说的话，我寻思半晌，这家伙的生活还真忙碌充实，反正听上去比我强多了。

接着给苗得雨打电话，半天也没有人接，我只好作罢，手机丢在一边。

想不通，找个聊天的人就这么难？

我打开电视，里面正在播放一个广告。

电视画面上一个很知名的香港女演员，穿着一袭铺地的白色礼服，往铺着红地毯的台阶上走，四周一片闪光灯都在不停地"咔嚓咔嚓"闪烁着。

只听见画外音一个男声问道："某某小姐，你有男朋友吗？"

那个女演员对着电视屏幕外心灰意冷的我，回眸一笑，轻启她那张丰满性感的朱唇，说道："不是好味道，我不要。"

画外音那个男声好像颇为赞赏，欣喜地恭维道："真的是非诚勿扰呀！"

我一下子没有明白在卖什么东西，继续往下看，原来是在给某某某牌子的方便面做广告呢！

在脑子里回放了一番，还是不能够理解："你有男朋友吗""不是好味道我不要""真的是非诚勿扰呀""某某某方便面"。

这几句话在逻辑上有什么必然关系？

是表示方便面可以取代男朋友？

还是说方便面比男朋友更重要？

还是，还是在诠释我国二千多年前那位著名的教育学家关于"食色，性也"的深刻含义？

是我没有与时俱进？还是我的理解能力降低了？

一个不明所以然的广告，搞得我昏头涨脑，想破了脑袋瓜子，也没有觉出这广告哪儿拍得好。

换台，是相亲节目！再换台，还是相亲节目。怎么都是相亲节目？好像全中国的单身男女都打扮得新鲜靓丽，在电视里找对象呢。

找个老婆也真难，每个男嘉宾都大显神通，还有一个男嘉宾一边唱着红遍全球的韩国歌曲"我爸刚弄死他（音译）"，一边跳《江南style》骑马舞取悦台上的女嘉宾们。

在我看来，不管那个男嘉宾是不是真能找到老婆，过上幸福美好的生活，反正人家是在收视率最高的电视台大秀一把，在全国电视观众眼前露了脸，也算是不虚此行吧。

这时，我的手机铃声大作，低头一看来电显示，是苗得雨的电话打过来了。

我按下通话键，问他干啥呢，也不接我的电话。

手机那头，他气喘吁吁地说，在健身房的跑步机上飞奔呢，问我啥事。

我身在幸福派出所的值班室里丝毫感觉不到幸福，郁郁寡欢，而苗得雨正在忙着挥汗如雨地健身锻炼。

我俩身心都不在一个频道上，不适合推心置腹地聊天。

我只好说没啥事，挂了电话。

瞧瞧！真是喝凉水都塞牙，关键时刻找个说话的知心人儿都没有！

这时，罗嗦敲门进来了，针对我代替弟兄们值班这件事，眨巴着他的小眼夸我，奸笑着说年底的先进可以考虑我。

我才不相信他的话呢，我已经被他骗得有了心理障碍。

罗嗦是罗坚强的外号。按照我们行内惯例，对上级领导的称呼是省略了最后一个字的。

比如张局长，我们统称为张局，显得很亲切，官兵无距离嘛。

因此，罗所长简称罗所。此人说话、办事作风，一向婆婆妈妈、啰里啰嗦，久而久之，罗所也就成了罗嗦了。

我们幸福派出所的所长大人，同时也是我读警校时的师兄。

当初毕业分配回到小城时，要不是罗嗦三番五次跑到公安局要我，我早就申请进刑警队了。

罗嗦跟公安局人事科处长说，路胜利在读警察学校时就是写材料的好手，这样的人应该当内勤，也适合当内勤。他是我师兄，他了解。

罗嗦又反过来给我做工作。

他对我说，现在是和平年代和谐社会，就咱们这小地方，民风淳朴，民众友善，发生大案、要案的几率不高。没看见刑警队的那帮家伙成天在搞体能训练和测试嘛，为什么？没有大案要案呗，都闲着呢，不健身还能干什么？你路胜利要是进了刑警队，纯属浪费人才。

好刑警有的是，好内勤可是不好找。

而我路胜利，就是他千挑万选出来的一个当好内勤的材料，还说内勤能当所长半个家呢。

说心里话，其实我想当刑警也是有私心的。打中学时代起，我就立志当一名作家，尤其是写侦探小说的作家，做中国的福尔摩斯是我的远大理想和志向。

读警察学校、写侦探案件小说、当个刑警作家，是我给自己设计的人生三部曲。

说起这些深埋在当年一个十几岁的少年心底的理想，真不好意思。可是燕雀安知鸿鹄之志哉？家雀怎么能明白雄鹰的志向啊。

由于涉世不深、人微言轻，胳膊拧不过大腿，被罗嗦凭借他的三寸不烂之舌游说到了他所在的幸福小区的幸福派出所后，我的确是在幸福派出所里当了半个家。

全所人员吃喝拉撒的世俗之事，我都得管。平时还得调解一下辖区里婆媳不合、邻里纠纷、丢钥匙、猫上树狗打架、大水冲了龙王庙的事。

而所里每月填报治安报表、写大大小小的汇报材料这样高雅的事情，更是非我莫属。真是上得厅堂、下得厨房，既下里巴人也阳春白雪。

一时间忙得鸡飞狗跳无比充实，我也觉得所里离开我就玩不转了。

这时的罗嗦，倒是落了个清闲，好比娶了个能干的媳妇回家，把家里的活儿全撂给我了。

还美其名曰锻炼我，早晚要把家交给我管理。

幸福派出所环境不错，地处幸福小区的中心地带，是个独门独户的小院子。院子里栽种的花花草草，姹紫嫣红，还有几棵槐树和果树，都长得生机盎然。

罗嗦说种果树好，春天看花，秋后还可以摘果子吃，一举好几得。尤其是那几棵石榴树，更是茂盛，这都是罗嗦同志的功劳和成绩。

种那几棵槐树和石榴树时，罗嗦同志作为一个受党教育多年的干部，居然说什么"院种一棵槐，迎来万贯财"、石榴表示多子多福之类的话！

这都是什么思想？这就是封建迷信思想，糟粕嘛！

尽管罗嗦的言论不经推敲，可是经过他的辛勤耕耘和不懈努力，我们幸福派出所一年四季都有绿色植物常青，各种鲜花还按照不同时节竞相盛开，显得很有生气。

但可气的是，罗嗦同志在卫生间里放了一个老式马桶！也不知道是他从哪里淘换来的老古董。

他在全所会议上郑重其事地要求，每个入厕的幸福派出所成员都要在老式马桶上出恭，也就是大小便。此举便于他收集肥料，用于滋养院子里的那些绿色植物。

我提议说，还是买肥料吧，起码没有臭味。

罗嗦不同意，说幸福派出所的办公经费里，没有买肥料这笔开支。

我说，可以把所里卖废品的钱，用来买肥料嘛。

罗嗦眨巴着他明亮的小眼睛，说，那钱是用来买招待公安局上级领导来幸福派出所视察时的茶叶的，专款专用。打醋的钱不能买酱油。

我说不过罗嗦，只好闭嘴。

罗嗦便道"庄稼一枝花，全靠粪当家"，以后还是要用老式马桶积肥，环保。少用冲水马桶，还能节水呢，低碳。

要不是罗嗦一身警服，光听他说话，还以为他是种庄稼的好把式呢。

此后，每次去厕所时，一看见那个蹲在厕所角落里的老式马桶，害得我都犹豫半天，差点有了心理障碍。

可再一看见院子里茂盛的花花草草，想到里面也有我的一份功劳，便释然了。

罗嗦喜欢摄影，吃了好几月的咸菜，斥巨资买了个单反照相机，还有长长短短好几个镜头。

没事时，罗嗦就举着他的长枪短炮，睁一只小眼闭一只小眼，"咔嚓咔嚓"拍幸福派出所院子里那些花呀草呀、露珠呀、蝴蝶蜜蜂什么的，洗出来的照片一看，也像模像样的。

罗嗦经常参加幸福社区举办的书画摄影展览，说能和谐警民关系。

罗嗦参加公安局工会每年举办的民警书画摄影展时，还拿过奖呢！

而我的刑警作家梦，就此断送在了罗嗦同志的手里！

虽然理论上讲，我知道，不想当裁缝的司机不是好厨师，可一个工作上屡次出错的小内勤民警还指望当什么年底的先进？

那一个半个凤毛麟角的先进名额，早被业务骨干们瓜分了，我就白日做梦吧。

梦和现实有距离，远得就像银河系。

有些感伤的味道呀，我这是怎么了？秋天的缘故吗？难道说，没当成所谓的作家，还添了文人小资产阶级情调的毛病？不扯那么多了。

言归正传，我和蒋美好同志之间的矛盾起因很简单。

我们幸福派出所辖区的幸福小区里，有个精神失常的女同志，二十多岁，从远处打眼一看，身材修长，窈窕淑女呀；近处观察，皮肤细腻、唇红齿白，长得也不错。外号"马花痴"，她姓马。

据说这马姑娘是上大学时失过恋，可能是用情太深，以致有点神经了，只能退学回家休养。

一次，马花痴在幸福小区里看见了我，就主动跟我说："警察同志，我有很重要的问题要反映！"

看马花痴的神情庄重，语速平缓，落落大方，好像挺正常的一个姑娘。

我一听，就说请她去幸福派出所说明情况吧，便于我做工作记录。

到了幸福派出所，把马花痴领到我的办公室，马花痴就坐在我办公桌的对面，开始和我聊天。

以前没有跟马花痴打过交道，但我知道她有病。下幸福社区了解居民家庭组成和个人职业状况，是幸福派出所每个民警的必修课，这方面的基本功我还是有的。

因此，在跟马花痴聊天的过程中，我特别留意了一下，观察到马花痴神色很平静，聊天中也没有发现她有什么不正常的。

马花痴说话有条有理，反映的问题也很中肯。

马花痴说，她家隔壁新搬来的一家租户，总是在半夜十二点以后唱歌，还只唱《忐忑》那一首歌，反复唱。搅扰得她睡不好觉，夜夜失眠，要犯心脏病了。要我们派出所派民警去解决。

半夜唱歌？还扰民？这问题是得解决，我亲自去了解了一下。

那家租户说没有那事。还反问我《忐忑》是个什么玩意儿？从来没听说过。

《忐忑》是首歌，我听过，有一阵儿很红，有印象。

《忐忑》没有具体的歌词大意，音调忽高忽低，节奏不好掌握，不按照常理出牌，那声音一般人接受不了。尤其是反复听后，听了想死或是便秘，心脏感觉很不舒服。

据说，唱了这首歌的人，能达到神清气爽、内练丹田之功效，但听的人若是犯了心脏病，那纯属活该。

网上网友评论，称之为神曲，据说半夜时演唱能吓退妖魔鬼怪，辟邪。

我也有些疑惑，走访了租户周围楼上楼下几家邻居，都说没有听见那家租户半夜唱《忐忑》。搞得我很纳闷。

我还专门去找了马花痴一趟，把调查结果反馈给她。哪知从那以后，马花痴天天来幸福派出所找我了，还打扮得花枝招展。

罗嗦路过我办公室，看见了几次，提醒我要注意警民关系。

我很不屑，反问罗嗦说：注意什么？要搞好警民关系要搞好警民关系，这不是按照你所长大人平时口口声声的严格要求在做吗？

罗嗦睁大他的小眼睛，狠狠瞪我几眼，不再搭理我。

每次来幸福派出所找我，马花痴都带些小水果、小糕点、小糖果包在手绢里，拿出来自己吃。我忙乎我的工作，她也不打扰，吃完那些小零食就走，不闹事。

直到一天，她非要给我吃一根花里胡哨的棒棒糖时，我这才感觉出，马花痴这个女子真有些不正常。

那天到了中午吃饭的时间，马花痴的小零食都吃完，还坐在我的办公室里，不走。

我正想着怎么脱身呢，马花痴的母亲找来了。是一位慈眉善目的老太太，在辖区里见过，是个退休的打字员。

老太太悄悄跟我说，我路胜利跟她女儿大学里的那个初恋又失恋的男同学长得特别像，刺激她的神经了！

嘿！这可真是邪门了。模样长得像，还招惹了是非？

老太太给我留个了电话，说马花痴再来骚扰我，就让我给她打电话。

我跟老太太说，那是病呀，得治疗。

老太太说，治了，光是吃的药加起来得有几十斤了，神经病没有治好，人快吃傻了。是药三分毒，常年吃药连带着胃也不好，肾也不好。那是心病，吃药不管用。

看着老太太流着眼泪跟我那么说，我听了也很同情，赶紧送马花痴和她妈离开幸福派出所。

我的办公室里有一张沙发，有时候工作忙，中午来不及回家，在派出所的小食堂吃了饭，就躺沙发上面休息一会儿。

有一天，马花痴又来了，还是反映问题。

她说，隔壁租户在我们幸福派出所公安民警的干涉下，半夜已经不唱《忐忑》了，她表示感谢。

但是，现在又出现了新问题！那家租户，每天半夜开始用电台给美帝国主义发信号！发信号时电磁波"吱吱啦啦"的响声，使马花痴不能很好休息，夜夜失眠，又要犯心脏病了。要我派民警去抓那家租户！

这不是凭空臆想、胡言乱语吗？

但我不能那么直说，不能再刺激马花痴了。

我就劝马花痴说，请她放心，经过公安机关调查了，那家租户是良民，是为孩子就近上学在幸福小区租的房子。不可能有什么电台，也不会给美帝国主义发信号的。

马花痴不干，说请我半夜去她家实地考察，肯定能听到那家特务给美帝国主义发信号的声音。

听她这么说，我实在无语了。

眼看快中午了，我就起身请马花痴先回家。

哪知马花痴一把拽住我，说她不回家，还非拉着我和她一起躺沙发上！

谁能想到干瘦的马花痴会有那么大的劲儿！我被她一把拽住，跌坐在沙发上！

一时挣脱不开，我还不敢大声嚷嚷，害怕刺激了马花痴。

我赶紧腾出一只手掏出手机，翻找她母亲留下的电话号码，求救。

那天也该着出事，很少到我工作单位视察的蒋美好同志，百年不遇地路过我们幸福派出所，就突发奇想地拐进来看看我！

哪知我正跟一颗有姿色、浓妆艳抹的年轻女人坐在沙发上拉拉扯扯，好像我路胜利要非礼那女人似的！

我后来琢磨，任何一个人看见当时的场景都会觉得很暧昧，不能不往歪处上想，更何况目击者是我的老婆蒋美好同志！

但是，谁能想到是我人高马大的路胜利要被瘦小枯干的马花痴非礼啊？冤枉呀！

这一幕正巧被我的亲爱的老婆大人蒋美好同志撞个正着！

真是黄泥掉进裤裆里，不是屎也是屎了！坑爹呀！

蒋美好同志美丽的小瓜子脸登时气得煞白，气狠狠地说："路胜利呀路胜利！怪不得你中午不回家，原来是在这幸福派出所又安了一个家呀！你可真幸福！"

还没有等我开口，马花痴紧紧抱住我的腰，冲蒋美好嚷嚷道："他是我的！他是我的！你不能把他抢走！"

额滴神呀！哪壶不开提哪壶！说的都是什么话呀?！这可是越描越黑了！

"不是那样的，不是那样的!"我就像一个被冤枉的女人一样哀求着，有气无力地对蒋美好说道。

彼时，马花痴吊在我的肩膀上，脸紧紧地贴在我的胸口。

不容我解释，蒋美好用她那美丽的丹凤眼深深地看了我一眼，那眼神说不清楚是愤怒恶毒还是绝望哀怨。

总之是看得我汗毛耸立，不寒而栗！

没有想到，相识相知相亲相爱多年的蒋美好同志，还隐藏了这么深的力道和武功！算我眼拙！我是该高兴呢还是该激动呢？

看我呆住了，蒋美好同志转身就走。

我这边还没有挣脱那个惹事的马花痴，只好眼睁睁看着蒋美好跑了！留下我呆立在原地一阵儿凌乱。

担心蒋美好被我气得神志不清，万一路上走神，再出个撞墙、撞电线杆子的事，那就麻烦大了！

一想到这里，我也顾不上面子和凌乱了，赶紧喊罗嗦帮我脱身，他也在所里休息。

罗嗦冲进我的办公室，手忙脚乱地按住了马花痴。

我挣脱后，赶紧骑上自行车，出了幸福派出所大门，一路狂追蒋美好同志。

好不容易在我家楼下追上她，她也不理我。

从那时开始，我一直给蒋美好讲述我的清白，费尽了口舌，可惜解释好几天都不管用。

蒋美好同志对我采取三不政策：不理睬、不接话、不吭声。干脆就当我是空气。

更严重的是，蒋美好在家一遍遍播放《蓝色多瑙河圆舞曲》，这可是一个极其危险的信号！

想起当年我俩在省城上学。一次，蒋美好同学约我去她们艺术学校大礼堂听音乐会，演奏这首世界名曲时，我居然睡着了！还无耻地打起了响亮的呼噜！这不是明目张胆地亵渎名曲吗？

引起周围男女同学的各种侧目和哂笑，搞得蒋美好同学颜面扫地，很尴尬。

不是我对高雅艺术视而不见，实在是事出有因。我刚从警校组织的铁人三项赛赛场上下来，就赶到了蒋美好同学的学校，陪她看音乐会。

由于体力严重透支，只想倒下睡觉的我，别说听《蓝色多瑙河圆舞曲》，啥颜色的圆舞曲我也看不到、听不见了。

然而，从此蒋美好同学记住了这件事。

打那以后，只要对我不满或是有什么意见，蒋美好同志就在房间里播放这首圆舞曲。一是表示她对我的严重不满，二是时刻提醒我和她之间的巨大差距。

充斥房间每个角落的美妙乐曲，拉开了我俩之间密不可分的距离，越加衬托出我的俗不可耐。

看见蒋美好同志沉浸在高雅的艺术氛围之中，我就想给约翰斯特劳斯打个电话，问问他，蒋美好为什么听他的曲子时就满含深情、魂游天外？却对我的声声呼唤充耳不闻、视而不见？

可惜，我不知道他老人家的手机号码，便罢。

恰逢我的丈母娘，蒋美好同学她妈，病了。我的当医生的小舅子蒋正义远在京城工作，一时无法抽身回来照顾，打电话让蒋美好去照看一下。

于是，蒋美好趁机借口回家照顾她妈，收拾了一大箱子的零零碎碎的东西和衣物，搬回她娘家去住了！

我去请了好几回，她都不搭理我！

后方不稳定，前方军心大乱。家里没了蒋美好，我怎么能干好幸福派出所的工作呢？

公安局秘书处通知，各派出所的所长在某日下午到局里参加全省派出所所长电视电话工作会议。

我心里不知在想什么，居然记错了时间，把下午十五点记成了下午五点！此纰漏造成的严重后果就是，罗嗦同志没能按时参加全省派出所所长电视电话会议！

等他赶到公安局会议室时，正是散会时间。罗嗦在一群从会议室里蜂拥而出的警察中逆流前进，分外夺目，被我们的主管张局逮个正着，挨了一顿训。

我把幸福派出所这个月的治安报表送给罗嗦审核签字时，罗嗦说数字不对，治安案件不是 11 起，要加上上个月遗留下来的 3 起积案，所以应该是 14 起。

罗嗦让我改完后再找他签字，然后上报公安局治安处。

罗嗦也是不认真，或许是对我过于信任了。我把修改好的治安报表给他后，他也没有再审核，签了字就让我上报公安局治安处了。

第二天，公安局治安处的内勤打来电话问，幸福派出所这个月的治安案件比起上个月的数字，有些高得离谱，比去年同期更是高得离谱，这是为什么呢？

报表是传真过去的，原件由内勤，也就是我，归类收起来了。年终汇总后再装订，交公安局档案室统一保管的。

罗嗦让我找出这个月的治安报表一看，我俩都大吃一惊！这个月的治安案件起数变成了 114 起！几乎是平时的十倍！

我俩面面相觑：问题出在哪里？

罗嗦死死地盯着我的眼睛，我不敢和他对视，只好抬眼望着天花板，内心十分费解和郁闷。

出了这么大的纰漏，我难逃其责，也很内疚。

回忆半晌，大约是我心不在焉，修改数字 11 时，忘记去掉一个 1，而是直接在 11 后面加上了 4！从而使得原本的 14 起变成了

114 起！

治安处的内勤说，出了这样大的失误，是要在全公安局月度例会上通报批评的！

这样一来，罗嗦在幸福派出所任上保持了五年的"先进派出所"荣誉称号，就得花落别家了！

这不是要了罗嗦同志的命吗？

罗嗦在电话里，低声下气地跟治安处内勤说了半天好话，保证不再出类似的失误，才把这件事压下来。

罗嗦还嬉皮笑脸地许诺，要请治安处的内勤吃饭。治安处的内勤是我们局里的警花。

警花说，她才不去吃呢！还警告罗嗦不要行贿，她也不会受贿的。

我斜眼看着罗嗦假公济私，巴结治安处的那朵警花，觉得这家伙是不是在下一盘很大的棋呢？

我知道，治安处的警花是我们公安局张局八竿子就能打得着的亲戚。

我还知道，前两年罗嗦的漂亮老婆带着罗嗦的儿子跟着一个搞房地产的大款跑了，去过住别墅豪宅、坐宝马豪车的生活去了。当然了，他俩是办了离婚手续的。

这对罗嗦的打击可是不小。

这家伙近期才缓过气来。

坊间传说之一，罗嗦正在追治安处的那朵警花，看来是有点苗头。

坊间传说之二，治安处的处长明年就到退居二线的年龄了，罗嗦觊觎那个位置良久，巴结治安处的警花就是为了接近张局，走的是曲线救国的路线。

罗嗦是想往上走一步，还是想往上走一步呢？

到底哪个坊间传说是真、哪个是假，都不可小觑。

要知道，凭往日的经验来看，往往那些传说和小道消息都不是空穴来风，最终都会变成狂飙飓风的。

幸福派出所的工作，在我手里连续出了两次事儿，不！是事故！啰嗦有些急眼了，他不再照看他的那些花花草草，两只小眼老是盯着我，围着我转悠来、转悠去。

瞅得我心里发毛，我只好投其所好，去小吃街买了三十串羊肉串，让烤串的新疆师傅额外多加了孜然粉和辣椒面，请罗嗦吃，谢罪。

工作上的失误，追根究底是由于我身在曹营心在汉，后院起火，军心不稳定。

罗嗦毫不客气，也没有谦让，吃了我的三十串羊肉串后，抹抹满嘴的油光和满脑门辣椒辣出来的汗后，痛心疾首地对我说，要是再这么心不在焉下去，后果不堪设想。不但幸福派出所的先进牌子不保，我的工作也将不保。

罗嗦让我暂时停下手头的工作，处理好家里的事情再说。

我把事情的来龙去脉，打电话一五一十地告诉了我的小舅子蒋正义，求蒋正义帮忙，跟他姐姐蒋美好解释解释。否则，我的工作事业前途都受影响了，连带着我们幸福派出所的前景都不容乐观，还谈什么幸福？

蒋正义一听，问题的严重性真不可忽视，得引起高度重视了。他暗忖半晌说，让那个惹祸的马花痴的母亲去找蒋美好解释，最有说服力了。

对呀！我怎么没有想到呢？按照蒋正义出的主意，我赶紧去搬救兵。

马花痴的母亲是个好心人，一听我说她女儿闹得我和蒋美好夫妻不合，工作屡屡失误，立即向我道了歉，又专门去蒋美好的单位找她说明真相。

我的丈母娘，我读高中时那位可亲可敬的物理老师，还偷偷给我打电话说，蒋美好要是有个孩子就好了，女人有了孩子就会变得宽容和善解人意。

我当然是心领神会！赶紧跑回家，找出卧室床头柜里存放的安全套，全部都用大头针扎上了小眼！一个都没有遗漏！哈哈！

蒋美好还在我亲爱的丈母娘家绷着劲儿呢，我满脑门子的浆糊，思考着怎么去请蒋美好回家最有效时，严有智跑来找我，说她最近在忙乎一件很重要的事儿。

相比我的郁闷，严有智的事情更重要！对了，其实我要讲的就是严有智的故事。

主角登场了！我就不能再喧宾夺主了。我发现，我最近说话办事都很啰嗦，是不是受罗坚强所长的影响呢？俗话说，将熊熊一窝，兵熊熊一个。我暗自给自己打了预防针，一定要出污泥而不染，时刻保持警惕，万万不能跟罗嗦似的！即使是常在河边走，也不能湿了鞋。

我赶紧暂时放下对蒋美好的思念和挂念，打起十二分的精神等待严有智的光临。

想起我小姑妈的嘱托，我顾不上听严有智说她在忙什么重要的事情，先关心起她的个人问题。

我对刚落座的严有智说："严有智，说个严肃的事情。你到底想找个什么样的男人呀？说个标准，也好让二哥帮你满世界趸摸（方言；寻我）去。"

严有智寻思半晌说："二哥，我说了你可别笑话我。"

我赶紧表态说："哪能笑话你呢？快说说吧。"

严有智这才说道："我找的男人得高大威猛、相貌英俊、气宇轩昂……"

听了严有智的描述，我的脑海里马上浮现出严有智前夫江左岸的那副人高马大的人模狗样。

于是，我忍不住打断了严有智，低下声音，期期艾艾地说道："这这个，这个不还是老标准吗？"

严有智瞪着大眼睛看着我，严肃地说："这是硬指标，绝对不能变的。"

我只好无奈地说："那好吧，其余条件呢？"

严有智继续道："他还得有颗金子般的心，善良，有担当，有自己的事业和追求。还一定得是一个诗歌爱好者，爱读诗，会写诗，懂浪漫。"

看着严有智眼睛里闪亮的光芒，一副痴傻呆滞的样子！明显是有病嘛，肯定病得不轻！

我心说，这样的男人哪里还是人呀？现实生活里要有这样的男人，不是妖魔鬼怪就是神了！

这个严有智，又犯迷糊了！她肯定是把当年喜欢过的那个长发诗人和她前夫江左岸合体了，才煞费苦心，设计出这么个世上少见、人间难寻的高难度条件的男人来！

但我不敢打断严有智，继续听她说。

"最重要的是他得包容我的一切，全心全意只爱我一个人。我在他心目中一定是最美的，一直到老，满脸皱纹、白发苍苍、牙齿脱落，都得是最美的。"

这可要了我的命了！都说夫妻相处时间久了都会审美疲劳，就算是娶了世界上最美丽的女人奥黛丽·赫本的那个男人，不也一再出轨吗？况且什么满脸皱纹、牙齿脱落，还得让男人说她美？见鬼去吧！

我敢保证，符合严有智标准的男人，肯定不在这个星球上！也不在其他星球上！不存在的人，我是没办法去给她找出来了。

这个话题没法继续下去，看来小姑妈交代的任务很有难度。

我想起严有智找我来说最近正在忙乎的重要事儿，只好转换话题，就问她是啥事。

严有智咧嘴一笑，很神秘地说："我在写诗！"

这更让我颇为纳闷和摸不着头脑了，只好说："写诗？现在还有人写诗？有人读诗吗？你什么时候开始喜欢这玩儿意了？"

还没有回答我的问题，严有智又说道："二哥，请你以后不要叫我严有智了，我改名了。"

我更加惊诧了，看着严有智，费解道："写诗的事我还没有弄明白呢，你又闹什么妖蛾子？改名了？叫什么？"

严有智羞涩地一笑，说："胭脂。"

我疑惑地问："胭脂？那不是蒲松龄的《聊斋志异》中一篇小说里的人物吗？是个女鬼吧？"

严有智不高兴地说："不是女鬼！是个美丽的女子的名字。"

我仔细回忆了一下原文，对呀！胭脂的确是个女子的名字，还真不是女鬼。记得上初中刚读《聊斋志异》这本书时，也奇怪过，蒲松龄笔下写的都是各种各样的女鬼、妖精、狐狸精之类的，怎么唯独那个胭脂是世俗的真人呢？

严有智又说道："二哥，我就知道你看书最多，肯定知道胭脂的来历，别人还都以为是抹脸的胭脂粉呢。人家本来就是女孩子，我爸非得起个男孩的名字，要多难听有多难听。从今儿个起，我就叫胭脂了，你以后可别再叫我严有智了！"

我劝慰道，说："你的名字，可是你爸查了好几宿的康熙大辞典才起出来的，费老鼻子劲了！你爸那么有学问，起的名字特别有内涵和深远寓意呢。改名是大事，你爸你妈知道你改名吗？他们同意吗？"

严有智略带不快地说："有啥不同意的？我都三十多岁的人了，这个主我自己还是能做的。记住了，叫我胭脂！现在就叫。"

这个严有智还真霸道，我只好说："好好，以后叫你胭脂不就行了。"

严有智认真地说："不行，现在就得叫！"脸上一副不讲理的蛮横样儿。

我只好说道："胭脂！"

严有智高兴地说："到！"

我也禁不住一乐，说："这不成了部队点名了吗？到什么到？"

严有智俏皮地一笑说："那你再叫一声。"

我可真拿这个严有智没有办法了，只好说："胭脂。"

严有智甜甜地回道："哎！"答应完，脸上居然还红了！惯常的顽劣神态一扫而光。

我这才发现，严有智绝对是个百分百的女人呀！从小一起光屁股长大，一起打闹，我总是把她当作和自己同性的哥们儿呢！

我又问道："不叫严有智了，那户口本上的名字得改吧？你特意跑到派出所来找我，是不是为了办这件事情的？"

胭脂说："那倒不必，你们口头叫我胭脂就行了。"

瞧我这迂腐劲儿！我想起胭脂刚才说的写诗这档子事，便问道："胭脂同志，你怎么又开始写诗了呢？"

胭脂得意地说："这你就不知道了吧？你还记得小学时，有一年清明节，你写的一首给烈士扫墓的诗歌，里面有郁郁葱葱、翠柏呜咽的词句，当时登在学校的黑板报上了。为此，老师还奖励给你了一个绿塑料皮的笔记本。"

我冥思苦想回忆半晌，说："是有那么回事。也不知道是在哪里抄的。那是多少年前的事情了？你怎么还记得呢？"

胭脂两眼放光地说："二哥，你不知道，当时我可崇拜你了！那时我就发誓，将来我一定要做个像二哥一样的人，有朝一日把我写的文章也变成铅字。"

说来惭愧，当年那首应景的诗，只是变成了黑板报上的粉笔字，就被胭脂夸张成了铅字。

不过由此看来，我打小就有文学细胞在体内滋生了？我说呢，怪不得我的气质那么接近儒雅、体态也风流，风流才子嘛！

我看着胭脂，有些不知道该说什么好，真没有想到她还有这样的心思，外表大大咧咧风风火火，内心却那么柔美细腻。

我说："我还以为你是受当年那个在你们采油厂采风的诗人的影响，也要舞文弄墨了呢。"

胭脂的脸依旧红着，说："谁说不是？我想好了，与其去崇拜一个诗人，不如我自己就做个诗人。"

我鼓掌道："这个想法好！与其接受别人赠与的鱼，不如自己学会打渔！"

胭脂高兴地说："是呀！二哥，这是我听到你说出来的最有水平的话来了！"

"什么话？我说话不是一直很有水平嘛？"我严肃地说。

"是，一直有水平，不过刚才那句最有水平。"

说着，胭脂拿出一摞稿子给我说："我走了以后，你再看！看完，不许笑话我！"

我接过那几张纸，说："你干什么去？"

胭脂说："我去美容院。"

我疑惑道："美容院？干啥呀？"

胭脂笑着说："我得去做做美容，把自己捯饬得漂漂亮亮的，再去写诗。"

我问道："为什么？"

胭脂诧异道："为什么？我和诗歌的约会是神圣和纯洁的，不把自己整漂亮点儿，我都不好意思开始写诗。"

说完，胭脂眨巴眨巴眼睛，冲我一笑，挥挥左手，戴在左手腕上的玉手镯在我眼前闪过一道白光，走了。

我看着胭脂一袭灰蓝色的衣裙飘出办公室的背影，也颇感惊异。

打我记事起，印象中这个严有智就是不穿花衣服和裙装的，现在破天荒地改头换面，不知道她以后还得整出什么出人意料的动静来。

从背影看，胭脂绝对是个韵味十足的美女，只有刚才临别时的一笑，才让我看出一丝她过去的顽皮。

严有智是一九八零年生人，比我小三岁，是我的表妹，我小姑妈家的老大。

我小姑妈一胎生了俩姑娘，老大叫严有智，老二叫严有慧，俩人是"双棒"。

双棒是我们这个小城市在八十年代出产的一种奶油冰棍，两根冻在一起，捆绑销售，一根四毛钱，比普通冰棍贵一倍。

制作双棒时加了奶油，成本增高了，但味道的确不错，一般都是正在谈恋爱的男女才舍得花钱买，不但属于高消费，而且也是奇货可居。

所以，我们小城的人当时都把较为罕见的双胞胎，也叫成双棒了。

细说起来，小姑妈不是我父亲的亲妹妹，而是我爷爷从大街上捡来的弃婴。

当时我奶奶已经生了三个儿子了，老三（也就是我爸）都已经五岁了，就一心想要个女儿呢。看见我爷爷捡回来的是个女婴，我奶奶喜欢得要命，可当成宝贝儿疼瘩了。

小姑妈自从来到了我爷爷奶奶家，就算是从万恶的地狱来到了幸福甜蜜的天堂。她的各种待遇，从吃到穿，比我爷爷奶奶亲生的三个儿子都要好，高出好几个档次。

蜜罐里长大的小姑妈长得可好看了，圆圆的红苹果脸蛋上长着两个小酒窝，大大的眼睛，长长的睫毛，脸上总是笑眯眯的。

在我爷爷奶奶家，挂在墙上的旧镜框里，就有小姑妈小时候的黑白照片，很可爱的样子。看见的人都说，小姑妈长得像画报上的胖姑娘。

上学以后，小姑妈的学习成绩也好，中学毕业考上了省城的师范学校。

师范学校毕业后，小姑妈回到我们这个小城市，做了小城中心小学里的语文老师。

我爸在家排行老三，跟我小姑妈年龄接近，从小我奶奶就把照顾小姑妈的任务交给了我爸，所以兄妹里他们俩人关系最好了。

我爸在坐落于小城东南的一个油田单位工作，是当年油田会战时招工去的。我爸和同在油田工作的我妈结婚后，三年里，连着生了我哥哥路大庆和我路胜利两个男孩子。

小姑妈最喜欢我了，说我长得像她。

我两岁时，我妈又生了我弟弟路华北，就把我哥哥路大庆暂时送到我爷爷奶奶家，可还是忙不过来。

那时小姑妈已经和小姑父结了婚。

结婚时，我爷爷奶奶把家里祖传的一对儿和田白玉手镯，给了小姑妈做陪嫁。

那对和田白玉的手镯在三个儿子分别结婚时，我爷爷和我奶奶都没有拿出来送给三个儿媳妇中的任何一个人。

小姑妈结婚时，两只手镯却全给了小姑妈做陪嫁。

由此可见，我爷爷奶奶对小姑妈有多好了吧，也充分说明我小姑妈在我爷爷奶奶心里的地位有多重要了。

即使是结了婚，小姑妈下班后，还是经常到我家帮忙。买菜、做饭、洗衣服，打理家务。忙完了，就把我抱她家去睡觉，怕我妈顾不上照顾我。

小姑妈和小姑父对我特别亲，好像我是他们亲生的孩子一样。

小姑妈手巧，会编织各种花样的毛衣、帽子、围巾，家里每个人的身上都有她的作品。

小姑妈特地为我买了好几种颜色的毛线，里里外外织了三四件漂亮的毛衣和毛背心给我穿。

一到星期天，小姑妈就把我打扮得漂漂亮亮的，和小姑父领着我去小城的公园里玩，或是去郊外野餐，有时还领我去小姑父的父母家吃饭。

我们仨和谐共处、幸福快乐，就像一家人一样。

当然了，那些美好生活和幸福温馨的场景我是不记得的，都是长大后听我妈讲的，我妈和小姑妈的姑嫂关系很好。

过了几个月，小姑妈也生了孩子，是双胞胎女孩，她俩跟我弟弟路华北差了十个月。

小姑妈老是说她生的双胞胎是我引来的，有我的功劳。

小姑妈生了孩子，顾不上照顾我了，我就只好去爷爷奶奶家寄宿。

我哥哥路大庆那时已经回自己家了，基本上不用大人太多照顾，我爸和我妈光是照顾我弟弟路华北，已经手忙脚乱了。

即便是去了我爷爷奶奶家住，我也还是爱往小姑妈家跑，老是吵着让我爷爷骑着他的三轮车，带我去小姑妈的婆婆家看表妹们。

小姑妈那时是在她的婆婆家坐月子，住在小城的另一头，离我爷爷家不是很远。

来到小姑妈的婆婆家，我最喜欢趴在婴儿床边上，看两个酣睡的表妹，或是趁她们不睡觉时逗她们玩。

小姑妈和小姑父都是学校老师。

小姑父是小城中心中学的数学老师，小姑妈是小城中心小学的语文老师。

小姑父这个人老实巴交，他的父亲严老爷子退休前也是小城中心小学的教员，是教数学的。

严老爷子就我小姑父这么一根独苗，从小身体不大好，三天两头闹病，读书倒是不错。

严老爷子培养他上了师范，毕业后分配在我们这个小城里的中心中学，教初一到初三的数学，能做到这样严老爷子就很满意和知足了。

严老爷子的这种容易满意和知足的生活态度，传染给了小姑父，也可以说是遗传。

在学校，小姑父除了会教授初中三个年级的数学，其他课程都不会。不像学校里有的老师，既会教物理也能教美术，教化学的客串教音乐、体育都不稀奇。

还有的老师，一到礼拜天就去校长或是教务主任家里，帮忙干家务，买米买面，种小菜园子或是做煤饼子。

这些助人为乐的事情，我小姑父一律不会，也不学，也就更不会去做了。

学校年终考评时，什么先进工作者、优秀教师之类的好事，也就没有小姑父的份儿。但小姑父数学教得好，班里的成绩总是年级第一。

即使是在家里，小姑父也不会干家务活。

小姑父每次从学校下班回到家，就泡一杯酽茶，一年四季都是茉莉花茶，永远坐在那把老旧的红木太师椅子上看报纸，还有唐诗宋词。

为此，小姑妈有时数落小姑父，说，你要有智慧，别老跟榆木疙瘩似的。

这不，俩姑娘一出生，要到派出所上户口前，小姑父点灯熬蜡翻了好几晚上的《康熙大辞典》，给老大、老二俩姑娘分别起名字叫严有智、严有慧。

听了小姑父起的名字，小姑妈疑惑道："严有慧这名字还不错，有个慧字，像女孩子的名字。严有智？太像男孩子的名字了吧？听上去也不够低调含蓄。"

小姑父拉着长声说："智慧智慧，有智有慧，男女都得有。我这双棒是智慧全有，到哪里找这样的好名字去？"

小姑妈提议说："把中间的那个'有'字去掉吧，严智、严慧也不错。严智跟'胭脂'两个字谐音，女孩子用，很好听。"

小姑父抬眼严厉地看着小姑妈，用极其罕见的高嗓音说："智慧，就得有！没有'有'成什么了？"

小姑妈翻翻眼珠子，寻思一会儿，不吭声了。

我爷爷，也就是严有智的姥爷，对小姑妈生的双棒极其感兴趣！

据我妈说，在我爷爷眼里，我奶奶生的三个儿子和我爸我妈生的我们三个秃小子捆在一起，都没有胖乎乎的严有智和严有慧可亲可爱，更别说在我爷爷奶奶家的待遇了。

小姑妈在她的婆婆家坐完了月子，又按照小城的风俗，挪"臊窝"回自己娘家住，我爷爷和奶奶照顾她们母子三人。

小姑父白天在学校里上完课，就到我爷爷奶奶家看看小姑妈和俩孩子，别的家务活他都帮不上忙，只会看着俩胖姑娘傻笑，或是拿着拨浪鼓摇晃几下。在我爷爷奶奶家吃过晚饭后，小姑父再回自己家住。

半年后，我爷爷和奶奶才放小姑妈和双胞胎回自己家。

而作为双胞胎里的老大，严有智，还被我爷爷强行扣留了。

我爷爷说，他这辈子都没有养过女孩子，他要亲手养大严有智，过过瘾！

小姑妈和小姑父哭笑不得，不过考虑到俩人一起养两个孩子，是挺有难度的。他们只好把严有慧抱回家自己抚养，严有智则顺理成章地留在了我爷爷奶奶家。

我们老路家孙子辈的，只有我和严有智在我爷爷奶奶家生活。

在对待亲生的孙子和外孙女的问题上，我爷爷的感情天平毫不犹豫地偏向给了严有智。举例说明，哪怕家里只剩下一个鸡蛋，也是严有智碗里的。

尤其是当我上了幼儿园以后，严有智在我爷爷家更是独霸一方，追鸡撵狗，为非作歹。

我爷爷早就忘记了自己的初衷，还有给小姑妈的许诺了，他老人家哪里是在养一个女孩子？简直就是在培养八旗纨绔子弟。

平日里，只要天气好，我爷爷就每天领着严有智到处转悠，养鸟、遛狗、钓鱼、下棋、打太极拳。

严有智也打扮得像个男孩子，短发，穿着跨栏背心、灯笼裤。成天拿着弹弓，跟在我爷爷身后满小城溜达，遇鸟打鸟，遇狗踹狗。

谁见了胖乎乎的严有智，都喜欢逗逗她。

大概是小姑妈和小姑父看我爷爷把严有智已经惯坏了。当严有智三岁时，小姑妈和小姑夫就强烈要求送严有智上幼儿园，也好趁机把严有智接回自己家抚养。

也不知道这爷孙俩是怎么商量的，严有智第一天上幼儿园就把一个粗壮的小男孩的耳朵咬了！

第二天把阿姨的手咬了！！

第三天咬的居然是幼儿园园长的大腿！！！

这还了得？这么顽劣的孩子，建园以来也是第一次出现，况且还是一个女孩子！

听说，那个女园长被严有智咬后，当场就毫不体面地"哇哇哇哇"大哭起来！

于是，后果就是严有智小朋友立即被请家长，劝退！回家自学去吧，幼儿园不收了。

严有智大获全胜，凯旋而归！洋洋得意地直接跟着前来接应的我爷爷回家去了，也就是她的姥爷姥姥家。

小姑妈和小姑父去我爷爷奶奶家里接了几次，都未果。只有严有慧按部就班的上了幼儿园。

严有智学龄前得以胜利大逃亡，又在姥爷姥姥家优哉游哉地晃悠了三年多。

严有智直到七岁时上了小学，才回到自己父母家。

因此，严有智从小就顽皮异常，女孩子的玩意儿一点不会，什么丢沙包、跳皮筋、跳房子、踢毽子、绣花、养蚕宝宝等，一概不

美好生活

喜欢。

男孩子爱玩的活计一样不差，弹泥球、翻烟盒、滚铁环、上树、翻墙、逮知了猴、招猫逗狗、打架斗殴，无恶不作。

严有智打从童年时代，就显现出她非同一般女孩子的气概。

即便是小学生了，严有智还是改不掉顽劣的秉性。

上着课呢，趁老师在黑板上写板书，严有智就从教室后门溜走，跑小卖部买冰棍吃去了。

吃完冰棍，严有智又被墙外的叫卖声吸引出了校门，看热闹去了。早把自己已经是个小学生、还在上课的事情，丢到了九霄云外。

放学后，还是乖巧的严有慧帮她把书包拎回了家。严有智每天到家时都是灰头土脸，满世界撒欢闹的。

严有智手里的零花钱都是我爷爷偷偷给的，尽管小姑妈三令五申制止我爷爷好多次，也不管用。

整个小学时期五个年头读下来，严有智总共打架五次，逃课十余次，不完成作业次数统计不出来。学习成绩不好不坏，处于班级中游状态，学习认真点就能进班级前十名，稍微一松懈就排在班级二十名以后了。不像严有慧的成绩，始终排在班里前三名。

小姑妈一边在台灯下给严有智补登高上树摘桑椹时刮破的衣服，一边跟小姑父抱怨说："都怪咱家老爷子，说什么把老大当儿子养，就儿女双全了！你看看，严有智哪还有点女孩子的样儿？可不就是一个假小子吗！"

小姑父正津津有味地看《唐诗宋词三百首》呢，冷不丁被小姑妈打断了他神游时与李白、杜甫之间的约会，有些不耐烦，说："这是个弱肉强食的社会，一个女孩子能有什么出息？像男孩子怎么了？胆子大，又能闯，将来不吃亏。"

小姑妈不爱听，瞪着小姑父说："胆子大，能闯？那是女孩子该干的事情吗？你就惯着她吧，早晚得吃亏。"

有一年过年，小姑妈忙着踩缝纫机给严有智和严有慧俩人赶做新衣服，就把杀鸡这个重要任务交给了小姑父主刀。

作为年夜饭里的重头戏和硬菜，鸡因为与吉祥的"吉"谐音，那是每年三十晚上家宴时，都必不可少的一道大菜。

大公鸡是小姑妈在小城附近农村买的土鸡，不同于养鸡场饲养出来的饲料鸡，很有血性，四五斤重呢。即使是被捆着两个爪子躺在厨房的地上，等待自己被宰杀的结局时，也是眼珠子滴溜乱转，气愤不已。

小姑父哪里干过这种高难度、有技术含量的工作？

他略微思考一下，拎起那只大公鸡直接丢在水池里。伸出两只平时只拿书本和粉笔的瘦弱白皙的双手，一手用擀面杖揣着大公鸡，一手拎起一瓶开水浇在大公鸡身上！

各位想想，开水！活公鸡！生往一起整！那还能有个好吗?!

开水上身的大公鸡哪里受过这样的刺激和打击？只见它就跟打了兴奋剂似的，浑身一激灵，直接从水池里窜出来！不知怎么挣脱了布条捆着的两只爪子，开始满厨房扑腾，"扑棱扑棱"半天也不消停！

小姑父已然惊呆，把擀面杖丢在了地上，开水瓶落进水池中，躲在厨房角落里看着上蹿下跳的大公鸡撒欢，束手无策！

小姑妈忙着做新衣，踩着缝纫机发出"轧轧轧轧"的快乐声音，根本就没听见厨房闹出的鸡飞狗跳的动静。

那时，已经上了初中的严有智正在里屋写作业，听出厨房声音异常、乱作一团。

她从里屋冲出来，进了厨房，眼明手快地把惊呆的小姑父拽出来！

再冲进厨房，看准了大公鸡，一把薅住丢在地上。她一脚踩住了惊慌失措的大公鸡，两手配合着把大公鸡的两个翅膀薅住，摁住鸡头别在翅膀里，用左手抓住了，腾出右手把脖子上的毛揪了几撮下来。

严有智镇定自若，指挥小姑父拿过菜刀，一刀抹在鸡脖子上。放了血用海碗接住，眼看大公鸡彻底玩了完，严有智这才松手把它扔到开水盆子里，利索地褪了毛！掏了膛，去了鸡肝上的苦胆！

严有智的动作十分流畅，干净利索，一气呵成，俨然是个杀鸡的老手！看得我小姑父目瞪口呆！叹为观止。

一问，才知道严有智放学回家路过菜市场时，早就把卖鸡贩子给顾客杀鸡的整个流程看在眼里，牢记在心里了。严有智早就心存哪天实际操作的想法，如今得以实施，两全其美。

"今天不过是实地演练了一把。跟我想像的一样，没什么了不起的。"严有智满不在乎地说。

严有智洗干净粘上了鸡血的手，才发现左手手心被大公鸡的爪子蹬出一道三厘米长的口子，还在往外渗血！

严有智拧开水龙头把左手放在水流下冲洗一会，回屋找出棉球和紫药水，涂在伤口上，又撕开一块创可贴贴在伤口处，把落在毛衣袖口上的几根鸡毛摘掉，回屋继续写她的作业去了。

小姑妈听了小姑父汇报严有智的整个杀鸡过程，呆了呆，发现小姑父杀鸡时遗漏了给鸡放血的关键步骤，而是直接拿开水去烫！最终导致杀鸡失败。

好在严有智及时救场，扭转了鸡飞狗跳的局面。

小姑妈只好说小姑父"百无一用是书生"，还不如严有智有用。心中暗忖，这丫头第一次杀鸡不但利索，居然还知道去苦胆？看来我爸打小对严有智的教育方式或许是正确的？也未为未可知啊。

跟调皮捣蛋的严有智恰恰相反，小姑妈家的严有慧可是个乖乖女。

这对双胞胎走在大街上，也不大相像。

严有智是短发，后脑勺的头发都是往上用推子推短了的那种。每次去理发店，严有智都要理发师严格按照她的要求理。就这发型，让人冷不丁一瞅，都以为严有智是个英俊小伙儿呢。

严有慧则是长发，头发整齐光洁地扎成两条辫子，搭在后背上，辫梢上不是系着绸子做的小蝴蝶、小花朵、小糖果什么的，就是其他女孩子最喜欢的五颜六色的装饰物。

严有智爱穿黑灰两种颜色的运动衣服裤子，足蹬当年小城里最流行的回力球鞋，走路连蹦带跳、东张西望。有时还撮起嘴唇吹口哨！

严有慧总是穿着雪白或是小碎花的上衣和蓝裤子，脚上穿着坡跟的小皮鞋，擦得黑亮发光，稳稳当当地迈着小碎步，目不斜视。

俩人走在一起，差异是显而易见的。

严有慧长得很不错，修长的身材，姣好的面容，白白净净，长辫子耷拉在脑后。人长得漂亮，学习也好，是个德智体全面发展的三好学生。

小城中心中学里，那些处于青春期荷尔蒙多得无处发泄的男孩子们，无论是本班的、外班的，还是高年级的男生，有事没事都爱招惹严有慧同学。

严有慧走在教学楼的走廊里，男孩子们就排成两排站在走廊两边，等严有慧走过去时，大家都不吭声，两排贼亮的眼睛就像探照灯一样来回扫射着严有慧看。

看得严有慧心里直发毛！两眼惊慌，神色紧张，脚步凌乱！

男孩子们则在严有慧身后吹着轻浮的口哨，或是"哈哈哈哈"大笑起来！

去小城体育中心的游泳池游泳，男孩子们也不放过严有慧。不是往游泳池里扔青蛙，就是扎猛子吓唬严有慧！

几次三番之后，严有智发现了这个问题，揪住一个叫苗得雨的男生，拷问出来是哪几个捣蛋分子经常欺负严有慧。

星期天，严有智带着一个粗壮的男孩子跑到我家，告诉我严有慧在学校被欺负的过程，约我一起去给严有慧报仇。

我问严有智，跟她一起来的那个男生是谁。

严有智说那是他们班的同学，叫苗得雨，哪些男孩子欺负严有慧，就是他提供的情报。苗得雨喜欢短跑和投掷标枪、铁饼，打架有一套。

介绍完这小子，严有智冲苗得雨大声说："这是我二哥路胜利，你也叫二哥。"

看来苗得雨很听严有智的话，立即点头哈腰地喊道："二哥好！"

我也假装威严地点点头。

我和严有智、严有慧，还有我弟弟路华北，都同在小城中心中学读书，我在高中部，路华北、严有智和严有慧在初中部。路华北上初三，典型的书呆子，没用。

我的表妹们在学校里受了欺负，我这当表哥的也是相当没有面子。尽管我平时也不是爱惹事的人，但要是传出我表妹被欺负到家了，我要是还不出头，缩头乌龟的帽子肯定是戴上了。

是可忍，孰不可忍！所以，这个事情真不能忍！

我们三个人在小城市里各个家属院、宿舍区里转悠。

苗得雨背的书包里装着一份欺负过严有慧人员的详细名单，上面姓名、班级、家庭住址都有。

我暗自思量，看来苗得雨的准备工作做得十分充足周密，这小子将来是块当警察的好材料呀。

那时候，我正如火如荼地读着《霍桑探案集》、《福尔摩斯探案集》阿加莎克里斯蒂的侦探小说，还有日本推理小说，对福尔摩斯、华生医生、波洛侦探迷恋不已！幻想自己有朝一日也成为一个神探或是写探案小说的作家，那多来劲！

我们仨路过一个建筑工地时，苗得雨停下来，对我说："二哥，你抓把沙子吧。"

我不解地问："为什么？往人家眼睛里扬沙子？太、太、太恶劣了吧？"

苗得雨憨笑着连忙解释说："不是的，我看你也没有带什么工具。手掌糊上湿的沙子，往对方脸上扇巴掌时，你的手不疼，对方的脸疼！事半功倍。"

我一想，是那么回事，不禁有些佩服苗得雨，便道："你这是从哪里学来的招数？"

苗得雨得意地说："街上混混们之间打群架，看得多了，有很多心得呢。二哥要是有兴趣，哪天咱俩唠唠？"

严有智的两条眉毛一皱，瞪眼厉声道："就你那两下子花拳绣腿，还好意思显摆？先顾正事！"

苗得雨冲我吐吐舌头，不再吭声。我冷眼观察一下，这个苗得雨对严有智还真是言听计从呢。

按图索骥，我们三个人很快就找到了第一个欺负过严有慧的男孩子蒋正义，一个满脸青春痘的家伙。

严有智上去跟人家说，我是严有慧的姐姐，你是不是叫蒋正义，初二四班的，欺负过严有慧。

蒋正义眼神躲避，但不承认。

严有智就拿出一个小笔记本翻开说，某年某月的某一日，严有慧路过初二四班走廊时，蒋正义揪了严有慧的小辫子。当时在场的某某某和某某某可以作证。

蒋正义还不承认。

严有智收起小本子说，没有证据我是不会找你对质的。如果你承认了揪严有慧小辫子的事情，并向严有慧认个错，我就不往你班主任那里捅了。否则，哼哼！

苗得雨往前一步，两只眼睛死死盯住蒋正义，把背着的军挎书包挪到胸前，掂掂军挎书包，拍拍上面虚拟的灰尘，主要是为了显示出书包里一块砖头的形状。

砖头，那是我们小城的混混们打架时，随处可得的最佳工具。

我也立即往前一站，瞪住蒋正义。把两只糊满湿沙子的手交叉在一起，扭扭手腕子，满手的湿沙子直往我的脚下掉，弄出"嘎巴嘎巴"的声音，声势上镇住了那小子。

蒋正义的小脸眼瞅着就变白了，两腿立即开始筛糠，连连点头说："是我揪了严有慧的辫子。我错了我错了，你们可别打我呀！"

看见这小子承认了，严有智还不撤退，又从裤兜里拿出一本信纸和一支钢笔，递给蒋正义，说："写吧！"

蒋正义不明白，愣怔着问严有智说："写什么呀？姐姐。"

严有智厉声呵斥道："写什么？写保证书！写你再也不会欺负严有慧了，还要保护严有慧！"

"好好好！我写我写！"蒋正义唯有连连点头的份了。

写完不算，严有智又掏出来一个印泥盒！蒋正义得在保证书后自己签的名字上摁了大拇指手印，才罢休！

我真对我这表妹严有智佩服至极！她这都是从哪里学来的招数呀！我可真长见识了。

这时，从蒋正义家里冲出来一个女孩子，旋风般跑到蒋正义身前，挡住蒋正义，厉声对我们嚷嚷道："干什么干什么？你们是干什么的？"

我一看，老天爷呀！这不是我们年级隔壁班的蒋美好同学吗？

蒋美好同学可绝对是我们学校的校花啊，没有之一！蒋美好，颀长的身材，洁白的颈子，黑葡萄一般的大眼睛，走路轻盈，声音甜美，是全校女生中的一只骄傲的天鹅。

而我们全体男生的梦中情人，就是蒋美好同学呀！

不好意思地讲，我在梦里也对蒋美好同学很不理智过呢！在我的青春期很多幻想中，蒋美好同学都是当之不二的女主角！无人能替代，绝对的！

但蒋美好同学的母亲是我们高中部的物理老师。这无疑是我们在追求蒋美好同学的道路上竖起的高大屏障，几乎无法逾越。

可亲可敬的物理老师呀！上了高中后，我最喜欢的课程就是物理了，不仅仅因为物理老师上课生动吸引人，主要原因还是因为她美丽动人的女儿，爱屋及乌，使得物理课也变的生动无比。

我们全班男生都热爱物理课，物理成绩也在全年级遥遥领先。此事追根究底，到底是应该归功于物理老师上课生动呢？还是她的女儿太美丽出色了呢？

因此，蒋美好同学在我们眼里，就好比清丽的荷花，是只可远观而不可亵玩焉的。

现在突然看见蒋美好同学穿着一身家常衣服从天而降，平时被宽大的校服包裹着的看不出曲线的美丽少女以最真实的另一面示人，并站在那里瞪着美丽的丹凤眼看着我时，我顿时有些手足无措！

尤其是那两只糊了湿沙子的罪恶双手，更是不知道应该往哪里躲藏了！

我赶紧把两只手背在身后，挺挺胸膛，好像我是小城里的一个干部。

严有智可不含糊，仿佛对蒋美好同学的美丽视而不见、听而不闻，一个女孩子的美在另一个女孩子眼里就不算什么了吗？

严有智往前一步，对蒋美好说起了她弟弟蒋正义是如何如何欺负严有慧的光荣事迹。

严有智的小嘴"哒哒哒哒"一阵儿,就像机关枪放出了一梭梭子弹,弹弹皆射向蒋美好同学的靶心,看得我很是心疼蒋美好同学。

我的阶级立场有些不稳了。

蒋美好同学也有些招架不住,回头问蒋正义是否有这样的事情。蒋正义同学羞答答地低着头,不敢看他姐姐瞪圆的美丽大眼睛。

看着蒋正义不吱声,蒋美好同学就算得到了蒋正义的肯定回答。

蒋美好同学只好对严有智说:"我弟弟做得是有不对的地方,你们可以告诉我们做家长的教育,但是不能单独找他的麻烦。"

严有智丝毫没有给蒋美同学好面子,厉声说道:"关于你弟弟蒋正义欺负我妹妹严有慧的问题已经解决了。下次再有类似事情发生,我肯定会找你们的家长解决的,而不是你。"

我看着蒋美好同学姣好的面容,不敢跟她对视,眼光往下一移又不小心扫着她起伏不平的前胸,那里就像藏着两只不安分的小兔子一样,闹得我的脸"腾"地一下子烧红了,眼睛都不知道往哪里看了。

但不知道是错觉还是真相,我觉得蒋美好同学再看我时,她的脸也有些微微地红。那真是我人生经历中的最为美好的时刻!让所有的花儿都开放吧,让我的心儿呀,唱起最动听的情歌吧!

在我眼里,与在学校时的冷若冰霜比起来,蒋美好同学还是穿着合体的家常衣服好看呀!

蒋美好同学不再理睬我们,拉着蒋正义回了家。

在接下来的过程中,我显得有些心不在焉,蒋美好同学的美好形象一直在我眼前晃悠。我暗中祈祷,让我再次见到蒋美好同学吧,那是多么快乐和幸福的事情啊!

我和苗得雨继续跟在严有智的身后,半天就转悠完了我们这个只有三条大街和十个胡同的小城市。

在个别"叛徒"的出卖下,严有智的黑名单上又增加了三个欺负过严有慧的坏小子的名字。

收拾这帮小子,全是按照严有智的先礼后兵、写保证书的套路整治了一番,我们收了一摞按了红手印的保证书。

尽管苗得雨书包里的那块砖头一直没有机会拿出来,我沾满湿沙子的双手也没有扇到任何一个人的脸上，我们还是大获全胜。

严有智拿着那摞保证书，得意洋洋地说："瞧瞧！这就是证据，铁证如山！看谁再敢欺负严有慧？我让他吃不了兜着走！"

苗得雨这小子，立在一旁拍严有智的马屁，腆着脸竖起大拇指，道："严有智，你真高！实在是高！"

苗得雨满脸堆着恭维和谄媚。

看着眼前这两个半斤八两的家伙，臭味相投的样子真是珠联璧合呢！

从此，我再也没有听说过哪个坏小子还敢欺负严有慧了。

那个叫蒋正义的满脸青春痘的家伙还一直自告奋勇充当保护严有慧的保镖，直到真成了严有慧的丈夫，此是后话。

初中毕业，严有慧的中考成绩不错，上了卫生学校。

严有智由于在体育课上跳高失误，导致左腿小腿骨折，在家休学了两个月，中考差几分没能考上石油专科学校，只好上了石油技工学校。

要知道，这可是天壤之别啊！上了石油专科学校，毕业出来就是中专生，属于国家干部。而石油技校毕业分配工作，岗位百分之百是工人。

一个单位里，国家干部和工人的地位以及各种待遇，区别那是很大的。

当时，我小姑妈就纳了闷了，严有智打小成天不是翻墙头就是蹭高上树，从来没有见她失误过，怎么一个跳高就小腿骨折了？

小姑父却不以为然，说马也有失前蹄的时候。上石油技校也不错，做个石油工人很光荣。在这一点上，小姑父倒是和我爸是一个想法。

这双胞胎姐俩，从上小学到初中就一直在一个学校，这下算是分开了。

我高中毕业考上警察学校，去省城读书了。

我心中的女神蒋美好同学，考上了省城的艺术学校，学习舞蹈。

在我看来，美丽的姑娘就应该去跳舞，穿着美丽的衣裳在舞台上像花儿一样绽放，继续展示她们的美丽。

而且，更为重要的是，同在省城读书也给了我很多接触蒋美好同学的机会。

每学期回家后或是归校前，我都可以冠冕堂皇地去我的物理老师家里拜访。美其名曰探望老师，汇报在警校的学习情况，主要是为了可以见到蒋美好同学，并讲述一下我的警校生活，借以吸引蒋美好同学，心生对未来侦察英雄的崇高情谊。

而每次在物理老师的嘱托下，接送蒋美好同学去省城艺术学校时，我从来都是责无旁贷、乐不可支！

功夫不负有心人呀！我应邀去蒋美好同学所在艺校大礼堂观看芭蕾舞时，舞台上的那些舞步轻盈、蹦来跳去的男生，穿着我看了都脸红的紧身裤，还有那矫揉造作的姿态，实在不敢恭维。

只见我一身笔挺的警服，皮鞋锃亮，腰板笔直，一股英气十分逼人，小伙子简直帅呆酷毙了。

我的英武阳刚，很好地衬托出艺校男生们的娘娘腔和脂粉气。

在艺校女生们艳羡的目光中，我瞥见蒋美好同学脸上的红晕，水蜜桃一样可爱。

我又趁机给蒋美好同学灌输了警察是人民卫士，而蒋美好同学是最需要卫士保卫的人民这一理念，直到深入蒋美好同学的内心。

临别时，再在蒋美好同学温暖的小手里塞上一张纸条，上面用刚劲有力的钢笔字写着：美好，今夜不想人类，只想你。

由此，我塑造的刚柔并济、文武双全的人民警察形象，在蒋美好同学面前得以完全展示。

在追求蒋美好同学的过程中，我是多么有智慧呀。

严有智上了石油技校，跟她同班的那个苗得雨则一身戎装，参军去了。

在石油技工学校里，严有智延续了她的一贯作风，胆大心细、调皮捣蛋。

石油技工学校远离油田和小城，在距离小城五六公里的西面。

技校四周都是农田和青纱帐，被高高的白杨树隔开，属于封闭式教学和管理。

技工学校的学生都是住校的，周末才有班车接送学生进城回家。

军训期间，严有智带领着班里的男生们，利用晚上的时间穿着迷彩服翻墙出了技校，爬到技校附近农村老乡的西瓜地里。挑熟的，当场用随身带了的折叠刀切开吃了，丢了一地西瓜皮。再悄悄爬出来，翻墙回技校。

第二天老乡拎着一篮子的西瓜皮找到技工学校，老师让他挨个班级找，看是谁干的？让老乡指认出来。那哪能看出来啊？老乡苦于没有证据，只好自认倒霉，不了了之。

技工学校附近地里的玉米熟了，也没有幸免。

周日回家，严有智的大旅行包里没有要洗的脏衣服，全是青玉米棒子，还有男生帮助拎回家。

小姑妈狐疑地问她哪里来的？严有智就说，是在老乡家里买的，便宜。

其实，那些新鲜的玉米棒子都是严有智领着班里的男生，去老乡的地里偷着掰来的。

无论是到地里偷吃西瓜，还是偷掰玉米棒子，虽然在我这个警校生的眼里看来是偷窃行为，但对于严有智来说，仅仅是好玩、刺激。

这事儿不能较真，由此来看，我可能不是一个合格的警察。

几年的技工学校学习和生活下来，总体来讲是有惊无险，严有智既无恋爱经历，也没出什么大格。

严有智各科成绩中上，技工学校毕业后，分配在采油厂下属的一个采油站工作，成为了我爸眼中光荣的石油工人。

严有慧的卫校读下来，毕业后就分到油田的职工医院化验室工作了。

为了工作方便，严有智和严有慧姐俩都住在单位宿舍，平时工作忙，只有星期天回到小城的小姑妈家，姐俩才能见上面。

小城在油田的西北面，城东南与油田的西北部接壤，几乎连在了一起，采油厂在油田的南面，职工医院坐落在油田的中心地带。

严有智从采油厂回家时，路过职工医院，正好可以叫上严有慧一起回小城。

严有智还是好动，回到家里也待不住，不是找同学去玩，就是跑我爷爷奶奶家，陪老爷子下棋。

有时赶上饭点，就陪老爷子喝点啤酒！

这也是我爷爷的壮举之一。

我大爷、我二大爷、我爸他们哥仨，都没资格跟我爷爷一起喝酒，更别提我们几个孙子了，就严有智能大模大样地在餐桌上跟老爷子对酌几杯。

下酒菜里，我爷爷尤其爱吃卤鸡爪子。

严有智有心，自己翻菜谱学了几招，经常买了材料在我爷爷家露一手。这次是红烧的鸡爪子，下次是麻辣的鸡爪子，再下次是泡椒鸡爪子，变着法子做，次次不重样。

这祖孙俩，坐在我爷爷家小院子的葡萄架下，边啃鸡爪子边喝酒，听严有智张牙舞爪地讲在采油站遇到的趣事，我奶奶在一旁咧着嘴瞅热闹，场面温馨，酒气熏天，气氛高涨，真有一看！

都说双胞胎喜欢形影不离，严有智和严有慧还真不这样。

严有慧好静，休息时爱呆在家里看书。花花绿绿的杂志买了一大摞，堆在床上，边吃薯片虾条，边津津有味地看杂志。

严有慧最爱看《大众电影》了，没事就翻看上面的图片，看电影演员们穿的什么，揣摩四季的服装流行趋势。

看见喜欢的样式，严有慧就央求小姑妈去买布料。自己在家裁剪，小姑妈踩着缝纫机做出来，一上身还真是那么回事，挺好看。

一般情况下，小姑妈也会给严有智做一套同样的衣服。

严有智不喜欢，说采油厂发的工作服都穿不坏，新做的衣服没有时间穿。试都不试，就把衣服往衣柜里一塞了事。

时间一长，小姑妈也没有了办法，再有新样式，就只做严有慧一个人的衣服了，倒是省心省力省布料省工夫了。

严有智还问严有慧说，上班都穿护士服，哪有时间穿那么多好看的衣服？

严有慧照着镜子臭美，回答说下班穿呗。

严有智不理解说，你下了白班就回宿舍睡觉，下了夜班天早就黑了，哪有时间穿？再说了，穿给谁看呢？

严有慧说穿给自己看，能美一会儿是一会儿。

严有智觉得，严有慧的逻辑思维方式简直就是匪夷所思。

前面说了，我家是哥仨，都是我爸当年那句"好男儿志在四方，石油人的后代必须接着做石油人"闹的，我哥哥路大庆，石油专科学校毕业后去了新疆油田工作。

我弟弟路华北，按照我爸的指示，高考后填志愿只填写了跟石油有关的院校，结果如愿以偿考上了石油学院。

就我路胜利，一个异类，偷偷报考了警察学校。等我爸发现后，我的档案已经被警校招生的老师胜利地调走了。

我毕业后，分配回到小城，在幸福小区的幸福派出所工作，彻底守在家里了。但我愿意，因为蒋美好同学也回到了小城，在少年宫工作。

这样一来，家里有什么事全是我一个人担着。我哥哥路大庆和我弟弟路华北离得远，逢年过节回家看看，都成了座上贵客，我爸我妈好吃好喝招待着。休假结束，俩人都拍拍屁股，拎着旅行包就走。一个回学校，一个回新疆。

平时家里有啥事都指望不上。

有一次，省公安厅举办业务培训班，所长罗嗦派我去学习两个月。

在此期间，我爸病了，我妈又不敢告诉我，怕耽误我培训学习，更不能告诉我哥哥路大庆和我弟弟路华北，天高皇帝远的，怕他们不但帮不上忙，还跟着瞎着急。

我妈没有了办法，只好打电话告诉了小姑妈。小姑妈全家立即紧急行动了起来，在医院里跟着我妈跑前跑后地帮忙。

小姑父基本没有用。除了拿张报纸坐在病房里给我爸读新闻和时事，分析一下卫星上天、台湾问题、中日是否会因钓鱼岛问题开战、为什么说 2012 年 12 月 21 日地球要毁灭的玛雅预言和国际上的各种大事，其他忙是帮不上的。

有时我爸听着听着睡着了，小姑父还在那里读报纸，也不知道看输液点滴啥时间完事，差点误事了。

小姑妈嫌小姑父碍手碍脚的，帮不上忙还添乱，就把他撵回了家。

剩下的事，都是小姑妈和严有智、严有慧两个表妹跟着忙乎。

严有慧在化验室上班，把我爸托付给了神经外科的同事，忙完自己的工作就过来帮忙。

小姑妈和我妈在家采买做饭，轮流往医院给我爸送饭，所以主要还是严有智全天二十四小时的盯着。

严有慧跟严有智商量，说要给我爸请个二十四小时看护的护工，这样减轻一点看护的负担。

严有智不同意，说是怕护工不好好护理，糊弄病人。再说了，请护工一天八十块钱，也太贵了，还不如自己家人护理的精心，省下的钱给我爸买营养品多好。

严有慧看拗不过严有智，只好顺从了她。

严有智向单位请了年休假，在医院全力以赴照顾我爸。

别看我爸躺在病床上，吃得一点不比平时少，还说吃得多，有利于恢复健康。

吃得多就拉得多。一次，我爸来不及上厕所，就拉在了裤兜子里。

严有智二话没说，立即给换洗了，把我爸身上穿的裤子和床单被褥弄得干干净净，病房里一点气味都没有。

我爸上厕所，严有智跟着举着点滴瓶子进男厕所，我爸不让严有智进去。

严有智眼睛一瞪，说："三舅，我都是您老看着光屁股长大的。听我妈说，我们小时候，你也给我洗过尿褯子。现在您老了，病了，该我们伺候您了不是？都是一家人，您可别见外。"

一番话说的我爸没词了，解完大手，我爸只好红着脸让严有智擦了屁股，提上裤子系上腰带，跟着严有智乖乖地回了病房。

晚上，严有智坐在小板凳上，往我爸脚边的床沿上一趴，打个盹。

住同一病房的病友，还都以为是严有智是我爸的亲闺女呢，直夸严有智心细、孝顺！

等我参加完省公安厅的业务培训回到小城，我爸已经出院回家休养了。

我听我妈说严有智帮了大忙，就定了饭店，张罗请小姑妈全家一起吃个饭，表示一下感谢。

先给严有智打电话约，被她撅了一顿。

严有智说，有那闲钱还不如给老人多买点好吃的呢。

我说孝顺老人的钱有，也都给了。去饭店也是为了感谢小姑妈一家的帮忙，不差钱。正好借机，大家团聚一下。

严有智说那也不去，一家人还说两家话，外道。

一看饭店请客的事没弄成，我只好买了时令水果、稻香村的点心到小姑妈家，上门去感谢。

第二天，水果和点心就回到我妈家的茶几上了，厨房里还多了两只甲鱼和两只白条鸡。

听我妈说，这些东西都是严有智送来的。我妈还夸严有智仁义、善良，说将来不知道哪家人幸运，能娶了严有智做儿媳妇，那可是烧了高香了。

我明白我妈的心思。

前面说了，我小姑妈是我爷爷在大街上捡来的，跟我们家没有血缘关系。

小姑妈长大后，我爷爷和奶奶告诉了她实情。小姑妈知道自己的出身后，跟我爷爷奶奶也没有生分，说自己的命是我爷爷奶奶给的，就是我爷爷奶奶亲生的！

我妈跟我小姑妈既是姑嫂，也是好姐们。

在我家哥仨里，小姑妈最喜欢我了。小姑妈给我妈透露过，有想把严有智给我家做儿媳妇的念头。说白了，也就是给我做媳妇！

老话讲，就是亲上加亲！

那哪行呀！太可怕了！

在此，表一下我的忠心：我这辈子只喜欢蒋美好同学！打我十六岁时第一次在学校的操场上见到蒋美好同学，我就心跳加快、血脉偾张，夜不成眠，前所未有的感觉击倒了我，我明白了什么是这世界上最美好的事物：美女加爱情！

无论是梦里还是幻想中，蒋美好同学伴随我度过了所有的青春岁月，是蒋美好同学把我从男孩子变成了男人！

退一万步讲，就算没有蒋美好同学，我也不能跟自己的表妹结亲啊！

虽然没有血缘关系，我也接受不了。

况且，那个严有智，被我爷爷教育得就差上房揭瓦了，谁敢招惹她？

我妈把我的意思转达给了小姑妈，小姑妈不再提这事了。

转眼，严有智和严有慧也是二十岁左右的人了，到了谈婚论嫁的年纪，可谓是"一家女，百家求"。

老严家的双胞胎姑娘，在小城里还是较有名气的。一是都是小城的老户了，知根知底，家风严谨；二是俩姑娘都长得周正漂亮，还有体面的正式工作。

对娶媳妇来说，这两点都是很重要的。

听我妈说，小姑妈家的门槛都快被前来提亲的人踩平了。

对于所有上门提亲的，严有智和严有慧倒是意见一致，姐俩一律不参加任何形式的相亲。

好几个堂兄弟、表兄弟姊妹里，严有智一直跟我走得最近，可能是跟我俩小时候一起在我爷爷家生活过的缘故，她有啥事都爱跟我商量。

严有智不相亲，一开始我还以为是因为她那个初中时的同班同学苗得雨呢！

因为，苗得雨是喜欢严有智的。

别看苗得雨粗壮，但还有点内秀，他很喜欢篆刻。

苗得雨当兵走之前，跑白洋淀边上捡了一块鹅卵石，用钢锯锯开，一劈两半。在其中的半块鹅卵石的平面上，刻了隶书的"友谊常青"四个字，精美别致，送给了严有智留念。

严有智不知道，苗得雨在另一半鹅卵石的平面上刻了"得雨得智人生幸事"！我在苗得雨那里见过。

我请苗得雨给我刻一枚"路胜利藏书"的章子，去他家取时，无意之间发现了那枚刻着"得雨得智人生幸事"的石头。

虽然苗得雨刻的是复杂的篆字，我还是看得懂的。

基于以上原因，我去问严有智，是不是因为喜欢苗得雨才不去相亲的？

严有智连忙否认，还说苗得雨就是一小屁孩，是哥们儿，他懂什么呀？

后来我才知道严有智不去相亲的真正原因，严有智喜欢上一个到他们采油厂采风的诗人了。

诗人是省文联的，要写关于石油的诗歌，需要下基层体验生活，就来到了严有智所在采油厂的采油站采风。

根据严有智的描述，诗人三十多岁的样子，小白脸，长发披肩，戴副高度近视的眼镜，身材颀长，上穿浅蓝色的牛仔衬衣，下穿深蓝色的牛仔裤，骆驼牌的休闲鞋，外套咖啡色的夹克衫，极其能喝酒。

严有智说，她第一眼看到诗人时，立即被诗人那忧郁的背影迷住了！

我展开略微丰富的想象力，按照严有智的描述联想了一下，怎么也没觉得那诗人的背影有什么忧郁的。

依我看，那纯粹是诗人喝多了，走路不稳，脚下发飘，晃悠。

而严有智在我爷爷家练就的酒量，这时派上了用场。

诗人在采油站采风之余，在白洋淀畔摇曳的芦苇衬映下，和严有智在月光下对酒当歌，把酒问青天。

严有智在酒精的刺激下，也不知道今夕是何年了，场面十分温馨写意。

严有智兴高采烈地跑来找我，说，诗人给她写了一首诗，叫

《蝴蝶＆鱼》，我看了看内容，抄录如下：

"蝴蝶俯视在海洋游弋的鱼，鱼仰望蓝天上翩跹的蝴蝶。蝴蝶向往遨游海洋，鱼向往蓝天想飞翔。蝴蝶在梦中长出了鳍，鱼在梦中长出了翅膀。鱼在蓝天飞舞找不到了蝴蝶，蝴蝶在海洋畅游看不见了鱼。海洋，不属于蝴蝶，就像蓝天不属于鱼。还是把蝴蝶交给蓝天，把鱼交给海洋吧。蝴蝶在蝴蝶的世界，鱼在鱼的世界。偶尔，遥望。"

这首诗写得还是不错的。

作为一个文青，我平时很喜欢看看海子、顾城、北岛等人写的诗歌，也套用过海子的诗去追求蒋美好同学，所以这点鉴赏能力还是有的。

但人家诗人的意思很明白，一个是水里的鱼，一个是天上的蝴蝶，身处两个世界的动物，是走不到一起的。

我看懂了，严有智没有看懂。

我很不看好严有智的这段单相思，那诗人在省城是有家室的人，临时来采油厂采风而已。严有智纯属剃头担子一头热，自作多情。

果不其然，诗人采风完毕就回了省城，严有智再没有他的音信了。

严有智不甘心，买了白色的毛线，笨手笨脚地编织了一条围巾，工休时跑去省城找诗人。

严有智打听了诗人每天途经的地方，远远地看见一个女人和诗人手拉手在街上走。严有智没有勇气上前，只好拿着那条围巾回来了。

我看见严有智围着那条白色的围巾，郁郁寡欢的样子。就对她说，睹物思人，还是赶紧处理了吧，免得看见了还闹心。

严有智还是很听我的话的，她躲在采油站后面的芦苇丛里哭了半天，哭完了，就把那条白色的围巾扔进采油站附近著名的白洋淀里了！

严有智的恋爱一波三折时，严有慧倒是按部就班，有条不紊。

严有慧不相亲，没有别的，是因为跟那个揪过她的小辫子、后改邪归正的蒋正义谈上了恋爱。

蒋正义上了高中后，满脸的青春痘就不见了，白白净净的，也没小时候那么顽皮了，学习很努力。

蒋正义后来读的医学院，毕业回到小城的市医院上班。因业务精湛，工作成绩突出，被选出来派到京城的医院进修，读研究生，师从有名的一个老中医。后来就留在了京城里的中医医院工作。

蒋正义一直忙着读书、就业、进修、再读书、再就业，期间不曾间断的一件事，就是不停地给严有慧写情书，送各种讨女孩子欢心的小礼物。

蒋正义追求严有慧也不是一帆风顺，时不时有请我帮忙的时候。

为了追求他姐姐蒋美好同学，本着互惠互利的原则，我也帮他给严有慧送个电影票，或是透露严有慧的行踪。

蒋正义果然知恩图报，也适时地把蒋美好同学的各种信息及时向我通报，使我在追求蒋美好同学的道路上及时掌握情报，先声夺人、披荆斩棘、一马平川，大获全胜。

严有慧和蒋正义一路顺风顺水走来，分房子，结婚，生子，小日子过得按部就班、波澜不惊，甜甜蜜蜜。

那时，我和蒋美好的恋爱也修成了正果，水到渠成，最终步入婚姻殿堂。

而那个诗人给严有智留下的感情伤口，很久才逐渐平复，好在他们采油厂一个叫江左岸的技术员开始追求严有智了。

江左岸跟严有智是在采油厂团委组织的青年交谊舞舞会上认识的。

采油厂里的年轻人多，婚恋问题很重要。

采油厂团委积极组织各种活动，与友邻单位搞联谊活动，还是很有成效的，促成了很多对佳偶。

交谊舞刚流行时，采油厂的大礼堂每周六晚上都请乐队来演奏，组织青年交谊舞舞会，而采油厂下属采油站的男女青工们则都是舞会上的主角。

严有智被工友拉来看热闹，她不会跳舞，只好坐在舞池边上的圆桌旁喝一种叫美年达的汽水。

江左岸也不会跳舞，也坐在那里喝美年达汽水。

团委干事看见了，赶忙给他俩互相介绍，硬是让江左岸带着严有智下到舞池里去跳舞，还说那是政治任务，必须完成。

这样，严有智和江左岸认识了。

俩人一聊起来，才知道他们都在采油厂工作。只不过江左岸在另一个采油站，离严有智所在的采油站有二十多公里的路程。

刚分配到采油厂时，严有智在采油厂的厂区分了一间单身宿舍，江左岸也住在同一栋单身楼里。但因为严有智从采油站下班后，都是直接回小城的父母家的，从没有在单身宿舍住过，所以就没有见过江左岸。

第二个星期天一早，江左岸就骑着自行车跑到严有智所在的采油站找她来了，说要练习跳交谊舞，完成采油厂团委干事交办的工作任务。

这借口冠冕堂皇，严有智没办法推脱。

江左岸拿来了一个录音机，俩人放着舞曲，在采油站里练习起了交谊舞。

这个江左岸，貌似忠厚老实，实则狡猾奸诈。拉着严有智的手，搂着严有智的腰，打着采油厂团委布置的学跳什么交谊舞的旗号，一下子就把两人的距离拉近了！

要知道，我从中学开始喜欢蒋美好同学，到第一次颤抖着拉上她的雪白的小手，中间可整整用了三四年的时间呢！

江左岸比严有智大一岁，石油大学毕业，大高个子，浓眉大眼，家是省内农村的，在小城里没有任何亲友和根基。一来二去，俩人还真的谈起了恋爱。

最令人惊异的是，恋爱中的严有智居然性情大变！开始走淑女路线了，她留起了长发，穿起有些色彩的衣服，但还是不喜欢穿裙装。

有一天，在小城的大街上看见严有智和江左岸在逛商店，我差点认不出眼前的严有智了。

只见她穿着雪白的亚麻休闲裤和同面料的橘红色短款蝙蝠衫，白色的半高跟皮鞋，半长的头发修剪得很时髦，披在肩膀上，跟那个大高个子江左岸走在一起，还颇有些小鸟依人的味道！

看来恋爱中的女孩子是有些与平时不一样。

想起当年，严有智领着苗得雨和我去收拾那些欺负严有慧的坏小子们时，她那飞扬跋扈、气焰嚣张的样子，与眼前的恋爱中温婉可人的严有智一比较，完全就是两个人嘛。

我不想打扰他们，就没有跟他俩打照面，趁俩人还没有看见我，骑着自行车绕到另一条街上，走了。

我并不喜欢江左岸，事出有因。

小姑父过生日时，小姑妈做了一桌子的鸡鸭鱼肉，把严有智和江左岸、严有慧和蒋正义、我和蒋美好召集到他家吃饭。

彼时，严有慧和蒋正义、我和蒋美好都是合法夫妻了，江左岸却还没有登过我小姑妈家的门呢。

在此之前，严有智已经偷偷领着江左岸去见了我爷爷奶奶，爷爷夸江左岸朴实、厚道。江左岸得到了我爷爷的肯定，严有智很高兴。

到了小姑妈家，我一看那架势，显然是家宴了，看来小姑妈和小姑父是认可了严有智和江左岸的关系了。

小姑妈和小姑父吃完，就先撤离，回自己房间看电视，休息去了。

少年宫晚上有课，蒋美好在教一群舞蹈爱好者跳舞，不能让一群人等她一个人，也先走了。

剩下我们五个年轻人聚在一起继续喝酒，聊天。

喝到半截，蒋正义说要跟严有慧去看电影，我知道是他俩想单独在一起，找借口开溜呢。

那时蒋正义正在京城的中医医院进修，体谅他一个月才回来一趟，就放他们走了。

酒桌上剩下三个人，我和江左岸喝酒，严有智陪着，倒酒、夹菜。

江左岸喝酒挺有量，白的啤的都行，我可不是他的对手。

我看时间不早了，第二天还得上班，就拉着江左岸送他回采油厂宿舍，留下严有智在家收拾残局。

江左岸喝大了，一路上拉着我，大着舌头说："路胜利，告诉你，我就是农村出来的怎么了？你们全家都瞧不起我不是？"

看样子是真喝多了，平时叫我二哥时的尊敬神情全然不见，直接称呼起我的大名了！俗话说得好：酒壮怂人胆呀！

我惊讶地说："没有呀？我们家谁瞧不起你了？"

江左岸被酒精烧得通红的眼睛直直盯着我，说："瞧不起也没关系！严瘸子，你那表妹，多牛的人？你们全家都宠爱的心肝宝贝，还不是照样给我江左岸端洗脚水？"

"腌茄子？什么腌茄子？你说的是谁呀？"我一时没有听明白江左岸口齿不清地在说什么？

"严有智呀！她上初三时，体育课跳高小腿骨折过，走路还一瘸一拐的！瘸子！残疾人！"江左岸说。

我这才想起来，严有智初三时是因为跳高骨折过，休学了两个月。

要不是因为这事影响，以她平时的成绩，肯定能考上石油学校，上个中专什么的，而不是石油技工学校了。

但骨折好了以后，严有智走路看不出来一瘸一拐呀！跟正常人一样，江左岸喷什么粪呢！

我一听就来气了，说："既然是瘸子，你还找她干什么？"

"干什么？"江左岸醉眼惺忪地看着我说："你说干什么？因为严瘸子是城里人呀！漂亮、能干！"

我一听，更是一肚子气了！但我不能跟他一个喝醉的人一般见识，就说道："江左岸！你喝多了，回去睡觉吧！"

到了采油厂的单身职工宿舍门口，本来还扶着他，可我心里有气一松手，把他扔在宿舍门口就走了！什么东西！借酒说出心里话了不是！早就感觉他不是什么好鸟！

我跟严有智谈过这件事。

严有慧眼睛闪闪，眼波流转，她拿出一个半尺见宽的长方形塑料照片相框来，递给我看。

我接过来翻来覆去瞅半天也没有看出什么特别的，塑料材质的相框嘛，轻飘飘的，很普通的样子，大路货，百货摊上都有的东西，使劲往高里说，大概值二十块钱吧。

里面镶嵌着一张严有智的黑白工作照，照片有些模糊。

看我漫不经心的样子，严有智一把夺过去，拿出一块真丝手绢反复擦拭干净，好像我把它弄得多脏了似的！

我讪讪地说，至于吗？又不是金子做的。

严有智瞪着眼睛看着我，说，比金子还珍贵呢，那可是江左岸冒着生命危险送给她的宝贵礼物！

原来，江左岸打听出严有智的生日，偷偷翻拍放大了严有智工作证上的黑白照片，买了相框镶嵌好，精心包装了。等到严有智生日那天，江左岸下午下班后，就从他们采油站往严有智的采油站赶。

那个季节雾霭沉沉，傍晚起雾后，江左岸在去严有智采油站的路上迷了路，期间还掉到旁边的池塘里一次。

等江左岸一瘸一拐、狼狈不堪地赶到严有智所在的采油站时，已经是下半夜了。

他给睡眼惺忪的严有智送了相框，说了祝她生日快乐就走，说第二天还得上班。

等到严有智清醒后，激动不已！江左岸做的这件事把严有智感动坏了，她将着镶嵌着自己照片的相框视为珍宝，爱不释手！轻易还不示人呢。江左岸真是个有心的人呀！

在这世界上，还有谁能为了给她严有智送生日礼物连死都不怕呢？江左岸嘛。

我说："你还给他端洗脚水？"

严有智一脸甜蜜陶醉的样子，回答我说："人家的脚不是因为给我送生日礼物，崴了么。"

我再也无话可说了。

自此，严有智就跟得了什么宝贝儿似的，死心塌地的跟江左岸好上了，结婚以后更甚。

提起严有智和江左岸的婚礼，我在这里还得多说几句。

严有智和江左岸结婚时，倒是省事，没用自己怎么张罗。

好好学习

针对社会上婚礼大操大办愈演愈烈的风气，采油厂团委向全厂青年人发出勤俭节约移风易俗的号召，并决定以后每年"五四"青年节都举办集体婚礼，欢迎到法定结婚年龄的佳偶们踊跃参加。

　　严有智和江左岸也报名参加了。

　　小姑妈和小姑父都很支持，说那是好事情，比自己家操办还隆重热闹，有意义。

　　原本说好参加采油厂举办的集体婚礼后，严有智和江左岸再回江左岸的老家探亲，请江左岸的亲戚朋友们吃个饭就行了。

　　江左岸的家人也说好不参加他俩的婚礼的，后来却改主意了，说没有见过城里的集体婚礼是啥样，想看看，开开眼。

　　严有智和江左岸只好同意亲朋好友前来观礼。

　　于是，江左岸的父亲母亲和七大姑八大姨们租了一辆卡车，拉着半车雪花梨和十几口人，浩浩荡荡来采油厂参加婚礼。

　　江左岸老家离小城南面三百多公里，盛产雪花梨。

　　江左岸家里也承包了一片梨树园子，大约几百棵梨树。

　　头一年秋天里梨树结的果，一直存放在果品冷库了，是为了来年开春，市面上水果青黄不接时，能卖个好价钱。

　　哪知前一年雪花梨大丰收，各地蜂拥而至的水果商把收购价压得很低，刨除一年来在梨树园子投入的成本，如果按照水果商开出的价格出手，不但不赚钱，还得赔几千块钱。

　　江左岸的父亲决定不卖了，租了果品冷库把雪花梨冷藏起来，而附近的冷库里也堆积满了卖不出去的雪花梨。

　　借参加江左岸和严有智婚礼的机会，他父亲把家里库存的雪花梨也拉来了一多半，因为再不卖出去，估计都得烂掉。

　　婚礼还没有举办呢，几千斤的雪花梨先把江左岸和严有智忙得焦头烂额。

　　我们全家一起动员所有能发动的亲戚和朋友、同事，帮助消化那几千斤雪花梨。

　　好在"五一"节前不管是采油厂还是一些其他单位，都要给职工发放节日物品，于是雪花梨成了家家茶几上占据主要位置的水果，总算是赶在"五四"青年节举办婚礼前，忙乎完了这件事！

收了卖雪花梨的钱款，刨除租用卡车的费用、江左岸亲友住招待所好几天的吃喝拉撒各种支出，剩余了两千元钱。

婚礼结束，江左岸的父亲临走时，把两千元给了严有智，说是结婚开销大，全家就这么多积蓄，全给她了。

听说这事后，我就跟个家庭妇女似的，回家跟我妈念叨说，现在即便是在农村，家里有儿子的，早早就得做准备。老子怎么也得给儿子张罗一处房子吧？一处房子盖下来，不花个几万块钱是盖不起来的。没有房子，怎么娶媳妇？这下可好，他们老江家娶个严有智才花了两千元！瞧瞧严有慧结婚时，和蒋正义去南方旅游一趟就花了一万多块，更别说其他开销了。

我妈说，不要那么算账，蒋正义家条件好。江左岸不一样，农村培养出来一个大学生不容易，上学读书光花钱，也不能在家帮助种地什么的，就不要计较了。

我说，江左岸是国家干部，挣工资的呀。他是没有帮助家里种地，但每月都往家里寄钱，那不比在家种地创造的价值高多了？

我妈说，不养儿不知父母恩。农村条件不好，给两千元就不错了，总比一分钱不给强。

我不服气，去找小姑妈说道。

没想到，我小姑妈跟我妈一个鼻孔出气！也是那话。

我小姑妈还说，他家没有钱，咱家有，咱家出钱。

小姑妈都这么说了，我还能说啥？整个是咸吃萝卜淡操心！

结婚后，他俩没有房子，租住在采油厂大院的一个两居室里。俩人每天都坐厂子里的班车去采油站上班，虽然路途远，来回都增加了时间成本，总算有了自己的窝了。

屋子里所有家电、家具、床上用品，厨房、卫生间的一应物品，都是我小姑妈出钱置办的。

客厅里摆着严有智的心爱之物，江左岸送她的那个塑料相框。里面的严有智那张放大的单人黑白照片不见了，取而代之的是严有智和江左岸的合影。

合影里，严有智甜蜜地微笑着靠在江左岸的肩膀上，向每一个人展示自己的幸福和快乐。

对了，后来听小姑妈说，江左岸家给的那两千块钱，严有智揣了没几天，还没有捂热乎，就给他家邮寄回去了。严有智说江左岸家里更需要这钱，她心领了。

我小姑妈还说，两千元对于每月都挣工资的人不算什么，在农村却能办很多事。严有智做得对，很大气，既是书香门第出身，就要有这个气度。

严有智结婚后，不再像谈恋爱时那样打扮自己了，一直穿着单位发的工作服。但一年四季，给江左岸的里外三新的衣服，可是早早就准备好了。

这些都是蒋美好告诉我的。

严有智有时候拉着蒋美好去逛街，说蒋美好学舞蹈搞艺术的，眼光好，会买衣服。

自从严有慧嫁给了蒋正义，蒋美好嫁给了我，严有智和蒋美好就尽弃前嫌，成了好朋友了。

每次提起当年严有智领着苗得雨和我去找蒋正义算账的事，两人都笑得花枝乱颤，上气不接下气！一笑，泯了恩仇！

蒋美好对我说，陪着严有智逛半天街，都是在给江左岸买东买西，可舍得花钱了。

有时看见式样不错的女式衣物，蒋美好劝严有智也给自己买几件，严有智却摇摇头，从来不买。

我听了心里很不舒服，但也不能说什么。男人嘛，背后对人家的事说三道四干什么？

严有智那么宠爱江左岸，总归还是因为人家俩夫妻感情好，旁人也不好乱发表意见。

一家人过日子，每天都得做饭吃。江左岸是北方人，又在西北上了几年大学，偏爱吃面食。

严有智在家当姑娘时，爱吃米饭炒菜，江左岸却不爱吃，说他的胃消化不了米饭粒子，一吃就泛胃酸。

于是，为了江左岸的胃不泛胃酸，保证他的身体健康，严有智忙乎上了。

她先跑书店买了《面食制作大全》看，后来又去小城的"西北拉面馆"找厨师学艺。

功夫不负有心人，没有多长时间，严有智学会了做抻面、拉条子、揪面片、油泼面、猫耳朵、臊子面。

更绝的是，严有智还自己和面发面烙饼，买了猪后臀尖、配料，卤肉，学会了做腊汁肉白吉馍！

有一阵子没看见严有智和江左岸，再次看见他俩时，江左岸一副脑满肠肥、红光满面、神采奕奕的样子！

看来，顺口的伙食就是养人。

严有智倒是不胖不瘦，略显得疲惫和憔悴。

严有智在严有慧的孩子三岁时，也怀了孕。

严有慧在医院工作利用便利条件，趁严有智怀孕四个月时，给严有智照了 B 超，是双胞胎女孩！全家大喜过望！

我们都很小心地呵护着严有智，江左岸的脸上却看不到一丝笑容！

严有慧问江左岸是不是嫌弃女孩子？江左岸也不吭声。

我就说了，江左岸是现代大学生，重男轻女是封建思想。况且现在都是独生子女，一家才一个孩子，严有智要是一下子生了俩，那才叫本事呢。还是小姑妈家遗传基因好，严有智和严有慧是双胞胎，她俩生双胞胎的几率高。

严有慧这时已经生过一个男孩子了，这下就看严有智的了。

快过年时，江左岸跟我小姑妈说，要带严有智回老家过年。说这结婚后的第一个春节，新媳妇是要回男方家过的，这是风俗。不回去，要被乡里乡亲笑话的，家里人在村里就抬不起头了。好像是娶了城里的媳妇，就不认农村的爹娘似的。

我小姑妈很犹豫，说怕严有智怀孕了去过年，路上多有颠簸，对身体不好。

严有智反过来劝我小姑妈说，她的身体皮实，反应最厉害的时期已经过去了，不就坐车回老家过年吗，不要紧的。

这是结婚后第一次回江左岸的老家过年，严有智很高兴。严有智准备了很多礼物，有给公公婆婆买的保暖内衣、羽绒服等等，还有给小姑子买的各种时髦物件，总之就是吃的、喝的、用的，一大堆。还准备了十几个红包，说是过年给亲戚的孩子们的。

看着严有智挺个大肚子不方便，蒋美好让我找个车和司机，把他俩送回老家，过年去了。

走时说好，大年初五我再找个车，和蒋美好一起去接他们回小城。

年热热闹闹过完了。

去给小姑妈和小姑父全家拜年时，小姑妈直念叨严有智，说二十多年来，严有智是第一次不跟他们一起过年，也不知道在农村吃住习惯不。

初五那天我借了车，拉着蒋美好，一起去江左岸的老家接他们。

按照江左岸说的地址，我们沿着国道一路南下，很顺利，很快就到了江左岸老家县城，找到江左岸家所在的村子。

在路人指点下找到江左岸家时，我发现他家一点过年气氛都没有，大门口连红艳艳的春联都没有贴，跟周围邻居一比，差不少事儿。

我们进去后，只有江左岸黑着脸迎出来，没有看见严有智的身影。

按照礼节，我和蒋美好问候了江左岸家的老人，严有智和江左岸结婚时见过面的，还送上了我小姑妈准备的礼物和问候。

寒暄几句就冷场了，尽管是亲戚，毕竟也是陌生人，场面上的话说完也没啥好说的了。

我看了一眼蒋美好。

蒋美好心领神会，就笑着问江左岸道："你媳妇呢？也不出来给哥哥、嫂子拜年？"

一直低着头的江左岸抬起头，说："在隔壁呢，病了。"

我惊讶地说："病了？啥病？"

蒋美好比我还着急，急忙问道："人在哪儿呢？我们去看看！"

江左岸把我和蒋美好领到他家院子里的一间小厢房里。

大白天的，屋子里黑咕隆咚，一股呛人的土腥味扑面而来，寒冷的温度和屋子外面没啥区别。

我急眼了，这是人住的屋子吗？忍不住大声道："江左岸，有灯没有？开灯！"

江左岸在身后摸摸索索打开了灯，那灯泡也就十五瓦吧，灯光灰黄，但总算照亮了屋子。

我的眼睛适应了一会儿，这才看见严有智盖着被子躺在屋子角落的一张床上，脸色煞白！

蒋美好扑过去，紧张地连声问严有智说："咋啦？咋啦？"

严有智睁开眼睛，一看是我和蒋美好，刚张开口话没出音，先就哭了起来！

江左岸不耐烦地喝道："大过年的！"

严有智放低了哭声。

听着严有智断断续续的表述，我听明白了。

他俩一回到老家的第二天，严有智跟着江左岸去给他上中学时的班主任老师送喜糖，回家的路上，严有智在雪地里滑倒摔了一跤！

回家后，严有智去厕所小解时，流了不少血！严有智吓坏了！赶紧告诉江左岸。

江左岸连忙找车，把严有智往县医院送，胎儿没保住！

本来是欢欢喜喜回家过年来了，没想到出了这么个大事！一家老小都很难过，这个年也没有心思好好过了。

我听后震惊之余能说什么？都快憋出内伤了！埋怨江左岸？可是去给班主任老师送喜糖完全在情理之中；埋怨雪地路滑？怨得着吗？寒冬腊月，还不让老天下雪了？

能说脏话吗？尽管蒋美好同学一直谆谆教导我，做个有素质、有品位、高雅的、脱离低级趣味的人。

但是，我靠！这到哪儿说理去呢？我恨不得此时自己是个蛮不讲理的人，可以骂街发泄，可以给江左岸几个嘴巴子，虽然看上去他也很痛苦。

这些都是我的心理活动。

我阴着脸没吭声，问江左岸怎么不生个炉子？屋子里真冷。

江左岸说怕一氧化碳中毒。

我让蒋美好守着严有智，低头出屋，站在院子里问江左岸，这么大的事，怎么不给家里打个电话？

江左岸说怕大过年的，听说这噩耗，一家子过不好。

看着江左岸胡子拉碴、满脸憔悴的样子，我不好再说什么了。就问他埋在哪里了？

江左岸说，埋在自己家的梨树园子边上了。

我让他准备几张烧纸，在前面带路。到了梨树园子的那个小土包前，给我未曾谋面就夭折的两个外甥女烧了几张纸。

天色是灰暗的，大地是灰暗的，梨树园子里也一片灰暗，升腾出一股子肃杀之气。远处村庄里传出来的零星鞭炮声，若隐若现，更加衬托出原野里的空旷和寂寥。

我忽然想着，这要是春天该多美好呀，成片的梨树花开，香味扑鼻，蜜蜂嘤嘤嗡嗡穿梭其间；或者是秋天也不错，果实累累，一派丰收景象。

江左岸或是猜到了我的心思，站在一旁说："春天来了，梨树发芽长出叶子后，园子里可美了。"

这话安慰不了我受伤的心。

虽然江左岸是失去孩子的父亲，充其量，我只是一个表舅而已。但我还是比江左岸更加难受！

我向江左岸要了一支烟，他递给我一包红塔山，我抽了两根，才离开梨树园子。

蒋美好已经帮助严有智收拾好了她的东西，我把严有智扶上车，躺在后座上盖好被子。

打开汽车的热风，比那黑暗阴冷的小厢房暖和多了。

看见我们要走，江左岸的母亲拎了一小草篮子鸡蛋给我拿着，放在后备箱里。

我和蒋美好拉着严有智直接开车回家。江左岸没有跟回来，汽车上没他的位置。

半路上，靠边停车，我打开后备箱，拎出那一小草篮子的鸡蛋狠狠摔在马路上，用脚碾压了半天，弄得两只皮鞋和两条裤腿上都是蛋清蛋黄。

虽然那草篮子是无辜的，鸡蛋也是很无辜的，路上的白雪全被我糟蹋了，白雪也很无辜。

拿出在梨树园子里江左岸给我的那包烟，又抽了一支，我才上车，继续往家开。

平时我是不抽烟的，一是蒋美好管理严格，二是我也没那嗜好。

车上，严有智几次喃喃地说"真暖和"，蒋美好则一直在呜咽。

回到了小城，我们没敢把严有智送回小姑妈家，就留在我家调养了几天。

我打电话告诉小姑妈说，严有智接回来了，在我家住几天，陪蒋美好聊天。小姑妈也没说啥。

蒋美好每天炖了鸡汤、鱼汤给严有智喝，等严有智的脸色变得红润了，我俩才把她送回小姑妈家继续休养。

严有智跟小姑妈见面的场面实在不忍睹，就不描述了。

过了几个月，严有智的身体恢复得差不多时，我仔细问过她那天摔倒的过程。

我问她是不是有人在背后推她了，严有智回忆半晌说没有。

严有智问我是不是怀疑江左岸，我赶紧说不是的。

这事没有证据是不能乱说的，我再没有在严有智面前提起这件事。

很快，不到一年的工夫，严有智又怀孕了。

这次，严有慧再也不张罗给严有智做什么 B 超了。

而再次怀了孕的严有智一天也没耽误上班，预产期的前一个星期才休息。

那时，我和蒋美好虽然结婚好几年了，但还是两口之家、二人世界。

不是我不想要孩子，主要原因是蒋美好太敬业了。

蒋美好是舞蹈老师，艺校毕业后就在小城少年宫上班，每年开春都会十分繁忙，从早到晚忙着给报考艺术院校的学生教授舞蹈。

蒋美好说女人的艺术生命是短暂的，尤其是学跳舞的女人，时间更加短暂，她要趁年轻多教授和培养学生，不想早早被孩子拴住了。蒋美好说得有道理，我说不出什么反对理由。

我只能眼睁睁地看着周围的同学、同事、朋友一个个结婚，再一个个生下孩子。

我是喝了喜酒又喝满月酒，这份子钱都不知道随出去多少了。

蒋美好要我理解她，我当然是理解蒋美好的，眼看着表妹们的孩子陆续出生，我也没有着急，我妈爱唠叨就唠叨去。

我妈看我和蒋美好一直不要孩子，只好把准备了好几年的一堆婴儿的衣物用品洗好消毒，包了一个包裹，让我和蒋美好给严有智送去。

蒋美好忙，没有时间去，我就拿着我妈准备的小包裹，自己去严有智家了。

路过菜市场时，我看见一个穿着宽大的孕妇裙的孕妇，举着雨伞，穿着拖鞋在买菜！仔细一看，这不是严有智吗？

我赶紧上去把她拎着的菜篮子接过来，没有好声气地问："你怎么还敢出来买菜？江左岸呢？他干什么去了？"

严有智抹了一下满脑门子的汗水，乐滋滋地说："他在家复习功课呢。"

江左岸心思活泛，不甘心一辈子待在采油厂当个小技术员。

尤其是江左岸去北京出差，见了一个他的大学同学后。回到家就长吁短叹，感慨都是同样的同学，分在大城市的出入有车，工资高，待遇又好，前途无量。

而自己呢，流落在采油厂偏远的采油站。出了采油站的门就是一望无际的原野，去趟县城就像刘姥姥进了大观园，瞅啥都新鲜。怀才不遇呀，啥时才是出头之日呢？

看着江左岸躺在床上唉声叹气，茶不思饭不想，严有智也发愁。想起自己的妹夫蒋正义，他是考上研究生后，留在京城工作的。她就给江左岸出主意，说，考研吧，那才有机会去大城市。

听严有智这么一说，江左岸一个鲤鱼打挺起来了，两眼直放光，精神了！立即找来资料复习功课。

一看江左岸下了班就点灯熬蜡地学习，严有智啥家务也不用江左岸干了。

连换液化气罐这样的事，都是严有智自己雇附近的农民工扛上楼，其余的事情更是全都自己弄，都快生孩子了也不得闲！

我实在看不过眼，就说了严有智几句："江左岸都被你惯坏了，到底是谁怀孕呢？看你把他照顾的，油瓶子倒了都不扶一下。"

严有智笑着跟我说："没事的，二哥。你放心吧，家里的事我自己都能处理。快考试了，江左岸要抓紧一切时间学习，不能耽搁了。"

我是拿严有智没办法，鬼迷心窍的样子，看来谁说也没用。

严有智生完孩子，是个男孩，江左岸也没见有多高兴的样子，严有智被小姑妈接回娘家坐月子。

那个江左岸也不怎么露面，还真考上了京城某大学的研究生！

江左岸拿着录取通知书到采油厂人事科请假，说要去上学。

人事科说不让去，一是江左岸毕业分配到采油厂时，是签了用工合同的，工作未满五年不能单方违约；二是不能开这个口子，都走考学这条道跑了，采油厂留不住大学生的名声传出去了，以后还怎么管上级部门要人？

江左岸没有了主意，也不想去上班，躺在家里闹情绪。

严有智一看马上就开学了，老这么僵持着也不是办法，就请严有慧帮忙从医院给江左岸弄张病假条。

严有慧不同意，说江左岸去了大城市就等于是放虎归山，以后恐怕是不会回来了。万一严有智的婚姻再出了问题，她可担当不起。

严有智就说了，那蒋正义不也是去了大城市读研、工作，严有慧怎么就放心了呢？

严有慧说，蒋正义和江左岸不一样。蒋正义在小城是有根的，而江左岸就是浮萍，还不知道会飘到哪里去呢。

严有智对严有慧说的话一概不信。看严有慧不会帮忙弄病假条，就来找我想办法。

我也没有这方面的关系，就想到了苗得雨。

苗得雨初中毕业去当兵了。他在部队锻炼了几年，通过自学考试拿到了大专文凭。他转业回来后，经过全省统一考试，被招录进了小城的公安局，跟我在一个系统工作。

不过，我是在幸福派出所，苗得雨在局里的刑警队。

苗得雨向我打听出严有智已经结婚的消息后，长吁短叹一阵儿也就罢了。

这小子可跟小时候不一样了，不但个头长高了一大截，人也英俊不少，尤其是穿上警服，那小样儿真是英俊潇洒之极。

苗得雨在一次执行抓捕偷油盗电犯罪嫌疑人任务时受了伤，住进了医院。

我听说后，买了慰问品去看望他时，发现好几个小护士都眉开眼笑地围着他转悠，看来都对他有意思呢！

最重要的是，那个负责苗得雨病房的年轻女医生，好像也对俊朗的苗得雨动心了。

我当时打趣苗得雨说，趁在医院恢复治疗之机，干脆把自己的人生大事顺便解决了算了，一举两得。

苗得雨这小子还一副油盐不进的样子，说："我心里已经有人了。"

我问他是哪家的姑娘这么有福气？苗得雨就不再吭声了。

我估计开病假条这种小事情，是难不住他的。

果然不出我所料，苗得雨第二天就把江左岸的病假条弄来了！

江左岸拿着病假条往采油厂人事科一递。人家明知是江左岸在作假，居然默许了他所谓的休病假。

也是采油厂人事科宽厚，能考上名牌大学的研究生，也不是人人都行的，那得有点真本事。

江左岸高高兴兴去上学了。

在京城读研究生，无论衣食住行还是交际费用，都比在小城的支出高出一大截子，江左岸的工资不够自己花销。

一到发工资的日子，严有智除了留下自己和儿子江鲲鹏的日常花销，剩余的工资全给江左岸汇过去，就怕委屈了江左岸。

儿子江鲲鹏一岁多时，严有智既当妈又当爹，劳碌但很快乐。另一个重要的收获，就是彻底恢复了身材。

每年春节，采油厂工会和宣传处都要搞活动，组织一台文艺晚会自娱自乐。内容还很丰富，有大合唱、三句半、快板、舞蹈、相声、小品等。

那年年终，采油厂领导要求来年的春节文艺晚会要有新意。老是大合唱、三句半、快板啥的，虽然喜闻乐见，但没有新意，形式上太落俗套了，职工家属都不愿意看了。要创作出新品，创作属于采油人自己的作品。

于是，采油厂在全厂范围内搞了一个征文活动，选出其中一篇叫《芦苇荡里的宝石花》的稿子，内容健康向上，跟采油厂采油站的工作密切相关，很有生活气息。

找来基层作者一看，是个爱好文学写作的小伙子，姓陈，小陈也是一位一线的采油工。

采油厂工会、宣传处，组织厂子里的几个笔杆子，以《芦苇荡里的宝石花》为母本，集体创作出一部舞台剧。

采油厂领导审核后，大喜过望！要求厂工会和宣传处务必在春节前把《芦苇荡里的宝石花》排练出来，而且强调必须由采油人自己演，一定要在采油厂春节文艺晚会上作为压轴之作亮相。同时，争取参加全油田正月十五的文艺汇演。

采油厂领导的肯定，大大鼓舞了士气。但是要求也高了，本子有了，还得物色演员呀。距离春节还有两个月的时间，可谓时间紧、任务急。

大家赶紧分工，分头忙乎。有的设计舞台背景，有的在全厂范围内找演员。

工会干部下基层，去了严有智她们采油站。恰逢严有智带着儿子江鲲鹏去看望几个姐妹，工会干部当时就看上了严有智。要她去演节目，扮演《芦苇荡里的宝石花》中采油小站的一个采油女工。

严有智打小就是我爷爷按照培养男孩的路子教大的，哪里会跳舞（跳五）呀，跳六还差不多！

工会干部非说严有智有跳舞的潜质和本钱，你看你看，严有智的身高、长腿、细腰、瓜子脸、大眼睛，严有智要是不去跳舞就屈才了，浪费了。

况且石油人就是要培养自己的文艺队伍，文艺队伍是不能缺少文艺人才的，而严有智就是文艺人才，是金子，金子就得发光。工会干部遇到了严有智，就等于伯乐遇到了千里马。

严有智禁不住几句夸赞，给个棒槌就当针了。

严有智回到自己家，抱着镜子左照右照，还真找到那么一丝丝文艺的感觉。

尤其是看了工会干部留给她的那个《芦苇荡里的宝石花》的剧本，不就是采油站采油女工的真实生活吗？不用演，严有智自己就是采油女工，她知道怎么办。

看完剧本，严有智有信心了，去采油厂找到工会干部，她答应去参加排练节目。

排练节目就顾不上照顾孩子，把儿子江鲲鹏往我小姑妈家一放，严有智投入到前所未有的表演生活中去了。背剧本，设计舞蹈动作，举手投足都得演练。

江左岸星期天回家探亲，找不到严有智。

他跑到我小姑妈家，看见孩子自己坐在婴儿车里吃手指，就生气了。打听出严有智在采油厂工会礼堂排练节目，抱着孩子就去找她。

严有智练习了好几天了，她的舞台感觉还是不错，一招一式很有模有样。

正沉浸在艺术表演之中的严有智，猛地听见台下有孩子"哇哇"大哭的声音，往下一看，江左岸抱着孩子，铁青个脸看着她呢！

严有智跑下台，兴奋地告诉江左岸是怎么回事，把参演的来龙去脉讲了一遍。

本以为江左岸会夸自己几句，可惜热脸贴个冷屁股。

江左岸很不高兴！他提出，严有智必须在儿子江鲲鹏和演《芦苇荡里的宝石花》之间，做个选择。而他的意思就是，不许严有智参演。

严有智没有想到江左岸是这个态度，本来还想夸耀一下自己的艺术潜质呢。

江左岸的意见使她左右为难起来，节目排练了一半，换别人也来不及了。严有智不知道如何是好。

江左岸跑到幸福派出所找我，让我去说情，不让严有智参加演出。

我说，至于吗？不就是表演个节目，演完就完了，也是工作的一部分。

江左岸说，一个女人，还是一个生过儿子的女人，在台上蹦蹦跶跶，抛头露面，太丢人了！这要是在过去，就是戏子。他可不希望自己的老婆严有智当个戏子！

我惊异道，说，你江左岸好歹也是七十年代生人，新中国培养的现代大学生了，现在又去了京城读研究生。思想不但没有进步，还退步了？怎么还一脑门子的封建思想？

江左岸说，别人爱怎么在台上蹦来跳去，他不管，反正自己的老婆就是不能上台丢人去！

听江左岸这么说，严有智的倔强劲头也上来了，说刚找到感觉，没想到自己身上还有艺术细胞潜伏着，原来没有发现，把个艺术人才差点埋没了！这个《芦苇荡里的宝石花》，她还非演不可了！

倔驴遇到杠头。两人僵持不下，我是两头劝。可是既劝不住江左岸也劝不住严有智，两夫妻闹个不欢而散。

江左岸示威，没有回家住。在招待所住了几天，一甩手回学校去了。

严有智没管那套，接着排练她的节目。舞蹈动作不到位的地方，就请蒋美好给她吃小灶，儿子江鲲鹏还是放在我小姑妈家里。

学校放寒假，江左岸没有回来，打个电话说自己回老家过年。

两个人之间的关系出现了裂痕。

严有智在采油厂的春节文艺晚会上出演的《芦苇荡里的宝石花》，大获全胜！

我去看了严有智的演出，她早就给我和蒋美好送了票。

看着舞台上穿着采油工工作服、边歌边舞的严有智，我还真认不出来她了。只见她眼波流转，动作流畅，表演很自然，一个业余演员能演成这样就不错了。

蒋美好悄声在我耳边说，严有智的舞蹈动作优美，跟她的亲自指导和严格要求密不可分呢！

我也趁机恭维蒋美好，都是她的功劳，没有好师傅哪里带出来好徒弟呢？

这台节目果真被选到油田的正月十五文艺汇演中，油田电视台天天播放，我爷爷奶奶，小姑妈小姑父，还有我爸我妈都守在电视旁，看严有智表演。

严有智的一岁多的儿子江鲲鹏，也指着电视里的严有智，口齿不清地说："妈妈妈妈仙女，漂亮！"

严有智大放异彩。

参加演出不过是一时的事情。正月十五过了，严有智产假休完了，也回到采油站上班，一切都恢复了平静。

严有智的儿子江鲲鹏，一直是我小姑妈和小姑父给带。

过完年，小姑父老是嚷嚷头晕，严有慧领着去医院检查，查出来高血压和糖尿病。小姑妈要照顾小姑父，严有智的孩子就带不了了。

严有智给江左岸打电话，商量怎么办。

江左岸回答，他是没有办法退学回来在家带孩子的，只能暂时把老家的孩子奶奶请来，帮助严有智带孩子。

严有智的婆婆五十多岁，瘦小干枯的一个人，看面相比实际年龄老不少。一口方言，不好沟通，卫生习惯也不一样，也吃不到一个锅里。

老人每天吃一个生鸡蛋，还爱吃带馅的食品，包子、饺子、馅饼都行。

严有智下班后坐班车回家，照看一下孩子，再做饭，时间就晚了，每天都不能按时吃饭。

严有智就让婆婆自己和面、发面、蒸包子。

老婆婆不答应，说，她儿子说了，来儿媳妇这里是带孩子的，不管做饭的事。

况且液化气灶她不会用，万一爆炸了就出大事情了。

洗衣机也不会用，严有智教她。老婆婆说学不会，都是带电的，万一电着了怎么办？

严有智下班回家，就得买菜做饭洗衣服，忙得不亦乐乎，脚不沾地。

江左岸打电话来，询问他妈住得习惯不。严有智把电话递给老婆婆，让她自己说。

这老太太也不知道是怎么了，接了电话就开始哭，一直到挂电话，一句话没说，江左岸光听他妈的哭声了。

江左岸再打电话来，不分青红皂白就骂了严有智一顿，说严有智虐待婆婆！

搞得严有智莫名其妙，有口难辩。

婆婆在严有智这里住了不到二十天，就嚷嚷要回家。说楼房住不习惯，不接地气；也没有说话的人，想家了，憋闷得很。

只好换了小姑子来。

小姑子是江左岸的妹妹，二十岁，在一家乡镇企业服装厂上班，忙的时候，全天都上班，计件给付工资。不忙的时候，就回家休息。

正好是厂子的淡季，小姑子就换了婆婆回家，继续来帮助严有智带孩子。

小姑子比起老婆婆倒是好了不少，会说普通话，人也干净利索。

严有智给她买了很多时髦的衣服，烫了时髦的发型。还领着她去游乐场，看电影，下饭店，逛公园玩。

严有智看小姑子喜欢自己手指上戴着的那枚白金戒指，就摘了下来给小姑子戴。

俩人有时聊天。小姑子跟严有智说，她自己做工攒了一万多块钱。家里说了，那就算是嫁妆，将来结婚时就不给陪嫁了。

小姑子有个从小定的娃娃亲，小伙子家里比较殷实，初中毕业就去学了驾驶，买了一辆小面包车，在老家附近的镇上开出租车。

小姑子呆了一个月，老家来电话说服装厂接了一批外贸的急活，要她马上赶回去上班。

计件发工钱的好事谁也拦不住，帮严有智照看孩子也没收入。

接了电话，小姑子一分钟也坐不住了，马上拎包走人！

她一走，严有智彻底蔫了，只好向单位请了长假，在家休息带孩子。

采油厂下发文件，要盖了一批家属楼，解决大量无房户问题。

像结婚后租住房子的严有智也在其中。只不过房价三千多一平方米，一套最小面积的房子也得九十多平方米，房子总价需要将近三十万元钱。

严有智手里没有什么积蓄，就给江左岸打电话说这事。江左岸不同意买房，说没钱，以后再说。

严有智说，赶不上这批无房户分房，等以后还不知道是猴年马月呢，让江左岸想办法。

等了好几天，江左岸不来电话，也没有了下文。

按照采油厂张榜公布的时间，有分房资格的人家是要先交一部分预付款，三万元钱。严有智抓瞎了。

后来交预付款时，严有智拿不出钱，就不想要房子了。

最后还是小姑妈和小姑父听说后，把积蓄都取出来了，帮严有智交的钱。

严有慧也表态说，余下部分的房款，可以帮严有智筹集。她还说，蒋正义挣得多，自己家里条件好。

结婚时，全是家里掏钱，买房还得家里帮着掏钱。严有智被买房子的事情闹得灰头土脸，心情极其不好。

这时，江左岸的父亲感觉身体不好，没打招呼就到小城来了，找到严有智说老家医疗条件不好，想在小城的医院做身体检查。

严有智带着他，去了严有慧所在的油田职工医院，查出来心脏病。

医生说都是耽误的，要求江左岸的父亲立即住院手术治疗，还说再不做手术很危险的。

一脸疲惫的严有智来到幸福派出所，找到我，拿出一个蓝色的丝绸布包，露出一只和田白玉手镯。那只手镯，在蓝色丝绸的衬映下，发出温润柔和的光芒。

严有智对我说，这是结婚时小姑妈给的家传宝贝。原本是一对儿，严有智和严有慧一人一只。

现在江左岸的父亲住院，严有智手头紧，想把手镯卖了换钱。

我一听就急了！那可是我们家祖传下来的宝贝，且不论市场价格是多少，在我眼里那可是无价之宝！

我赶紧说，需要多少钱我去帮她筹备。那只和田白玉的手镯是万万不能卖的！再者说了，这只手镯和严有慧手里那只是一对儿呢，不能拆开了。

严有智收起丝绸布包，蔫蔫地走了。

我回家跟蒋美好商量说，严有智为了给江左岸的父亲治病，卖玉手镯的馊主意都想出来了，可见她的日子过得有多窘迫。

蒋美好听我这么一讲，赶紧说，快把家里的五万元存款都从银行里取了出来吧。

其实，我心里正有此意！只担心蒋美好不同意，现在话从她嘴里说出来，我还有什么可说的呢？可见我们夫妻心有灵犀一点通呀！

取了五万元现款，蒋美好把钱给严有智送去了。

江左岸的父亲在医院住了二十多天，老家来了一群人看望，严有智安排吃住，忙里忙外张罗。

江左岸学习忙，要写论文什么的，只打了几次电话，人却一直没时间回来。

严有智只好把儿子江鲲鹏送到我小姑妈家，全力以赴照顾江左岸的父亲。

一直到江左岸的父亲出院，这一大家子才回了老家。严有智累得人仰马翻！

紧接着没有多长时间，我奶奶和我爷爷分别在八十八岁和八十五岁的年纪，相继去世。

我奶奶比我爷爷大三岁，是老死的，一觉没醒来就过去了，没遭罪。

我爷爷在我奶奶去世后的一个星期里，也走了。

可能是我爷爷有预感，奶奶去世后，我们都回家陪爷爷。

爷爷就跟我们说，等他走了以后，就把五间平房的小院子都留给严有智，还说严有智的经济条件最不好了。

当时我们都以为，爷爷是因为奶奶的去世，伤心过度，说胡话呢。

谁料想，爷爷那么快就随奶奶去了。

守灵时的严有智，哭昏过去好几次。

大家都明白，我爷爷最喜欢和心疼严有智了，我们几个正宗嫡传的孙子都比不上。

好在我们也不比，一家人和和美美过日子，比什么都强。

算算时间，采油厂的无房户家属楼怎么也得两年后才能盖好，住上。

为着省钱，严有智把租来的两居室退掉，我们帮着她搬家，搬到爷爷和奶奶留下来的老房子住。

严有智家里事情不断。房子的事情刚解决，小姑子跑来说要退婚。

这姑娘许是见了世面，说她回去后男方家里就捎信来说要结婚。她可不想结婚后呆在农村了，面朝黄土背朝天的日子她过不了，要是再生下几个孩子，她就完了。

让严有智想办法，在油田给她找个临时工干，不回农村去了。

严有智哪有什么办法？只好打电话向我求助。

我翻翻眼珠子，琢磨着，这姑娘一没文化、二没特长，能干什么呢？想起幸福派出所辖区一个开川菜饭店的老板，就给他打个电话，让严有智的小姑子去当服务员。

老板很给面子，答应管吃管住，每月开八百块钱。

去饭店干了没几天，小姑子就跟严有智说住处的条件太差，八个人一个宿舍，休息不好。

还说宿舍里老丢东西。什么小零食、扎头发的皮筋等等，都是鸡零狗碎的小物件，大家都怀疑是她干的。因为就她一个是新来的，原先的老服务员欺生。

说完就开始哭。

严有智一想，也怕小姑子初来乍到，人生地不熟，万一出啥事也担待不起。只好说让小姑子回家来住。

收拾出一间屋子给她用。

严有智照顾了孩子还得照顾小姑子，每天都很劳累，脸色也不好。

有时回到小姑家里聚会，严有智跟严有慧站在一起一比较，哪儿还像双胞胎？

严有慧养尊处优，细皮嫩肉的，发型衣着也华丽得体。

严有智无论是从哪个角度看，都明显比严有慧苍老一大截子。

小姑妈背地里抹了好几次眼泪。

期间，读了两年研究生的江左岸毕业了，应聘到京城一家外企工作，工资、待遇都比在采油厂时高出一大截子，他回采油厂辞了职。

严有智感谢苗得雨这两年帮助开病假条，请他吃饭，苗得雨不去。

头一年，江左岸京城小城来回跑，每月能回小城一次，看望严有智和江鲲鹏娘俩。

严有智很快就把我和蒋美好给她的那五万元还回来了，可见江左岸的收入真不错。

严有智生活条件改善了很多，逐渐把小姑妈和严有慧给她出的买房子的钱都还了。

严有智空闲之余，去驾校学了开车。拿了驾驶证，就去买了一辆小轿车，拉着小姑妈和小姑父在小城里转悠兜风，或是去白洋淀游玩。

严有智还分别给我们打电话说，谁需要用车，她随叫随到。

严有智的日子终于好转起来，我们看了都很欣慰。

安稳日子没过几天，江左岸老家来电话，他的父亲突然去世了！

江左岸的父亲巡视家里的梨树园子时，突然感觉不舒服，倒在地上，说想吃冰棍，看梨树园子的人把冰棍买回来时，老人已经倒地去世了。

江左岸从京城打辆出租车赶回小城。

严有智赶紧收拾东西，去银行柜员机上取了一万元钱，叫上小姑子一起回老家，奔丧。

出院子迈台阶时，严有智一脚踩空，摔了一跤。

夏天，穿的 T 恤和短裤，结果可想而知，严有智两个裸露在外的膝盖全跌破了。时间紧急，顾不上消毒处理，把儿子江鲲鹏送我小姑妈家去，赶紧开车往江左岸的老家赶！

那正是三伏天中的桑拿天，天气潮湿闷热，呼吸都感觉不畅。

按照农村的习俗，江家在院子里设了灵堂，孝子孝孙们必须披麻戴孝昼夜守灵。

每有人来烧纸，就得跪着磕头，还礼。

严有智的膝盖跌破后，没有及时敷药，天热，有些化脓。每天守在灵堂，时不时下跪还礼，疼痛无比，加上天气闷热，简直苦不堪言。

农村家里条件有限，不能洗澡。几天下来，严有智起了满身的痱子，加上蚊虫叮咬，夜里睡不安稳，可遭了不少罪。

坐着拖拉机去地里的坟上烧纸时，拖拉机沿着村子里的街道缓缓慢行。

不时有妇女上前，伸手撩开严有智戴的孝帽。指指点点说，江家这个城里娶得儿媳妇可是不孝顺，怎么哭的声音一点也不大呢？老公公死了，不难过吗？

按照风俗，在江左岸的老家过了七天，严有智才回来。

一到家，严有智终于扛不住了，开始发烧，住院输液。蒋美好和严有慧轮流照看她。

采油厂家属楼盖起来后，严有智自己跑前忙后，找装修队，买建材家具电器，紧锣密鼓一番装修，总算把新家布置起来了。

那个塑料相框摆在新房客里厅最显眼的地方，原先里面镶嵌的严有智和江左岸两个人的合影不见了，取而代之的是严有智、江左岸、江鲲鹏一家三口的合影。

塑料材质的相框，历经几次搬家，既没损坏，也没见破旧之感，崭新如故。

肯定是严有智精心呵护的缘故。

严有智和江鲲鹏搬进了新居，把我爷爷奶奶留下来的房子借给了小姑子住。

在严有智的介绍帮助下，江左岸的妹妹认识了采油厂的一个采油工，就是那个写了《芦苇荡里的宝石花》小伙子小陈。两人恋爱、结婚、生孩子，都在我爷爷奶奶的小院子里。

既然我爷爷的遗愿就是把房子给严有智，她怎么处置是她的事情，我们都没有异议。

没多久，江左岸让严有智辞职，跟他去北京生活。

但严有智的工作问题没法解决。一个采油女工去北京能干啥？既无专业也无其他特长。严有智要是去了北京，就只能辞职在家，当家庭妇女了。

严有智坚决反对。她说，去了北京生活，一没有房子二没有了工作，三口人住哪里？就指望江左岸那点工资生活？万一家里有个大事小情，连个退路都没有了。

那时，采油厂的工资待遇已经不错了，在油田各单位中算是老大了。也不怪严有智舍不得辞职，这事搁在谁身上都得三思。

俩人常年分居，江左岸假借工作忙，不怎么回家了。

有一次，我去北京出差，顺便去看江左岸，把严有智给他带的冬天用的衣物送过去。

我在他租住的屋子里，看见很多女人用的物品。卫生间里摆放的化妆品很高档，都是外国品牌的。阳台上晾晒的衣物也花哨得很，还有裙子什么的，一看就不是严有智用的东西。

我问江左岸是怎么回事？

一开始江左岸还说，都是严有智的东西。

我说，我了解，严有智就不爱用，也不可能用那些花里胡哨的化妆品和衣物。

江左岸没话说了。

我说，你一人在外打拼，也不容易，要自重。

江左岸不爱听，冷漠地说，男人嘛，好理解，生理需要。

我说，严有智在家里又上班、又带孩子，那么辛苦，你在外面逍遥自在，心里过得去吗？对得起严有智和孩子吗？

江左岸硬气地说，我给严有智大把的钱，还给她买小轿车，我很对得起她。让她来北京，是她自己不愿意来，这事不怪我。再说了，别以为我是傻子，啥也不知道。她心里不是还有一个念念不忘的诗人，还有一个青梅竹马的苗得雨吗？

江左岸的话真噎人！

我说，那都是八百年前的事情了，谁没有年轻过？你拿这些陈芝麻烂谷子说事，简直就是强词夺理！

江左岸铁青着脸，不搭理我了。

这都是我亲眼看见的实情，但不能跟严有智说。回到小城后，我就让蒋美好旁敲侧击地对严有智说，让她也多往北京跑跑，去看望望江左岸，夫妻总是分着总归不好。

时间一长，严有智也看出了端倪。

利用休假时间，严有智赶去京城，找到江左岸租住的房子，跟他大吵了一顿！

江左岸鄙夷地说，严有智！你就是采油厂最底层的一个小工人，素质太差！言谈粗俗，就像个泼妇！我跟你没有共同语言！

严有智回来后躺在家里，不吃不喝。是江鲲鹏给姥姥打电话，把我小姑妈叫到他家里劝严有智吃饭。

小姑妈又给我打电话，说了严有智和江左岸的事。

我和蒋美好赶到严有智家，把小姑妈和江鲲鹏支出去，问她和江左岸到底怎么办？

严有智眼睛红肿着，语气平缓，对我们说："我要和江左岸分开。"

我说："你俩一起走过风风雨雨，不容易，千万不要轻易说出分开的话。肯定是江左岸对不起你，我去找江左岸算账！"

严有智立即跟我说："二哥，江左岸千不对万不是，你也不要说了。小城是我的家，有生我养我的父母，有你们大家，有我的根，我是不会离开这里的，江左岸不是咱们这个小城里的人，他有自己的志向。我们分开，未必不是一件好事。"

蒋美好恨恨地说："你的好日子才过了几天？你不能轻易饶了他？"

我想起严有智和江左岸从开始谈恋爱到结婚、怀孕、流产、再怀孕、生孩子、分房子，同候江左岸家的老人，照顾小姑子，就没有过几天舒心日子，也很郁闷。

严有智说："二哥，不是我不想留他，心留不住了，留个人也没有用。再说了我一个技校毕业的工人和他研究生也没什么共同语言。不管怎么说，他好歹是江鲲鹏的亲爹吧！看在我和江鲲鹏的面子上，就不要跟他计较了。"

我看劝也没有用，只好去安慰小姑妈和小姑父想开点。

小姑妈数落道："江左岸这个白眼狼，我给他织了多少件毛衣和毛裤，一直把他当亲生儿子看待。门不当、户不对，就是不行！可是以后，严有智和江鲲鹏怎么办呢？"

说完还掉了眼泪，小姑父在一旁劝小姑妈少说几句。

看见从小就那么疼爱我的小姑妈伤心，气得我攥紧了拳头！要是当时江左岸在眼前，我非打他个头晕眼花、满地找牙不可！

严有智非要离婚，江左岸回到小城处理这事。江左岸说，家里的房子、车子他都不要，但儿子江鲲鹏他得带走！严有智不同意。

江左岸态度很强硬，他说儿子必须跟他，原因有三：一是他江左岸是重点大学毕业的研究生，学问好、智商高，辅导江鲲鹏比严有智这个技工学校毕业的采油工靠谱；

二是江左岸在京城生活和工作，那里的教学质量也高，江鲲鹏在大城市受的教育更好；

三是江左岸现在一家美国公司工作，收入高，可以给江鲲鹏提供更好的生活条件和学习环境。

听完这三条，严有智没话了，想想也是，自己的条件论哪点，都不如江左岸，江鲲鹏跟着江左岸，不遭罪呀。

于是，在江鲲鹏的问题上达成了一致，严有智和江左岸顺利离婚。

这些事，都是严有智背着我们做的！等到她和江左岸的离婚事宜全部处理完了，才告诉我们的大家！

江左岸的妹妹一家子，不好意思再住在我爷爷留下来的小院子里，在小城里租了房子，就搬出去了。也不再跟严有智来往。

身边忽然少了一大群人，严有智的生活，一下子从杂乱忙碌，回到了无事可做的空闲茫然状态。

严有智把我爷爷奶奶留下来的小院子重新装修了，小姑妈小姑父搬回去住，我爸我妈也搬回去了。

四个老人住在一起，互相有个照应，没事时就凑一桌麻将，生活得很平静。我们回去看望也很方便。

严有智恢复了单身，没有恢复快乐。

严有智有时跟我说，江左岸只能买得起价值二十元钱的塑料相框送给她做生日礼物时，他俩的日子很快乐；能买得起小轿车再送她时，却分手了。这是为什么呢？

这个问题的背景太复杂，我思考了半天，也解答不了。

那个曾经找严有智演出《芦苇荡里的宝石花》的采油厂工会干部，把自己弄得油头粉面，总是去找严有智。不是请她吃饭，就是带她去歌厅唱歌、跳舞。

那个工会干部说，他跟自己的老婆没有共同语言，希望严有智做他的红颜知己和知音！

严有智很反感！一看是工会干部的来电，不接，短信不回，打照面也当他是空气。

我打算给她介绍对象，把周围的单身汉扒拉一下：首先想到了苗得雨，可人家正跟一个小学语文老师谈着呢，不合适。

其余的单身汉都太年轻，二十多岁，也不合适。

也就我们幸福派出所的所长罗嗦一个人合适，年龄合适，工作也不错。

这事先不能跟罗嗦说，我先跟严有智通气。打电话把罗嗦的情况一介绍，严有智说不见，她还没有那个心情。

一到礼拜天，或是逢年过节，严有智就自己开车往京城跑，大包小裹地给儿子江鲲鹏买东西。

江左岸已经在京城按揭买了房子，严有智接了江鲲鹏出来，住几天七天连锁酒店，娘俩一起逛逛公园，下下馆子。

一开始还好，江鲲鹏很喜欢严有智买的玩具。后来江鲲鹏就变了，对严有智买的东西不屑一顾，他说小城里买的玩具和衣服都土气，他不喜欢，还是大城市的东西高级。

严有智就不再买东西，见了江鲲鹏就直接给钱。

江左岸发现后，又骂了严有智。还说要是严有智再那么做，就不让严有智见江鲲鹏了。

严有智有一阵神思恍惚，成天不做饭，有时吃一个苹果就算一顿饭，人瘦得不成样子。

江左岸没多久就再次结婚了。女方是没结过婚的，按照国家计划生育政策，可以再生一个孩子，又生了一个儿子。

听说这事后，严有智心里很难过。去找江左岸要江鲲鹏，说让儿子跟她一起生活吧。

江左岸不答应，说老江家的种不能让姓严的养。他送江鲲鹏上了寄宿学校。

严有智开始喝酒，酒量大得惊人！自从我爷爷去世后，严有智是戒了酒的，甚至家庭聚会时她也不喝了，而且她也绝不再卤各种味道的鸡爪子。

当年，我爷爷在世时，喝酒，啃严有智卤的五香或是麻辣鸡爪子、泡椒鸡爪子，那是严有智和我爷爷独享的快乐啊！

而那美好快乐的时光，再也不会重现了。

现在可好，空虚寂寞的严有智，重新端起了酒杯！邀朋唤友，成天招呼一帮子人在家里聚餐喝酒，歌舞升平，乌烟瘴气。

蒋美好她妈，我亲爱的丈母娘过生日那天，恰巧赶上我们公安局组织全体民警到白洋淀一日游。已经去过两批了，这是第三批，最后一批，轮到我参加。按要求，每个民警可以带一个家属。

蒋正义从北京赶回来，给我丈母娘庆生。

我跟罗嗦请假，他不同意。

罗嗦说，这是公安局对基层民警的关心，必须参加。况且，还可以借机跟其他兄弟单位的同事们联络感情，平时哪有这机会？一举两得，何乐不为？不准假。

我跟蒋美好一商量，干脆两好合一好得了：请全家人去白洋淀，也搞个"一日游"。中午就在荷花岛一起吃全鱼宴，既给老人庆生了，也没耽误公安局组织的活动。

跟蒋正义一说。蒋正义举双手赞成！他说，好几年没去白洋淀看看了，正好去故地重游。

蒋正义带领全家七八口子人，租了一辆依维柯面包车到达白洋淀，包了一艘游艇进淀。

严有智休假呢，跟着一起参加。

小城守在白洋淀旁边，我们这些在小城出生长大的人，几乎每年都到白洋淀畅游一番。

想当年，我们还都是十几岁的时候，是骑车到白洋淀游玩。

那时的白洋淀干涸得厉害，淀底的泥土干裂。曾经烟波浩渺之处，不见清波，种上了小麦、玉米、豆类等庄稼，而一艘艘穿梭荡漾在白洋淀的木船，因白洋淀无水，倒扣在渔家的场院里、淀畔上。

一个著名的诗人看到昔日"华北之肾"的萧索，痛心疾首，写过一首名为《船坟》的诗歌，诗中写到"所有的船栽跌下来，三百里淀场都是坟场""船，死了。安葬在淀底"！

南水北调，上游水库注水，白洋淀多年不见的景象重新出现，华北明珠终不负她的盛名，美丽的风景富饶的水产，迎来八方来客。

现在的白洋淀浩浩荡荡，碧绿的芦苇一望无际，千百条水路就像城市里的大街小巷，一片片红的、粉的荷花千娇百媚。

相传很久以前，独自居住在月宫的嫦娥偷吃了仙药，身不由己飘飘然离开月宫向人间跌落。

就在她跌入凡间的瞬间，猛然惊醒：自己当初不就是因为向往长生不老，才偷吃了仙丹离开人间，怎么又下凡了呢？

她这一惊，惊落随身携带的宝镜，宝镜落地后摔成了大小一百四十三块，形成了组成白洋淀的一百四十三个水泊。

白洋淀里，一群群雪白的鸭子畅游其中，摇船的老汉皮肤黝黑，手臂上青筋毕露，干瘦的双腿稳稳地站在船头上。

岸边摆着几个大木盆，里面摆放着扎成小捆的莲蓬，和煮熟的菱角。壮实的渔村大嫂，皮肤粗糙，穿着背心短裤，打着蒲扇，满脸笑容，招呼游船上的人购买品尝。

这时的莲子最好吃了。掰开莲蓬抠出里面的莲子，一个个碧绿饱满，只有小手指肚那么大，剥开包裹在外面的一层绿皮，露出里面雪白的莲子肉，放到嘴里，上下牙轻轻一咬，脆脆的、嫩嫩的，留在嘴里有些微微的甜和清香。

而且这时莲子中间的莲子芯还不那么苦，很鲜嫩。

不时可以看见成群游泳的孩子，赤裸着身体出没白洋淀的水中。黑黝黝的皮肤晶亮的眼睛，只有开口笑时才露出一口的雪白牙齿，个个都像白洋淀里的水精灵。

中午上了荷花岛，上百种来自世界各地各种颜色的荷花开得正旺，阵阵荷花清香气味扑面而来，沁人心脾，涤荡污浊。

大家都散开了，忙着欣赏荷花。

罗嗦脖子上挎着他的那个宝贝单反相机，"咔嚓咔嚓"紧忙乎，热情地给大家照相。

我看见他给治安处的内勤拍照时，一脸媚笑，嘴里还说着什么"人面荷花相映红"。

这就是罗嗦说的跟兄弟单位联络感情吧？

我赶紧打手机跟蒋美好联系。她说一家人已经上了荷花岛，都在看荷花呢。

荷花岛好几十亩，都是游人。我只好抻着脖子张望，找到蒋美好他们，汇合在一起欣赏荷花。

中午，就在荷花岛上的渔家傲酒家吃全鱼宴。

蒋正义带领全家定了一桌。我坐在公安局预定的饭桌旁，跟弟兄们推杯换盏一番。

申明一下，这是在休假，大家没有穿警察制服，穿的都是便装。

公安局工会组织这次活动的干事都说了，可以喝酒，一人一瓶啤酒，不能超量。否则严惩不贷！

"五条禁令"，这是高压线，不能碰！警钟长鸣。

吃到一半，我跟罗嗦说家人也来了，我得过去招呼。

罗嗦还忙着拍照呢，叮嘱我不能喝多了，不能在全局弟兄面前丢他的脸。这才放我过去和家人团聚。

蒋正义安排的这桌，酒水是不限量的，居然还有衡水老白干！

我端了啤酒先祝贺丈母娘生日快乐！再换成雪碧汽水接着跟其他人喝。

蒋美好作为警察家属，对大家说了我们的"五条禁令"，全家人都给予理解。

罗嗦端着啤酒过来敬酒，邀请蒋美好这个警察家属，去公安局那边和弟兄们一起喝酒。

蒋美好不好意思过去，只好推脱，罗嗦还不依不饶。

严有智喝多了，一把揪住罗嗦，说她代替蒋美好去给我的同事们敬酒，不要为难蒋美好了。

我一看严有智粉面桃腮眼神迷离，就知道她喝了不少，赶紧拦住她。罗嗦不知是什么用意，推开我，让我没有拦得住严有智。

严有智一手拿着一瓶衡水老白干，一手端着一口杯衡水老白干，跟着罗嗦来到便衣警察们的队列里。

彼时，我们局里安排的每个人就一瓶子啤酒的定量，早就被喝完了。

看着严有智的架势，罗嗦开腔说，喝可以，但只能拿白开水跟严有智喝。

严有智坚决不同意，说她一个女同志都喝白酒，人民警察怎么连啤酒都不端起来呢？还用白开水糊弄，简直就是在破坏警民关系嘛！这样就严重伤害了人民群众对人民警察的感情嘛。

这个阵势颇有挑衅的意思。

说起来，就严有智那点酒量，还是不能跟我们这群老爷们比的，要是平时不上班还好，那就比试比试。

可是现在不行！虽然说是白洋淀"一日游"，但"五条禁令"就像悬在我们每个民警头顶的高压线，谁敢应战，就立即让他触电、身亡！

严有智举着酒杯，满脸不屑的样子，场面颇为尴尬。

我正寻思怎么让严有智下台呢，谁想到这时苗得雨跳了出来！他一把夺过严有智手里的杯子，一仰脖子把那杯衡水老白干倒进了自己的嘴里！

这个情景，很出乎我的意料，也出乎了所有在场人的意料！

一早我在公安局大门口集合、统一上大轿子车时，就看见苗得雨带着个妙龄女郎一起上的车，估计是他新谈的那个小学语文老师女朋友吧。

这时，苗得雨的举动显然很不合时宜。

我偷眼看了跟苗得雨一起来的那位姑娘一眼。她没抬头看苗得雨，但她的脸色很不好看，肃穆悲壮。

我心想，要坏菜！赶紧把严有智拽回蒋美好那桌。

苗得雨也被惹祸的罗嗦拽着，出了渔家傲酒家。

白洋淀"一日游"很快收场，总体来讲还是很成功的。

倒霉的是苗得雨。回到局里，苗得雨就被刑警队的领导找去谈了话，接着是政治处领导找他谈话，要严肃处理。

尽管事出有因，但未能幸免。政治处的解释是，解救酒醉的人民群众有理，是人民警察义不容辞的职责。

但是（就怕领导说但是，一"但是"全完蛋），那酒怎么能往自己的喉咙里灌下去呢？完全可以倒在地上嘛。

为此，苗得雨背了一个处分。新谈的那位小学语文老师，告吹。

严有智酒醒后，再次宣布戒酒！

采油站的工作经过调整，严有智是上一天班休息两天。工作之余，严有智让所有的空闲时间都填得满满的。

严有智把自己家的小轿车利用起来，白天开车去火车站拉活，晚上去一家服装店打工，生活空前的紧张、忙碌、充实。

严有智说，她要多挣些钱，还是想着以后把江鲲鹏接回来一起生活。那时开销大了，不能不多攒点钱。

采油厂职工每年都组织体检。

严有智的左腿小腿上查出一个鸽子蛋大小的肿瘤，就在原来骨折的部位，严有智说摸上去不痛不痒。

医生问严有智，她的左小腿上的旧伤是怎么回事。

大家都想起来了，严有智当年中考前，上体育课跳高时，摔过一跤，为此还休学了两个月。

小姑妈这才问起来，严有智当年跳高时，为什么失误摔倒了呢？

严有智回答说，是因为初次来潮。

跳高前，她在厕所里发现了自己身体异常，心情受到巨大影响，直接导致跳高时出现了重大失误。

在此之前，严有智一直认为男女的区别不大。在我爷爷男女平等的思想灌输下，以为男孩子能干的事，女孩子也能干。

别看严有智和严有慧是双胞胎，但纵观她俩的生活轨迹，那可是截然不同的！

严有智从小就被我爷爷当作男孩子来养。因为比严有慧早出生了几分钟，从小到大，大人们也一直告诉她"你是姐姐"。

严有智不但在生活中充当着保护严有慧的角色，在家庭中也担当着更重要的责任。

造成了严有智的性格是特立独行的，与众不同的。

初潮作为女孩子的成长过程中正常的生理现象，却使严有智变得惊慌失措！严重后果就是，造成她跳高失误，小腿骨折！

肿瘤切片结果出来了，良性的，切除！

我们都长舒一口气，提着的心终于放下来了。

病床上的严有智很乐观，劝慰我们说："从小到大，我跌倒了不是一次两次了。跌倒了，再爬起来就行了，别为我担心。"

严有智出院后，被接到我爷爷奶奶家的院子住，小姑小姑父、我爸我妈四位老人围着她一个人转，天天好吃好喝伺候着。

我和蒋美好，还有严有慧和蒋正义，时不时回去看望她。

严有智告诉我们说，她从小就习惯照顾严有慧，照顾家人。而这段手术后被家人照顾的日子里，是她这么多年感到最幸福美好的时光了。

严有智在家休养的一个多月时间里，也没有闲着，严有慧教她学会了上网，玩"快乐农场"游戏，种菜、偷菜，忙得不亦乐乎。

严有智还学会了网上聊天，注册了 QQ 号码，加入一个诗歌爱好者的群里，开始扑腾。

严有智的身体创伤逐渐恢复，面色红润，心情开朗起来。

我打开严有智留下来的信纸，上面用钢笔字工工整整地写着一首诗——《请给我这样的爱情》：

　　　　"抖落一地的幻想和绝望
　　　　让一切都重新来过吧
　　　　春天里，播种下美好爱情的种子
　　　　请让我们重新再去爱一次

　　　　请让我们在最好的时光相遇
　　　　相识
　　　　相恋
　　　　你十八我十七

　　　　请你在我的鬓角插上一朵含露的玫瑰

我会为你画起弯弯的眉
我含羞一颦一笑一低头的温柔哦
百态千姿万种风情，都是为你

我吟诗你誊录你作画我研墨
为一句诗反复推敲，为一幅画精心构思
你沐浴焚香为我抚琴弹一曲高山流水
知音啊难觅，知音难觅

你低吟我浅唱我刺绣你欣赏
我彩衣飘飘长袖善舞你击鼓应和款款深情
从日出到日落从青丝到白发从相爱到化蝶
朝朝暮暮，暮暮朝朝

我爱你坚如磐石，你爱我忠贞不渝
我活一百岁你活一百零壹岁
一定要约定同年同月同日同时逝去啊
不要留下谁肝胆俱碎独自悲伤

如果，如果可以重新爱一次
我只要这样的爱情
如果，如果有来世
请给我这样的爱人"
……

　　读着这首诗，我感觉严有智写得还真有点那么个意思。再想起这些年严有智的生活历程，我对这个既倔强又好强，同时自强不息的表妹，又有了重新的认识。

　　我给苗得雨打电话，说要给他介绍对象，他说没兴趣。

　　我说是公安局里新分配来的姑娘，长得可漂亮了，对他有意思。

苗得雨挂了我的电话！

这小子！我本将心向明月，奈何明月照沟渠！

没办法，我又打通了苗得雨的手机，把严有智写的诗《请给我这样的爱情》给他读了一遍，又将严有智改名胭脂的事情告诉了他。

苗得雨用鼻音哼着，问我啥意思。

我反问说啥意思？你自己寻思去吧。

苗得雨慢悠悠地说："严有智，不，胭脂在诗里不是说她要等来世吗？"

我说："来世？有来世吗？你是傻还是呆呀？小时候的机灵劲儿都哪里去了？"

苗得雨还在电话里啰哩啰嗦，说："二哥，你说我和严有智，不，我和胭脂，到底有没有缘分呀？"

这个苗得雨，平时看着也挺聪明的人，那脑袋是榆木疙瘩做的？！

一听他的问话，我实在生气了，于是对着电话吼起来道："苗得雨！严有智，不，是胭脂。胭脂打从三岁在幼儿园就咬了你的耳朵和你妈的大腿，被你妈直接开除，结束了三天的幼儿园生涯。直到你上初中，跟着严有智屁股后头去收拾欺负严有慧的那些坏小子。到现在，她离异单身，你也闪过婚，不是什么黄花小伙子了。你说，你到底谈了多少女朋友了？一到真格谈婚论嫁时，你就撤退！你这些年是在等谁呢？你自己说，你俩有没有缘分？！"

我说得一点不过分，这些年苗得雨可是没少相亲恋爱，各行各业的都有处过。

苗得雨跟医院的护士谈恋爱时，身上总是一股来苏水味；跟商场售货员谈恋爱时，满身都是出厂价的名牌；跟理发员谈恋爱时，那发型十天半个月就换个花样。

这么多姑娘谈下来，可没有一个修成正果。

好不容易谈个网友，都跟人家闪了婚，不知怎么又撤退了！问他原因，说不合适。

不合适还领什么结婚证？领了证再散伙那就叫离婚！

这年头的人都是怎么了？对自己、对别人都太不负责了。不是我不明白，这世界变化也太快了！

我明白这小子心里惦记的是谁。

苗得雨说："二哥，闪婚的事我得给你解释解释。那是人家的前男友找来了，女方反悔，非要跟我离婚的，这可不是我的原因。这一点我已经跟组织都说明了，就是没给你汇报。"

我说："即便是女方的原因，那你小子也不咋地。对象谈了好几箩筐，没有一个靠谱的。你就不能像我似的，十几年如一日只爱蒋美好，从一而终。你都三十好几的人了，对待婚姻问题要严肃，不是小孩子过家家。"

苗得雨嬉皮笑脸学我的话，说："我也想像你似的，十几年如一日，只爱蒋美好，从一而终。"

我说："别学舌，别打岔。你今天必须给我表个态，你到底是怎么想的？"

电话中，苗得雨的口气急促起来，看来这小子的心火被我煽乎起来了，只听见电话里苗得雨赶紧说："我明白了明白了！二哥，改天请你喝酒呀！"

我嗔怪道："谁跟你喝酒？就知道喝！没空跟你喝酒，我得抓紧时间传宗接代呢。"

苗得雨笑呵呵地说："收到！祝二哥和嫂子早生贵子！我现在就去找严有智，不，找胭脂去！"

不行！我还得追问几句，便道："苗得雨，你老老实实回答我，要是胭脂变得白发苍苍、牙齿脱落、满脸皱纹，你还会像现在一样爱她吗？"

苗得雨回答说："当胭脂变成你说的那模样时，那时的我也好不到哪里去！我就是为她而生的！我还告诉你，我也是文艺青年呢。从明天开始，我也要开始劈材、喂马、关心粮食问题，面朝白洋淀，春暖荷花开！"

我看着手机，心想，不管这次结局如何，苗得雨总算鼓起勇气去找胭脂了，迈出了这步就算成功了一半。

"那好，是个爷们儿，你就不要让我再继续侮辱你的智商了。把你藏着的那块刻着'得雨得智人生幸事'的石头，也带上。看能不能给你加点儿分！"我冲着电话那头的苗得雨吼道。

摞下电话，我长出了一口气，心情变得十分舒畅，就想起了我那长着丹凤眼的老婆蒋美好，此情无计可消除，才下眉头却上心头。

不等我酸文假醋地抒发完对蒋美好的思念之情，蒋正义给我打来了电话！

他说，情况终于出现了转机，蒋美好已经回心转意了！就看我的表现了！

我这个小舅子还真贴心！看来平时没有白疼他。要不是隔着电话，我真会使劲拥抱蒋正义一下！再在他的胖脸上亲上几口！

最最最重要的是，我的蒋美好终于要回到我的怀抱了！

我得设计一个方案，好好表现一下。想起偷着存的小金库，有整整五千元钱呢！这次可派上用场了。

自从蒋美好毫不犹豫地把家里全部的存款五万元，都给了严有智的那刻起，我一直心存感激，偷偷攒钱，想给蒋美好买一件贵重的礼物，答谢她。

严有智还回来的五万元钱没有动，我把钱全存在蒋美好的名下了。

我寻思，一会儿先去小城商场珠宝店，把那枚心形的钻石戒指买下来。以前每次和蒋美好去逛商场，蒋美好都去珠宝店看看。看着那些闪闪发光的宝石，她总是一副恋恋不舍的样子。

女人嘛，喜欢美丽的珠宝饰品不为怪，就好比宝刀要配英雄一样。

再订个酒店包间，买一束玫瑰花，就去丈母娘家，请老婆大人一起重温一下久违的浪漫。

不容多想，我得赶紧行动，先打扮一下自己，理理头发，再美容一下皮鞋。

仪表很重要呢，要知道，搞艺术的蒋美好同志是很注重这一点的。

离开幸福派出所时，看到院子中心的花坛里各种颜色的太阳花开的竞相争艳，而石榴树上结的石榴们，都咧着嘴冲我笑。

我猛然想起坊间传说，我们公安局治安处的警花最爱吃石榴了，有人看见罗嗦和她一起躲躲闪闪地去电影院看电影了。

回想起公安局工会组织的那次白洋淀"一日游"。回来后，罗嗦洗了一大堆照片，放在一个牛皮纸袋子里。

我看见了就对罗嗦说，把我的照片挑出来吧。罗嗦闪烁其词，说什么没有给我拍照。

这小子！什么情况？我明明看见他举着那宝贝单反照相机，对着我一通"咔嚓咔嚓"嘛！

我只好改口说欣赏一下他的作品，罗嗦却藏在身后不给我看。

我趁罗嗦不备，一把抢过来那个牛皮纸袋子！打开一看，几十张照片上果然不见我的身影，也不见局里其他弟兄们的模样，全是治安处内勤的倩影嘛！

我把照片还给罗嗦时，罗嗦略微不好意思地说，其余的照得不好，都照虚了，就没有洗出来。

都照虚了？就剩治安处内勤的照片没有虚？真神了！

罗嗦果然在下一盘很大的棋呀！

现在，我看着那些石榴，好像纷纷在对我说"把我摘下来吧，把我摘下来带走吧"！

好吧，恭敬不如从命，我只好挑了六只最大最红最漂亮的石榴摘下来，放进自行车车筐里，准备给蒋美好同志带去。

罗嗦在我身后虚情假意地喊再多摘几只，我没有回头。

罗嗦懂得什么呀？六只代表六六大顺，吉利！树上剩下的石榴，够罗嗦向治安处的警花献媚了。

转头看见花坛里的盛况，我临时又改了主意，不买玫瑰花了！

现成的太阳花开的正好，朵朵模样娇艳欲滴，我把每种颜色都掐了好几棵，汇集在一起就成了一大把了！太阳花俗称"死不了"，寓意深刻呀！

我想像着，蒋美好手捧我送的"太阳花"，肯定会夸我勤俭持家，会过日子。

一出幸福派出所的大门，我看见马花痴正蹲在路边看蚂蚁，她母亲也站在一旁，看见我出来了，忙挡在马花痴的身前，冲我使个眼神，让我快走。

我赶紧一低头，骑车躲开了！

我现在理解马花痴了，爱情这东西是能要人命呢。蒋美好这一个礼拜没有搭理我，我都快成神经病了。

我暗自心想，跟蒋美好和好后，赶紧帮助马花痴找家专科医院好好看看。马花痴要是治好了病，再找个好小伙子嫁出去，那多幸福美好。

不等我在心里抒发完内心的美好情感，一个低头匆匆走过来的小伙子差点撞在我的自行车上！

我赶紧疾呼道："哥儿们！看着点！想啥呢？"

那小伙子一抬头，我一见他的脸庞，愣住了："咦！路华北，你不在学校上课，怎么跑回来了？"路华北一路从本科读到研究生，再读博士，就是不离开学校，这会儿怎么不言语一声就跑回来了？我很纳闷！

还没等到他的回答，只听到我身后传来马花痴兴高采烈地喊声："你是我的！你是我的！"

路华北瞥我一眼，没有理我，直接奔我身后而去！

我回头一看，路华北已经跑上前去把迎面扑过来的马花痴抱住了！嘴里喊道："马兰花！"

嘿！瞧这事儿闹得！眼瞅着眼前的情势，我的脑子里迅速地转了好几圈！怪不得马花痴，哦，不！是马兰花！怪不得马兰花的母亲说我长得像她女儿的恋人呢！敢情这儿埋个地雷呢！

我冲着路华北的后脑勺，恨恨地说："小子！等回头我再找你算账！"

骑上自行车继续前行，我在心里问自己：路胜利呀路胜利，美好的生活是不是就在我们的眼前了呢？

警队轶事

前　言

工作很忙碌——笑话非常多、生活很快乐——看你会不会过；年纪是越来越大——经验也是越来越多、物价是越来越高——收入只是勉强凑合；天气就像大街上时髦女郎的头发颜色一样稀奇古怪变幻莫测，年轻人说的话总让人听不懂，还有他们唱的那些含糊其辞的歌。

怎么办？这世界就是这样的——战争要打、孩子要生、油价要涨、战洪水抗干旱、吃干的想稀的，日子还是要一天天的过（还得快乐的过）、案子还是要一件件的破（还得快点儿去破）……

噢噢噢，这世界就是这样的……

这《前言》如果谱上曲，听上去就有点美国黑人的说唱味道了。

"像崔健的摇滚！"商简铮说。

"NO！让周杰伦来唱会更加有意思！"爱抬杠的牛彩云总是不放过这种机会。

人物简介：

以下排序不按年纪、职务、功劳、姓氏笔画，想起谁就先写的谁，不分先后。来源生活、难免雷同、请勿对号入座。

程俊峰——男，35 岁；职务：刑警队侦察员；爱好：破案；特征：没有特征，让人看后转身就忘记长相的那种人（天生的当警察的料！）。

纪巍巍——男，36 岁；职务：刑警队大秘书；爱好：吃凉皮；特征：一米七五左右、中等偏瘦身材、水蛇腰、蝈蝈肚儿、一张鞋拔子脸、一个扁扁的老婆婆嘴。

章得黍——男，34 岁；职务：刑警队侦察员；爱好：跑步、旅游；特征：脑袋大、脖子短、后脑勺上两个旋儿。

牛彩云——女，30 岁；职务：刑警队侦察员；爱好：抬杠；特征：好动、爱笑、红苹果脸。

展颜冰——女，28 岁；职务：刑警队侦察员；爱好：唱歌（总是跑调）；特征：静若处子、动若脱兔。

商简铮——男，35 岁；职务：刑警队侦察员；爱好：抽烟、足球；特征：眼睛不大老眯缝着。

邓小新——男，33 岁；职务：刑警队侦察员；爱好：算计（节约成本、提高生活质量）；特征：貌若潘安、英俊潇洒、衣冠楚楚。

厉小羊——女，33 岁；职务：刑警队侦察员；爱好：看侦探小说、菜谱、地图；特征：不好形容，也就一般人。

马达——男，40 岁；职务：刑警队队长；爱好：破案、还是破案；特征：高大威猛、面色漆黑、像猛张飞。

老沙——男，31 岁；无限热爱女警察（自己家的女警察）的善良的公安家属（就是牛彩云的老公）。

案件通讯

别看刑警队的马达队长高大威猛、面色漆黑、像猛张飞，其实儒雅的很，也是单位里的大笔杆子。

一天，马达队长对交办纪巍巍写的一份会议发言材料不怎么满意，就自己改了一遍后又交给纪巍巍重新打印，纪巍巍立即照办。

马达队长坐在台上一边听别的单位领导发言，一边翻看会议材料。突然发现自己手中的发言材料还是纪巍巍的手笔，再翻，还是没有那份自己亲手改好的材料！

马达队长立即明白：一定是稀里糊涂的纪巍巍拿错材料了。

也亏着马达队长机灵，轮到他发言时，愣是脱稿也把各项工作说得头头是道！要不怎么说人家是刑警队的队长呢？

后来牛彩云问马达队长说："领导，您百分之五十的烦恼都是纪巍巍带来的吧？"

马达队长脑子转得真快，面无表情不假思索地说："哪里哪里，我百分之五十的快乐都是纪巍巍带来的啊。"

这话大家都相信。

纪巍巍如果穿上周星驰在《月光宝盒》里的纱质长袍马褂、两条毛腿上再贴块膏药就很像是一个风流才子了。年过三十又六而青春痘不止，他一直在战痘中痛并快乐着。

纪巍巍从警十来年虽然没有立功授过奖，但一直在秘书岗位上耕耘着，各种题材的材料写了有半人多高了。

一日，刑警队破了个在油田采油厂输油管线上钻孔盗油的案子，这个盗油团伙在输油管线上累计钻孔盗窃原油三次、合计二千余吨，给油田的生产秩序造成了严重的破坏。刑警队接到报案后，全体民警连续作战、在输油管道旁的青纱帐里坚守了三天两夜，终于抓获了盗窃团伙的全体成员。

心情极佳的马达队长立即责成纪巍巍写份案件通讯，上报局秘书处。

纪巍巍欣然领命，关在办公室里闷了半天，拿出一份案件通讯来。

"那是一个初秋的月朗星稀的夜晚，蓝蓝的天空上没有一片云朵，华北平原的青纱帐里闷热闷热的，空气好像都不流动了，大多数的人们都已经进入了甜美的梦乡，除了远处隐约传来'隆隆'的钻机声音和秋虫的呢喃，世界静止了。

在诗人的眼里，这是一个多么安详的夜晚啊！

难道真是这样的吗？不，你看，密密麻麻的玉米地里躲藏着什么?！不要惊惶，那是我们的人民警察，黑夜帮助他们掩藏了身体，却掩藏不住他们明亮的眼睛！

一双双眼睛是仿佛是青纱帐里的星星，那么神采奕奕、炯炯有神、万分警惕，他们盯着前方那个时刻需要保卫的生命线——输油管线，布满血丝的眼睛里放射出令犯罪分子畏惧和胆寒的目光！

蚊虫叮咬——他们没有动；困魔侵扰——他们驱赶走；烟瘾袭来——他们强压住；露水粘潮——他们忍受着……

他们已经蹲坑守候了两个夜晚，每个人都被肆虐的蚊子咬得满脸红肿，但他们为了保卫油田的生命线仍旧义无反顾地履行着自己的职责……

夜更深了。突然，前方传来了'窸窸窣窣'的声音，只见视线里出现了四个鬼鬼祟祟的黑影，他们獐头鼠目、偷偷摸摸地趴在地上，慢慢地爬向输油管线，边爬边小心翼翼地东张西望。

被蚊虫叮咬得浑身刺痒的商简铮再也按捺不住了，他正想一跃而起扑向离自己最近的那个黑影时，却一把被埋伏在他身边的程俊峰拽住！

程俊峰悄悄地对商简铮耳语道：

'别急，抓现行！'

夜色替黑暗里的罪恶做着掩护，却蒙蔽不了我们人民警察的雪亮眼睛！正当四名犯罪分子以为万无一失，放心大胆的开始在输油管线上钻孔盗窃原油的时候，一个密不透风地包围圈慢慢的开始缩小，向犯罪分子包抄过来！

放油、装油的犯罪分子还沉浸在发财梦里时，他们不知道——一张正义和法律编织的天网已经越收越紧！

'不许动！我们是警察！'

一声炸雷般的怒吼声在寂静的夜空里骤然响起！

四名还妄想着数钱分赃、做着发财美梦的盗油分子立即被吓得魂飞魄散、惊惶失措，不知道自己的周围什么时候钻出了那么多的警察。

愣了片刻，求生的欲望使他们猛然清醒过来，立即丢下钻孔盗油工具和正在装油的编织袋子，抱头鼠窜！

只见程俊峰虎目圆睁、猛虎下山一般，一个饿虎扑食就将一个妄想从他身边逃窜的犯罪分子扑在身下，让他动弹不得；

商简铮更是摩拳擦掌、咬牙切齿，毫不留情地把一个犯罪分子打倒在地；

第三个犯罪分子还未明白发生了什么事，就被邓小新一记漂亮的左勾拳打得满地找牙；

另一名犯罪分子也被章得黍一个扫堂腿绊倒在地、踩住，倒在地上瑟瑟发抖！

精神抖擞的刑警队员们头顶着星星，押着蔫头耷脑、垂头丧气的四名犯罪分子，嗅着熟悉的石油味道和庄稼扑鼻的清香，走在凌晨的乡间小路上，他们满怀喜悦、昂首挺胸，就像打了胜仗的战士一样，凯旋！"

过了两天，局里出了每月的治安动态，大家找了半天不见纪巍巍写的精彩文章。

后来，不甘心的牛彩云终于在《治安动态》里找到了这么一段话："8月26日凌晨三时，刑警队在输油管线当场抓获以犯罪嫌疑人张某（男，41岁，河北省某市某乡农民）为首的钻孔盗油团伙中的四人，经审讯，四名犯罪嫌疑人对其所犯罪行供认不讳，现已刑事拘留。此案正在进一步审理之中。"

大家猜测半天，估计这就是纪巍巍绞尽脑汁写出的杰作的"浓缩"版本了！

哈哈哈哈！！

（《中华人民共和国刑法》第一百一十八条破坏易燃易爆设备罪：破坏电力、燃气或者其他易燃易爆设备，危害公共安全，尚未造成严重后果的，处三年以上十年以下有期徒刑。第一百一十九条第一款破坏交通工具、交通设施、电力设备、燃气设备、易燃易爆设备，造成严重后果的，处十年以上有期徒刑、无期徒刑或者死刑。）

厉小羊手记之"才子纪巍巍"

纪巍巍是谁？上知天文、下知地理，博览群书、才高八斗啊！那出自他手的文章都是斟字酌句、精雕细刻出来的，都是贴了防伪标记的，堪称孤本。

不过文章写多了也烦，纪巍巍写文章还有个毛病，就是情绪好的时候和遇到自己喜欢的题目，写的文章就很不错，情绪不好或遇到不喜欢的题目就爱答不理了。

一日，政治部要求每人写一篇学习任长霞同志事迹后的心得体会上交。纪巍巍的体会文章引经据典、动不动就是孔子云孟子曰毛泽东同志说！洋洋洒洒写了几千字。

大家偷懒，想抄袭纪巍巍的交差。一看根本就抄袭不了，总不能大家都同时体会子曾经曰过什么吧？太露骨了。

又一日，纪委要求上报反腐倡廉的体会文章，不知道纪巍巍是不是情绪不好，到了截止日期还没有动笔，就拿了人家治安处的现成文章，把标题改成了刑警队，连落款都没改（还是治安处！）就上报纪委了！

可巧的是，纪巍巍是和治安处前后脚送到纪委的，纪委的领导一看，除了标题、其他连标点符号都一模一样的两份材料，大为光火！

结果可想而知，纪巍巍才子还得亲自捉刀，老老实实做文章。

后来谁再说这天下文章是一大抄，在纪巍巍这里是绝对行不通的。纪巍巍对于抄袭别人的文章深恶痛绝之！认为简直太有辱斯文了。

所以大家还是都很爱看纪巍巍的亲自捉刀写的文章，无论是心得体会还是案件通讯，篇篇皆文采飞扬妙笔生花，十分具有可读性！

理发师与杀人犯

天气热得像蒸笼，牛彩云居然围了一条比较花哨的小丝巾来上班，看上去倒是很俏丽。

纪巍巍颇为奇怪，伸着个鹅脖子围着她转了半天，牛彩云倒把个小脖子梗的就像是落了枕，面部表情满是洋洋得意。

纪巍巍在电脑前敲了一会儿月工作总结，又假装看了半天天花板和窗户上的苍蝇，实在是忍不住，不禁问道："这太阳是打南边出来了？哥们儿怎么变淑女了？"

一边做案件统计报表、一边斜眼看纪巍巍打转转的牛彩云，这才用她的大嗓门子嚷嚷开了："你怎么才问！瞧把我憋的，就等你来问呢。你以为我不怕热呀？我这不是为了区别男女嘛！看来还是挺有效果。"

纪巍巍一口茶差点喷出来："哈哈哈，敢情你也知道自己不像女的啊！"

"你让我怎么像女的？一天到晚的警服穿了十多年了，便装也不知道买什么样的好看，除了黑就是灰。你瞧我的头发吧，规定不让留长发，我也是的，一长就不习惯，就爱把它铰短点，昨天理完发和我家老沙骑车一起回家，愣有小孩管我叫叔叔！虽然咱不是美女吧，但跟男的长的还差十万八千里吧？这把我气的！太伤自尊了。"

"原来你这小丝巾是用来区别男女的！卖丝巾的恐怕都不知道他的丝巾还有这功能吧？哈哈哈哈！！"纪巍巍一阵儿狂笑，直到呛着了才作罢。

展颜冰哼着歌儿走进办公室，一眼就发现了牛彩云与平时的不同。"这个发型很时髦嘛，今年流行的样式？"

展颜冰边放自己的皮包边问。

"怎么样？好看吗？纪巍巍光看见我的丝巾了，还是你的眼睛厉害。我也不知道是不是今年流行的发型，反正那个理发师说绝对配我的圆脸型。"

"毛乍乍的，像个刺猬，有点儿像电视上的那些个超女，难看死了。"

纪巍巍一副不捧场的样子，还说着风凉话。

"别理他！就纪巍巍那老土样儿，哪里懂什么超女呀、时尚呀、前卫呀。理发师怎么样？我哪天也去收拾一下头发，换个样子，老是扎马尾巴也烦了。"展颜冰对牛彩云的发型还是比较感兴趣。

"对呀，那个理发师还是很酷的，也不爱吭声，我观察过了，找他理发的人最多。不过奇怪的是，他的左手中指缺了半截，还理发理得这么好，也算是人才吧?!"

牛彩云大概还是嫌热，说着把自己的小丝巾摘了下来。

"中指？左手的？你确定吗？"正收拾自己办公桌的展颜冰突然抬起头问。

"不会错的，我看得很清楚。"牛彩云说。

"那我还真得去那里理个发了。"说完，展颜冰抓起办公桌上的皮包转身就走。

"瞧你这人，还说风就是雨了。在芙蓉路的'小神剪'美发厅，那个断指是6号美发师!"牛彩云冲着展颜冰的背影说道。

"知道了。"听声音，展颜冰已经到了楼梯口，动作够快的。

一个多小时后，展颜冰披着一头刚刚修剪过的头发走进刑警队办公室，兴奋异常地说："行了，就是他！"

"谁？什么就是'他'？"程俊峰听展颜冰这么说，有点丈二和尚摸不着头脑的样子。

"你们不会忘了吧？就是五年前温馨小区发生的那起入室盗窃后杀死房主夫妻的案件，现场遍地鲜血，很惨。当时是我出的现场，取的指纹。这个犯罪嫌疑人的反侦察能力特别的强，作案后把所有进出房间的脚印痕迹都擦干净了，但我还是在他喝过水的玻璃杯子上提取了左手的指纹和掌纹。

当时我就奇怪，他的其他四个手指纹路都很清晰，怎么单单没有中指的指纹？我还判断他是翘起中指端的杯子喝水。后来我做了一下实验，感觉那样很别扭，一般人是不会那样拿杯子喝水的。于是，我分析他是缺少中指！"

展颜冰一口气说了一堆话，喝口水又道："这起案子一直没有破，当时怀疑是流窜人员作案。五年过去了，但我可是没有忘记这起案子，没事的时候我一拿出当时取的指纹看看，就能够想起杀人现场的血腥，而且现场遗留的犯罪嫌疑人指纹也很特殊，他的小拇指肚上有一道约 5 毫米的疤痕。刚才听牛彩云一说理发师缺少左手的中指，可能是预感吧，我的心里突然一动，感觉就是他！

刚才我一到'小神剪'美发厅就盯上了 6 号。不知道牛彩云注意没有？他的眼神从不与你对视，只是低头剪发，偶尔从镜子里看一下顾客的头发，也是很短暂的几秒钟，不是我有职业病，而是真一看他就不正常。

我又趁他给我理发的时候借机瞥了一眼他左手的小拇指，指肚上真有一道约五毫米长的疤痕！我是搞指纹的，别看就一瞥，但也足够看明白了！这与我五年前取的指纹相当吻合！"

"啥也别说了，这起案子我办的！我也惦记它好几年了。这个狡猾的'狐狸'终于出现了！"商简铮从椅子上跳起来说，眯缝的小眼瞪得比平时大了许多。

"程俊峰你打电话，让'小神剪'美发厅所在辖区的派出所立即以查流动人口暂住证的名义盯住他，千万不要打草惊蛇！展颜冰跟我来，向马达队长汇报一下。"

商简铮说完就拉着展颜冰跑了出去。

经派出所民警以无暂住证为名，请"小神剪"美发厅的断指理发师到派出所办理暂住证、并纳印了指纹，展颜冰把新取的指纹与当年杀人现场取的指纹比对后，确认"断指"为五年前那起杀人案件的犯罪嫌疑人无疑！当场予以拘捕！

在拘留所里，商简铮提审"断指"时，问到他为什么在作案后逃亡了五年又回到了这里。

"断指"说五年前的那个夏天半夜，他热得睡不着觉，就在外面溜达。路过温馨小区看见二楼一家的阳台窗户和门都没有关，当时不知道怎么回事儿，一股强烈的好奇心驱使他翻进去看看，一开始确实只想入室偷现金，但没有想到得手后正要从正门出去时，房主起来上厕所看见了他，于是他鬼使神差地跑进厨房拿出菜刀，一不做二不休将房主夫妻全部杀死了！

后来喝了杯房主家茶几上的凉白开水，又按照平时看的侦探小说里的做法，把自己进出房间的痕迹擦干净才逃走。他在外地逃亡了五年，学了理发的手艺，以为这个城市的人都已经忘记这起案子了，才悄悄回来在"小神剪"美发厅打工，没想到这里还是有人记得他！

商简铮问他的手指是怎么断的，他说是小时候玩电锯不小心锯掉的。

最后，"断指"提出要求要见展颜冰一面，他说当时在美发厅一看见展颜冰的面，不知道为什么就觉得这个女的与众不同，不敢与她神采奕奕的眼睛对视，但他万没有想到她这样一个貌似柔弱的女子，就是把自己送进监狱的人。

"把你送进监狱的是你自己，不是我们中的任何一个人！"商简铮义正词严地说。

"你在入室盗窃财物并将房主夫妻杀死的时候，你就应该想到今天早晚也要来临，天网恢恢、疏而不漏，是你自己精心策划着一步步把自己送上了法律的审判庭！"

"断指"无力地低下了头。

"以指纹鉴别身份始于我国唐代，当时所有的重要文件如契约等均以指纹作为签字或签名画押的证据，后来经法医界证实每人的指纹都不一样，世界上没有任何两人有相同的指纹、掌纹或脚纹，在十九世纪末指纹开始应用在刑事鉴识上。

当嫌疑犯在现场作案时，除非带上手套，很难不在现场留下指纹，嫌疑犯用手拿住东西或抓住物品，都会留下指纹，指纹的产生是因为手掌接触物品留下油脂或汗液所致。当手指接触过尘埃、血液或者墨水等物品，再触摸到一些物品时，都会留下转移性指纹。

指纹可以分为三类：

一是明显纹，就是目视可见的纹路。如，手粘油漆、血液、墨水等物品转印而成。二是成型纹，这是指在柔软物质，如手指接触蜡烛或黏土上发现的指纹。三是潜伏指纹，这类指纹是经身体自然分泌物如汗液，转移成的指纹纹路，目视不易发现，是案发现场中最常见的指纹。潜伏指纹往往是手指先接触到油脂汗液或尘埃后，再接触到干净的表面而留下，虽然肉眼无法看到这类指纹，但是经过特别的方法及使用一些特别的化学试剂加以处理，即能显现这类潜伏的指纹。"

展颜冰认真地给大家上了一课。

从此，展颜冰、牛彩云理发理出个杀人犯，成了公安局的一段佳话！

（《中华人民共和国刑法》第二百三十二条故意杀人罪：故意杀人的，处死刑、无期徒刑或者十年以上有期徒刑；情节较轻的，处三年以上十年以下有期徒刑。）

厉小羊手记之"为爱痴狂"

这展颜冰长得小巧玲珑，梳个马尾辫子，额头上留个齐齐的刘海，一副小家碧玉的样子，看上去羸弱不堪，好像手无缚鸡之力；平时以温柔贤惠、笑不露齿、说话细声细气著称，走路都生怕踩死个蚂蚁，也不知道她当初是怎么选择了上警察学校？

可是看人不能光看外表，你还真不能小瞧了展颜冰，不信？那你就看看展颜冰的成绩单吧：展颜冰在警校时是女子散打冠军；

展颜冰在全局女子手枪射击比赛中以五发 49 环的成绩荣膺第一名；

展颜冰参加书法比赛得过第二名；

展颜冰的诗歌朗诵在公安系统文艺汇演中取得过第一名的好成绩；

展颜冰生的儿子是九斤六两，体重名列全局女警察所生孩子中的（无论男孩女孩）榜首！

展颜冰钻研指纹业务时，曾连续一个月每天 8 个小时盯在电脑前，直到把眼睛看得红肿、让儿子以为他妈妈是兔子变的才罢休！

上礼拜展颜冰利用指纹破了一个多年积案，藏匿了五年的入室盗窃杀人案的犯罪嫌疑人被抓到了，大家立即决定进行庆祝。

吃过厉小羊推荐的鹅掌酸汤火锅后，大家又乘兴去唱歌。

K 歌房里唱得正来劲时，在广州出差抓捕因离婚杀死前妻再婚丈夫案件犯罪嫌疑人的邓小新打电话问程俊峰，同志们背着他在哪里歌舞升平？程俊峰告诉他大家因展颜冰破了案子在歌厅搞庆贺活动。

满心妒忌的邓小新不甘心撂电话，又问鬼哭狼嚎的是谁在唱歌？

"展颜冰呗！调都唱得跑北极了，她还摇头晃脑的《为爱痴狂》呢?!"

只见镭射灯光闪烁之下，展颜冰一改往日淑女形象，脸上被五彩缤纷的灯光搞得不停地变换色彩，嗓子嘶哑、面目狰狞，看上去确实有些鬼魅、痴狂。

邓小新在电话里连连感慨道："毁了毁了！咱刑警队连最后一个淑女也没有了，都变成母老虎了我还回去干什么，真没活头了，唉!"

网上擒魔

"章得黍，这家伙还是没有出现。"展颜冰两眼通红，盯着电脑屏幕说。

"这个狡猾的家伙，我就不相信抓不到他!"站在展颜冰旁边的章得黍气愤地说。

两天前，城区一名女青年到刑警队报案说，自己在与网友约会的时候被网友强奸了！

　　起因是，这名女青年业余时间喜欢上网聊天，一个月前在网上聊天室认识了一个网名叫"英雄"的男子，两个人聊得十分投机，一段时间的网上交往后，彼此很有好感，就相约周日晚在人民公园见面。

　　女青年如约到了人民公园后墙处的凉亭，果然见到了一个长相英俊、貌似影星陆毅、心仪已久的男网友，男网友对女受害人也是"一见钟情"，俩人简直就是相见恨晚！坐在公园隐蔽的角落里开始聊天。

　　聊兴酣畅，不知不觉中，在公园里散步、游玩的人员渐少，女青年感觉天有些太晚了，于是提出回家，以后再见面。男网友此时露出狰狞面目，不但不让女青年回家，还趁机提出无礼要求，虽遭女青年一再拒绝，男网友还是仗着身强体壮、以强凌弱、强奸了她！然后从公园翻墙逃走。

　　接案后，刑警队立即开展侦察。为了尽快将犯罪嫌疑人捉拿归案、不再使其他女青年受到非法侵害，刑警队按照女受害人提供的犯罪嫌疑人面貌特征，由刑侦技术人员对其进行画像，并在全市范围内查找；其次，根据女受害人提供的犯罪嫌疑人上网时使用的QQ号码，由展颜冰起了个"今夜只为你妖媚"的网名二十四小时网上监控，一旦发现犯罪嫌疑人的踪迹，立即引蛇出洞、一网打尽！

　　一天、两天，三天过去了，"英雄"一点儿消息也没有，各路反馈回来的信息也不太理想，难道这家伙人间蒸发了？按照女受害人的说法，这个"英雄"说自己没有具体工作，最喜欢做的事情就是上网，是个铁杆儿网虫，有时甚至二十四小时都在网上挂着。

　　那么只要不间断地盯着在网上犯罪嫌疑人经常去的聊天室，必然会有收获！

　　果不其然，第五天，盯在电脑前疲惫不堪的展颜冰突然发现，自己登录的聊天室里、链接的"好友"中，那个"英雄"的头像开始闪烁晃动，显示他已经上网！！

"你好！帅哥！"展颜冰一边立即来了精神，马上开始与"英雄"聊天，一边示意大家赶紧过来。

"你是哪一位？咱们以前没有聊过天吧？""英雄"显然有些迟疑，停了半晌才开始回话。

"相逢何必曾相识，有缘千里来相会。"展颜冰平时喜欢读唐诗宋词，万没有想到在这里东拉西扯地胡乱用上了！

章得黍立即通知网监处的同志监测"英雄"上网的具体位置。

"这次让你小子插翅也难飞了！"章得黍心想。

……

"美女，下次再聊！"

不知怎么回事儿，"英雄"突然下网走了。

由于时间太短，网监处的同志还没有监测到"英雄"所在的具体位置。

"是不是你惊着他了？"章得黍若有所思地敲着自己的脑袋，分析道。

"不可能吧，我一直投其所好地在和他'谈情说爱'呢。"展颜冰也有些纳闷地说。

"那是什么原因呢？"章得黍有些疑惑。

"估计是这家伙有些心虚。这么长时间没有上网，今天来一是看看那个被他侵害的女青年在不在网上，另一个就是探听一下女青年是否报案。如果他感觉平安，那么肯定还会来上网的。不过女受害人说这家伙喜欢后半夜上网。最近，展颜冰你就辛苦了，白天可以休息，后半夜加班继续监督，扮演好你的'今夜只为你妩媚'，抓住这个'英雄'？呸，什么'英雄'？是'狗熊'！"马达队长分析道。

一个星期过去了，"英雄"果然再次上网！在网上监守了七天的展颜冰一见自己链接的好友"英雄"的头像开始闪烁，立即精神一振！

展颜冰马上开始与其聊天，经过两天的网上"交往"，"英雄"好像已经忘记了自己的处境，以为被自己侵害的那个女网友不敢报案。于是在其打消顾虑和没有任何防备的情况下，又约了展颜冰在工人体育场见面。

当晚，章得黍等人带着女受害人躲在隐蔽的角落里，让展颜冰和"英雄"约好见面的看台处正好在大家的视线之内。

约会的时间到了，女受害人一眼就看出远处走来的"英雄"正是侵害自己的犯罪嫌疑人！

章得黍示意大家包抄过去，趁"英雄"还没有走到化装侦察的展颜冰面前，将其一举擒获！

看到愤怒的女受害人，被铐上手铐的"英雄"不再挣扎、低下了头，再也说不出什么话来。

经审讯，"英雄"对自己所犯的罪行供认不讳，并交代了另外三起用同样手段侵害、强奸被害女网友的犯罪事实，但由于其他三名女受害人没有报案，并已经修改了 QQ 号码，虽然经过多方查找，但是也没有找到受害者本人核实案情。

尽管如此，多行不义必自毙！等待"英雄"的必将是法律的严惩！

（《中华人民共和国刑法》第二百三十六条强奸罪：以暴力、胁迫或者其他手段强奸妇女的，处三年以上十年以下有期徒刑。其中强奸妇女多人的处十年以上有期徒刑、无期徒刑或者死刑。）

厉小羊手记之"章得黍看病记"

看了一晚上的旅游卫视节目，那画面中的碧海蓝天、高山流水，让喜欢户外活动的章得黍煞是羡慕。后半夜睡觉做梦都是在爬喜马拉雅山（空调冷气温度开得太低了）。

章得黍有晨练、跑步的习惯，身体健壮得像头牛，老有使不完的劲儿似的。

可今早一起来他忽然感觉左眼睛很不舒服，照镜子一看，下眼皮儿眼角处有些红肿，一按还疼。

到办公室上班，同志们一会诊，有说是红眼病的、有说是结膜炎的、有说是沙眼的、有说是麦粒肿的……有说传染的、有说不传染的……

牛彩云则说肯定是章得黍看了不该看的东西才害眼病的。

整得章得黍挺闹心，决定约着程俊峰干脆去职工医院眼科看看得了。

挂号、买病历本，到眼科找医生诊断。

女医生的眼睛真大——美丽又温柔。她先检查了章得黍的视力，又翻开章得黍左眼皮查看红肿处，说是麦粒肿，用毛巾或煮鸡蛋热敷一下，擦点儿红霉素眼药膏就好了。

说着就开好了处方。

章得黍看着美丽的女医生有些不甘心拿了处方就走。又突发奇想，觉得要是趁机开几天病假，是不是就可以在这炎热的夏季里出门旅个游呀什么的?!

于是章得黍屁股就抬不起来了，粘在椅子上问：“您真觉的就这么简单？是不是需要在家休息几天呢？”

“不用，不耽误你上班。”

“可我还是不放心。眼睛的事马虎不得，心灵的窗户啊，万一治不好，后果很严重。我感觉视力很模糊，真的，你瞧，视力表最后一行第一个 E 是不是冲左的，大家都能看清楚吧？我就看不清。”

美丽的女医生抬眼看看章得黍，莞尔一笑说：“小毛病，没事儿的。下一位。”

“要不做个 CT 什么的再查查？我的工作很劳累，疲劳会加重病情，我看您还是给我开几天病假吧。”

“放心吧，什么也不耽误，就是有点儿上火而已。没那么夸张。”

看看无计可施，章得黍又说：“刚才我们同事说，拿针扎小手指头放放血会好得快些，是真的吗？”

“民间方法吧？我是西医，不用那种办法。”

程俊峰看着章得黍长着俩旋儿的后脑勺直蹊跷，不知道章得黍想干什么。心想：莫不是这坏小子看上了美丽的女医生吧？这还了得?!

一想到这里，程俊峰陡然间有些义愤填膺，正义之气由胸间油然而生，凛然正色道："没啥毛病就走吧，你女儿还在幼儿园等着你接呢。"

"上班期间得的麦粒肿，那算不算是工伤呢？"章得黍还在做垂死挣扎。

美丽的女医生禁不住笑起来，模样比花儿开还要灿烂："那要问你们领导算不算了。"

"那组织上总得给我买鸡蛋热敷啊，不算无礼要求吧……"

程俊峰听得实在忍无可忍，一把拽起粘在椅子上的章得黍向门口走去；一边抱歉地对美丽的女医生说："实在不好意思啊，耽误您半天工夫，我领他到神经科再检查检查，估计不是眼睛的事儿，脑子可能进水了。这个是我的警民联系卡，上面有我的电话，有事儿您说话。"

程俊峰满脸严肃地押着章得黍出了眼科门诊的门。

章得黍不甘心一走了之，扭着脖子回头，问医生："那热敷是用煮熟的整个鸡蛋，还是用荷包蛋？还是炒鸡蛋？"

美丽的女医生终于笑出了声，笑声从眼科门诊的门缝里传出来，比银铃还好听呢。

"你什么意思？我哪来的女儿？捣什么乱？"章得黍掰开程俊峰铁钳般的手，很恼怒。

"虽然没有女儿，你总是有老婆儿子的人吧。不要看见漂亮姑娘就黏着说话、迈不开腿。这事往轻了说是你这个人有点好色，往重了说就是调戏妇女啊同志！"程俊峰一副恨铁不成钢的样子。

"有这现象？我怎么不知道？你还说我好色，你不好色你给人家留电话？其实我不就是想泡几天病假，出门看看祖国的大好河山嘛！……嗨，我咋把心理活动也告诉你这个小喇叭了呢！不过这女医生长得可真是好看，比咱们办公室里的那几位强多了。"章得黍不改那副无限向往的神情。

"瞧瞧，还是说出心里话了吧？这不是好色是什么？！"程俊峰得意地说。

瞧这两人，处方忘了没拿、药也没取、章得黍的打算当然也没有得逞，只好垂头丧气地跟着程俊峰一路打着嘴仗回了办公室。

不翼而飞的车牌照

夜很深了（案件好像都爱发生在夜里），暑气退去，连最后在小区里溜达的人都已经困意连连，赶紧回家睡觉去了。

这时一个黑影出现在了某个居民小区的停车场里，只见他左顾右盼一番，确定周围确实没有人了，这才悄悄地靠近一辆小轿车，拿出扳手将小轿车前后的牌照全部卸了下来，放在随身携带的背包里；然后又猫着腰向下一辆小轿车贴近……

第二天一大早，急于上班或出门的车主们突然发现自己的汽车牌照居然不见了！地上散落着一些固定牌照的螺丝和金属垫片！

一个月以来，停在城区各居民小区和办公区楼下的汽车牌照总是不翼而飞，每天都有三、四个失主到派出所报案！

"最近邪门了，老有群众报案说停在自家楼下的私家车牌照被盗窃，办公区停放在露天区域的公车牌照也被盗了5、6块了。犯罪分子还在挡风玻璃上留下'取牌照'的联系号码，打二百元钱到他指定的账号里，款到后，他再告诉你汽车牌照藏在哪里，让失主自己去找，一般都能找到。一开始派出所按照治安案件立案，现在各个派出所反馈来的此类案件信息达到了四十多起，总价值八千余元，刑警队准备立案侦察。"

马达队长开会时，向大家通报案情说。

"根据犯罪分子所留纸条儿的手写字体和手机号码分析，这四十余起案件由一个人或一伙人所为。犯罪分子就是抓住失主觉得花钱不多，也许就不会为这二百元跑派出所报案的心态，屡屡得手！

汽车牌照被盗窃后虽然花二百元钱就能取回，但是影响十分恶劣，一些一大早就要出远门的司机为此耽误了不少时间，甚至误了大事儿。为了尽可能的减少此类案件的发生，派出所已经安排居委会、门卫、护厂队二十四小时在厂区、家属区巡逻。剩下的事情就由我们来做了。

一是到通讯公司查手机登记人的信息；二是到所留账号的开户行查找开户人信息。

最近案件比较多，我知道同志们都很辛苦，但是为了尽早地抓获犯罪嫌疑人，减少群众的损失，大家就再努努力，破案后我请你们去唱歌！"

马达队长难得这么说。

"好，没问题。不过领导很少与民同乐，说话可要算数呀！"最喜欢唱歌的展颜冰高兴地说。

"我什么时候说话不算数了？"马达队长笑着说，"大家快分头行动吧。"

第二天上午，迟到的邓小新一进刑警队办公室就气喘吁吁地说："这犯罪分子不是跟我较劲吗？"

"怎么了？"章得黍关心地问。

"最近不是总发生汽车牌照被盗窃的案子吗？今早我一起床就跑厨房阳台上往楼下看看我那辆小奥拓，担心也被卸了牌照。嘿！果不其然，车牌照还真被撬走了！我按照小偷留的手机号码打过去，他也说让我往他提供的账号里打二百元钱后，才告诉我车牌照藏哪里了。

结果我们家邻居老爷子起早下象棋，发现楼下小花园里石板刻的棋盘被挪动了，低头看底下，就看见下面压着我的那副车牌照，赶紧告诉我了。

必须抓住这家伙，这简直就是公然叫板、藐视警威嘛！"邓小新气得直捶桌子。

"那好吧，这个任务就交给你了。"马达队长笑眯眯地走进办公室说。

"程俊峰、商简铮和牛彩云刚取证回来，登记手机号码和银行开户的确实是同一个人。详细资料都在这里，你看一下，根据犯罪嫌疑人的身份证号码基本确定了他的籍贯所在地，离咱们这里不远，你现在就和他所留的手机号码联系，尽量拖延时间，由技术侦察员确定犯罪嫌疑人身处的具体位置，来个出其不意、当场抓获！"马达队长布置道。

"放心吧马达队长，不抓住这家伙，我就不回刑警队了。"邓小新坚定地说。

正在这时，技术侦察员传来好消息："使用'取牌照'手机号码打电话的犯罪嫌疑人现在就在某超市内！"

大家立即集合上车，按照技术侦察员提供的具体位置驶去！

到达某超市门口后，邓小新一边打电话与犯罪嫌疑人联系，问如何与他联系汇钱、取牌照，一边向视线范围内的所有人扫视，果然发现一名形象猥琐的青年男子正在接听手机！

邓小新赶紧示意展颜冰靠前侦察。

展颜冰走近那名男子，假装去看货架上的商品，留意他的说话内容，一听确实是在与邓小新通话！便向邓小新做了一个点头的动作。

邓小新立即收起手机，冲上前去一把抓住他的衣领！

"就你这熊样儿还想发财呢！"

邓小新冲着被抓获的犯罪嫌疑人狠狠地踢了一脚，并当场在他的裤兜里搜查出十几张写着取牌照电话号码的纸条！

经审讯，该犯罪嫌疑人确实是城区几十起盗窃汽车牌照案件的始作俑者！

......

"没有想到马达队长唱歌还真好听。"昨晚一直抱着话筒、一气把自己嗓子唱哑的展颜冰羡慕地说。

"反正比某些爱跑调的人强！哈哈哈哈！"邓小新故意气展颜冰。

（《中华人民共和国刑法》第二百六十四条盗窃罪：盗窃公私财物，数额较大或者多次盗窃的，处三年以下有期徒刑、拘役或者管制，并处或者单处罚金；数额巨大或者有其他严重情节的，处三年以上十年以下有期徒刑，并处罚金；数额特别巨大或者有其他特别严重情节的，处十年以上有期徒刑或者无期徒刑，并处罚金或者没收财产；有下列情形之一的，处无期徒刑或者死刑，并处没收财产；（一）盗窃金融机构，数额特别巨大的；（二）盗窃珍贵文物，情节严重的。）

厉小羊手记之"'抠门'的邓小新"

在邓小新的嘴里，败家玩意儿是指男性，败家娘们儿是指女性。

对于浓眉大眼英俊潇洒的邓小新的"抠门"作风，大家是深有感触的，拿程俊峰的话来说就是：

"我活了30多年了，就没有见过这么会过日子的男人！"

举例说明：例一，现在生活水平提高了，同志们的私家车越来越多，脏了怎么办？大多数人采取的方式都是花钱洗车，十五块或者二十块就搞定了。

邓小新对花钱洗车就说"不"！

大家聚在一起聊天时，邓小新肯定不会让时间白白浪费掉，他会端两脸盆水把他的爱车里里外外洗得干干净净。

完毕还会得意地说："瞧，锻炼了身体还省了钱，现在汽油老涨价，开车去洗再开车回来，一来一去的多浪费汽油，长此以往得花多少钱？你们算过账没有？花钱洗车真败家啊！"

例二，每到换季买新衣的时候，邓小新绝不会当即就买，哪怕喜欢得要命和急需。用他的话来说"过季再买，打折啊！便宜，省下的钱干点什么不好？"

所以看到邓小新衣冠楚楚、满身名牌的，但绝对"钱"半功倍，比别人买得实惠。

例三，每年一次的全公安局民警体检结果出来后，得了高血脂和有脂肪肝的同志们这几天都在互相切磋如何减肥。

除了美食家厉小羊坚持说唐朝的杨贵妃以肥为美，自己这身肉可是花大价钱吃出来的、舍不得减肥外，商简铮说准备戒掉红烧肉、展颜冰说自己准备不吃晚饭、章得黍说锻炼跑步比较见效……同志们都积极参与发言。

程俊峰说他老婆最近也在减肥，效果不错，就是每天晚饭时只吃半个西瓜，还省钱，大家可以试一试。

旁听的邓小新上下两片薄嘴唇一翻，立即对程俊峰提出异议："现在西瓜什么价钱啊？半个得十几块钱呢？依我看呀晚饭别吃，光喝凉白开，又减肥又真的省钱呢。你把老婆休了得了，真是败家娘们儿。"

例子还有很多，这里就不一一赘述了。

虽然说邓小新比较"抠门"，但是大家对邓小新还是佩服得五体投地的。

涉及到如何节约开支、少花钱多办事方面的问题，大家都会向邓小新取经学习，他都会不遗余力、绞尽脑汁设计几个方案，给你最好的建议，让人受益匪浅啊。

天上不会掉馅饼

近一个时期以来，诈骗案件在城区层出不穷，犯罪嫌疑人有用假元宝诈骗的、有用假外币诈骗的、有用假金条诈骗的、有用假玉龟诈骗的……

诈骗手段其实很拙劣：骗子往往由三人组成，甲负责与选择好的受骗人搭讪，介绍自己手里有"金条"或"元宝"或"玉龟"或"外币"，因有急用所以急于出手，问被骗人有意购买否？这时再由乙出场，假装路遇此事，感觉很合适，与受骗人商量一起购买受益；再由所谓的银行内工作人员或识货的丙适时出现，对一系列的假货给予肯定，证实乙的话并打消受害人的顾虑。

俗话说：三人成虎，受骗人在骗子甲、乙、丙地轮番轰炸下早已晕头转向，对骗子的话深信不疑、信以为真了！骗子也屡屡得手。

上当受骗的多为退休老职工或者是文化程度不高的老年人，被骗金额少则几千元、多的高达十几万！

程俊峰休完假上班时，在楼道里看见自己母亲家邻居的叔叔和阿姨混在一群老头老太太中站在公安局的院子里，感觉很奇怪，就问他们有什么事情？他们连忙说没事儿没事儿。

　　程俊峰有些纳闷，一进刑警队就问大家知不知道楼下的一群人是怎么回事儿？

　　牛彩云说："前一阵儿，你休假不在家，发生了一起非法集资诈骗案，这案子我主办的我知道。"

　　原来，有个女商人（谁说女子不如男？男的能做的大案子，女的也能做！）借在海滨城市搞农业生态旅游开发区，和根据当地的气候特点和土壤种植苹果之名，通过亲戚在本城以 30% 的高息吸引了大量民间资金。

　　一开始，女商人确实按月按照投资人的本金的 30% 给付利息。在利益的驱动下，这些首批"受益"的人就充当了犯罪嫌疑人最好的宣传员，一传十、十传百，短短时间里非法集资达一千余万元！

　　巨额资金打入"农业生态旅游开发区"的账号里后，就再也不见所谓"成功的投资商人"的身影！

　　一千多万呀！这些钱尽是一些退休的老教师、家属、老知识分子多年的血汗积累，现在血本无归，有的家庭因此闹得不可开交、都差点出人命了！

　　好在这起案子立案侦查后，刑警队立即组织精干警力介入。经周密部署和认真研究分析，专案组一致认为犯罪分子携巨款外逃的可能性比较大。于是立即向全国各口岸、海关发出协查通报，由于判断准确及时，很快就通过海关将准备逃到国外的犯罪嫌疑人抓获。

　　前天牛彩云才和专案组成员押解女犯罪嫌疑人从北京机场回来。

　　昨天通知参加了集资的受害人到局里来，就是为了统计具体的被骗资金数额，并领取部分已收缴回来的资金。

　　程俊峰这才明白楼下为什么聚集一群老头老太太，估计刚才是母亲的邻居是不好意思说自己上当受骗了，才说没什么事儿的。

程俊峰突然想起牛彩云说，被骗的尽是一些退休的老教师、家属、老知识分子，就问牛彩云为什么？

"这些人群多是与社会接触较少、了解黑暗面不多、容易轻信他人、思想天真幼稚的人呗！他们就不敢来骗我，我也不会相信他们的。"牛彩云边写结案报告边自信地说。

程俊峰一听可被吓得够呛，赶紧抄起电话打到母亲家里。"妈，你说实话，你有没有和咱家楼上的叔叔阿姨参加海滨农业生态旅游开发区高息集资的事儿？"

"没有参加。不过他们可真是没少来游说我，你妈我好歹也是警察的妈妈呀，我可不相信什么利息高达30%那样的好事，儿子你就放心吧，我的钱都藏得好好的。"陈妈妈得意地说。

"那就好，千万不要相信天上掉馅饼的好事儿。您那点儿钱也别藏着了，把它花了，观光旅游、买保健品什么的；也甭想着给我们留，我们也不稀罕；再不就踏踏实实存银行里，利息少点儿，但它保本呀！切记切记！"程俊峰这才放心了。

牛彩云看着程俊峰紧张的胖脸都缩成一团的样子感到好笑！可是一看到手中那串长长的受害人名单，想到还是有那么多善良的人在不断上当受骗，一边为受骗人感到悲哀，一边对骗子愈发地憎恶起来！

牛彩云对自己的职业油然而生一股强烈的责任感，心中暗想：

为了不让更多的人受到非法侵害，一定要严厉地打击违法犯罪分子！哼，我们绝不放过你！！

（《中华人民共和国刑法》第一百九十二条集资诈骗罪：以非法占有为目的，使用诈骗方法非法集资，数额较大的，处五年以下有期徒刑或者拘役，并处二万元以上二十万元以下罚金；数额巨大或者有其他严重情节的，处五年以上十年以下有期徒刑，并处五万元以上五十万元以下罚金；数额特别巨大或者有其他特别严重情节的，处十年以上有期徒刑或者无期徒刑，并处五万元以上五十万元以下罚金或者没收财产。）

厉小羊手记之"鲜花与豆油"

牛彩云平时老是乐乐呵呵、蹦蹦跶跶的，红扑扑的小圆苹果脸上总挂着灿烂的笑容，在刑警队里就像大家的开心果，哪天她要是有事没来上班，大家都会感觉气氛比较沉闷。

有一天，牛彩云一边写一起诈骗案件的结案报告一边挠后背，忽然摸到自己左肩胛骨上长了个玻璃球大的瘤子，联想了半天，疑神疑鬼，把自己吓得心惊肉跳。

后来兴师动众地到医院检查，医生说是脂肪瘤，住院切除了就没啥事儿了。可她还是哭得眼泪流了一洗脸盆，总怀疑大家瞒着她什么，光往绝症上寻思，越想越害怕。

临住院前，牛彩云给她家老沙交代后事：

第一，逼着老实的老沙点头（点得脑袋和眼镜都快一起掉地上了），答应后娶的老婆一定要善待自己的女儿才罢休；

第二，又把存款全取出来，说都花了得了，还不知道自己住进去能不能出来呢。平时勤俭节约真是没有用，想吃啥就买啥吃，今天就买两个卤猪蹄，不！三个！

老沙问她不以艰苦朴素为荣了？她说现在以骄奢淫逸为不耻、艰苦朴素为不荣，爱咋咋地！

第三，跑商场买了一套自己最喜欢、却一直嫌贵舍不得买的裙子挂起来看着，也算是狠狠地奢侈了一下，善待善待自己。

结果当然是虚惊一场，牛彩云手术后没两天就出院在家养着了。

只是可怜老实的老沙同志仍不得消停。

牛彩云回到家的第一件事情就是躺在沙发上，先是让老沙同志挖掘自己的思想深处，是不是真的有想趁自己告别这个美丽的人世后再娶个老婆的卑鄙想法；交代是不是已经和大学里曾有过针尖大点儿好感的女同学联系上了！

拿老沙同志的话来说简直就是"莫须有"、比窦娥姑娘还冤啊！

直至老沙同志捶胸顿足的快六月飞雪了、指天画地的要冬日雷阵阵了、并发了毒誓此事才算告一段落。

但这并不说明牛彩云就会放下此事，在老沙同志保证下辈子还和牛彩云做夫妻，并要以剩下的毕生精力、一如既往、鞠躬尽瘁、死心塌地、热情洋溢地对待牛彩云来以观后效。

第二件事就是立即清理家中全部现金，除留下生活费外，其余的人民币要精确到"分"都存进银行。对自己在住院期间的大肆挥霍、糜烂腐朽的资本主义生活方式，牛彩云痛心疾首：艰苦朴素为荣的优良传统是不能丢掉的！

第三件事就是让老沙同志把那套非理智消费情绪支配下购买的裙子拿到商场退掉！

结果可想而知，虽然经老沙同志多方奔走、多次游说，甚至掉了两斤肉，最终还是以我方的彻底失败而告终。

所以每每打开大衣柜看到那套价值昂贵的裙子时，牛彩云的心啊都快滴出血了！

刑警队的同志们去看恢复中的牛彩云，鲜花、营养品、水果的买了一大堆，热热闹闹坐满一客厅。

牛彩云第 N 次叙述了一遍入院全过程：检查、麻醉、开刀、缝合呀什么的，厉小羊和展颜冰俩女的跟着一惊一乍地配合她的讲述，气氛甚是紧张融洽。

同志们安慰牛彩云，让她安心养身体，不要惦记工作上的事情，彻底好了再上班，于是大家告辞。

送别之际，牛彩云指着同志们送的一大束香气扑鼻的鲜花，板着小苹果脸，假装生气地说："不是我批评你们，你们就是不会过日子，这玩意没两天就谢了，还挺贵的吧？在哪个花店买的？一会儿让老沙去退了，换两桶豆油回来炒菜吃多实在。严肃点儿，别笑，下次注意啊！"

同志们挤在门口爆笑如雷，几乎走不出去了，老沙同志的点缀了几个麻子的脸上，也绽开了无限幸福的笑容："瞧咱娶的老婆，别看厉害点儿，就是会过日子，大家都学着点儿啊！"

从此以后，无论刑警队是谁因病住院或有个头疼脑热的，大家都会先热情地打电话问一句："待会儿我们看望你去，要鲜花还是要豆油呀？"

回答无一例外的是："豆油呗！你们这些不会过日子的家伙！！"

你死我活

晚报头版的右下角登了一条消息说，本市利税大户亿事达公司老总仇某突然死于心脏病突发，年仅 43 岁。

"这些记者还算够意思，要是说仇某是被毒死的，还不乱了套？"马达队长拿着那份晚报对大家说。

"案件有什么进展？"

马达队长问主办此案的程俊峰和厉小羊。

"是这样的，排除了仇某自杀的可能性后，按照您的吩咐，我们秘密传讯了仇某办公室的几个人。目前看，能够自由出入仇某办公室，接触他的保温杯从容下毒的人有以下几个人：一个是仇某的女秘书邝某；一个是仇某的老婆，但她在仇某出事的时候在海南旅游；一个是仇某的司机，这个人是仇某的干儿子，估计他对仇某下毒的可能性不大。"

程俊峰拿出笔记本说得头头是道。

"不要用'可能性不大'这样的词语，我们重视的是证据。"马达队长一边记录一边说。

"是。据我们了解，仇某和其司机的父亲是患难之交，两家私交甚密，这在公司是公开的秘密，所以他没有理由杀死仇某；现在我们重点怀疑的是仇某的女秘书邝某。"

"为什么？"马达队长抬起头，问。

"由于仇某尸体呈现明显的中毒现象，经解剖发现他死于服用大量氰化物，技术处实验室化验仇某保温杯里残留的茶水，我们得知仇某死于氰化物中毒。他的秘书邝某大学毕业，今年才 26 岁，已婚，没有孩子，丈夫是邝某大学里的同学，是市化学研究所的一个工程师，有机会接触到氰化物。"程俊峰说。

"理由呢？邝某毒死仉某的理由是什么？"马达队长咄咄逼人。

"我和章得黍在仉某办公室向打扫卫生的清洁工了解到一个反常的情况，有一次她打扫楼道卫生到仉某办公室门口时，听到房间里面传来邝某的哭声，并且看到邝某摔门跑了出去，第二天早上看见邝某上班时还是红肿着眼睛。所以我们认为，仉某和邝某之间一定有什么不正常的事情或尖锐的矛盾。"

厉小羊肯定地说。

"好，你们的工作做的很细，立即传讯邝某！"马达队长果断地说。

审讯室里，望着小巧玲珑的邝某那双美丽而又哀愁的眼睛，厉小羊心里顿生一丝怜爱的感觉。

"你知道我们为什么叫你来吗？"厉小羊问，程俊峰在一边做笔录。

"知道。"邝某幽幽地说，满脸的悲戚。"其实你们不找我来，我也是要找你们的。"

"噢？为什么？"厉小羊高挑眉毛反问，她没有想到邝某会这样说。

"我受够了，仉某是我毒死的！我知道你们是来抓我的，可是毒死仉某我一点也不后悔，反正不是你死就是我活。"邝某说。

"我大学毕业后和同窗四年的男朋友来到这个城市，他是这个城市的人，一毕业家里就给安排好了工作。我没有工作，只好凭着自己外语好、形象好四处应聘，最后在仉某这里做了秘书，处理公司的一些事情。

谁知道这个仉某是个色狼，我一进公司不久，他就在一次酒后霸占了我，还不让我声张，说他在这里黑白两道都有人，如果不跟他好，他就找人把我的丈夫打成残废！"

说到这里，邝某掩面哭泣。

厉小羊同情地递了一张面巾纸给她。

"谢谢。"邝某擦擦眼睛说。

"仇某不论什么时候，只要他想见到我，就给我打电话或发一些不堪入目的短信，在别人眼里他是一个成功的商人，在我的眼里他却禽兽不如！

可是我太软弱了，我的丈夫很爱我，他的工作很忙，我不想、也不敢告诉他这些事情；我的家人都在外地，我也不可能告诉他们，让他们为我担心，但是我实在太恨仇某了。

我一直忍受着仇某的凌辱，就是希望他有一天放过我，我还幻想有一天能过上太平安稳的日子，我太幼稚可笑了，狼怎么会放过它口中的羔羊呢？！

有一次，仇某不让我回家，还说要把他如何如何对待我的事情告诉我丈夫，我实在是忍无可忍了！我想杀死他！可是我自己手无缚鸡之力，面对面肯定是打不过仇某的，于是我一直寻找杀死仇某的方法。

后来看到一篇小说里写可以用毒药毒死人，给了我很大的启发，我丈夫的实验室就可以接触到氰化物！我在丈夫上班的时间去看望他，趁他不注意的时候，偷偷拿了一些他实验用的氰化钾，回公司后又趁仇某不在办公室的时候放到他的保温杯里，我知道这些氰化钾足以毒死仇某，这样我也解脱了。"

说完这句话，邝某长舒了一口气，好像很放松的样子。

没想到邝某不但痛快承认自己是杀人罪犯，还竹筒倒豆子一样就把作案过程讲了出来。

厉小羊和程俊峰对视了一下，说："面对上司或老板的性骚扰和性侵犯，你完全可以站出来用法律的武器保护自己，你采取这种极端的手段毒死他人，最终断送的是自己的前途和性命，还有给家人带来了巨大的痛苦。这些你想过没有？"

"我的性格比较内向，说出去害怕仉某打击报复我，还伤害我的家人，又没有朋友可以诉说，所以采取了这样的方式来解决问题，我甘愿受到法律的制裁。"

邝某抬起头说，眼睛里不再有怯懦和悲哀。

厉小羊怜惜地看着邝某说："你遭遇的情况一开始应该算是性骚扰，你也是受过高等教育的人，怎么没有学会用法律的武器来保护自己呢！2005 年 8 月 18 日，十届全国人大常委会第十七次会议表决通过关于修改妇女权益保障法的决定，明确规定禁止对妇女实施性骚扰；受害妇女有权向单位和有关机关投诉。相应的《治安管理处罚法》第二十四条规定；多次发送淫秽、侮辱、恐吓或者其他信息，干扰他人正常生活的；偷窥、偷拍、窃听、散布他人隐私的，处 5 日以下拘留或者 500 元以下罚款；情节较重的，处 5 日以上 10 日以下拘留，可并处 500 元以下罚款。

结合相关案例，有专家和律师表示，违背受性骚扰人的意愿，故意做出或者发出性的行为或者挑逗，使对方的身体、心理产生不适、不快的都属于性骚扰。

当人身受到侵害时，就要使用法律武器来保护自己。目前，我国法律上认可的证据就是传统的人证物证和视听材料。

受到性骚扰后，要及时进行自我心理调节，不使心理失衡，迅速剔除犯罪分子在自己心理上留下的不良阴影，尽快恢复正常生活。

而你却走了极端，不懂法律的威力和作用，虽然杀死了犯罪分子，也断送了自己本来美好的生活和未来，给家人带来的是永远的痛苦。"

"谢谢你，希望你们多做这方面的宣传，不要让更多像我一样的受害者走上不归路，我很后悔……"邝某泣不成声、泪流满面。

"案子是破了，但我的心里怎么老是堵得慌？"厉小羊合上手里的案卷卷宗说。

"别难受了，要说这仇某也是死有余辜，邝某所说属实，将来判决的时候，法律量刑会轻一些的。"

程俊峰也是一副同情的口气，还安慰着厉小羊。

"其实还不知道有多少个女性有着和邝某一样的境遇，我们作为执法部门确实有责任来保护这些弱势群体，在媒体多做宣传，让她们站出来揭发侵害自己的丑恶势力。"

展颜冰也气愤地说。

"对，我们不仅仅是要打击违法犯罪，最重要的还是要杜绝犯罪的发生，最大限度的维护公民的合法权益。"厉小羊对自己的职业，深感重任在肩。

一怒为红颜

喧嚣了一天的城市，迎来了夜晚的宁静，它显得那么疲惫和安逸；华灯初照，使城市焕发出了与白天截然不同的姿态，有些神秘、有些妖娆、有些让人看不清它的面容；花园里美丽的花朵争奇斗艳地忙碌了一天，也要睡觉了。

桃园小区里，家家户户的玻璃窗里都透出各种各样颜色的温馨灯光，每个窗户的后面都有自己的故事。

突然，"嘭"的一声巨响打破了夜的宁静，准备睡觉的月亮也被吓得从云朵后面露出惊异的脸，不明白这爆炸的声音从何而来！

"怎么了？是地震吗？"

大家都惊慌失措，已熄灭的灯重新亮起来，居民们赶紧走出家门、楼道，走到楼下互相打听着，不知道发生了什么事情。

"好像是六楼出事了！"

"液化气罐爆炸了吗？"

"快点儿报警，叫救护车，是不是伤到人了?!！"

聚在楼下紧张的人们议论纷纷，立即开始给公安局、消防队、医院打电话，准备扑灭可能发生的火灾并抢救住在里面的人。

大家抬头向发生爆炸的地方望去，只见一股浓烟和刺鼻的味道从小区 26 号楼 3 单元六楼西门里传了出来，五楼西门的住户惊异地发现，自己家的客厅楼顶出现了一个吓人的大洞，客厅的地上散落着一些血肉模糊的尸体碎块和楼上掉下来的家具碎片！！

接到报警电话以后，刑警队的马达队长、商简铮、程俊峰、章得泰等人迅速地赶到了爆炸现场！那里的尸体碎块到处都是，身首异处、四肢零落、惨不忍睹！

经向楼下住户了解，这是一个三口之家，晚饭后家里曾传出过吵架的声音，中央一台的新闻联播后就没有什么声音了，过了一阵儿就发生了剧烈的爆炸！！

现场勘察人员很快根据现场发现家中有四人的尸体，由于面目全非，已经看不来是谁了？！

"那么除了家中原有的三人外，这个'第四者'就是最大的嫌疑人！当然了也不排除自己家人作案，但那种可能性太小，谁也不可能残忍到炸死自己全家、同归于尽吧？"

马达队长果断地说。

外围侦察员邓小新、牛彩云也很快调查清楚，这家女孩的男朋友丁某在单位食堂吃了晚饭后不知去向，多方联系没有音讯，爆炸现场遗留的衣物残片和金边眼镜，经确定也是丁某的！那么完全可以肯定这个"第四者"就是这家女孩的男朋友丁某！

丁某，男，27 岁，大专毕业，河北省张家口市万全县人，现为某建筑单位技术人员，经常出入施工现场，有条件接触到爆炸物品。

"立即搜查丁某的宿舍，看是否遗留有爆炸物品和遗书之类的东西。"马达队长安排商简铮说。

"没有发现爆炸物品和遗书。但是丁某的床上枕头底下有一本他的日记，我翻看了一下，他有每天记日记的习惯，这里可能有丁某作案的动机记录，也许对侦破案件有作用，我就把它拿回来了。"商简铮递给马达队长一本大开本的黑色胶皮日记说。

"真是看不出来，丁某能干出这样的事情。"向丁某的主任进行调查取证时，他说。

"这小伙子平时文质彬彬的，技术上是把好手，不喜欢与人交往，业余时间从不打牌喝酒，也不爱体育运动，就喜欢呆在自己的宿舍看书。开会时，我还经常让那些不安心工作的小年轻向丁某学习。

他谈恋爱的事情我知道，前一阵儿，他还告诉我说准备'十一'国庆的时候办喜事，后来也不见他提这事儿了。最近，我们承办的工程到了收尾阶段，我正准备忙过这阵儿，有时间抽空儿问问他婚事筹备得怎么样了，谁想到就出了这样的大事！"

丁某的主任痛心地说。

"翻看丁某的日记就会发现此人性格内向，不与同事打交道，这与他从小受的教育有极大的关系，他的父亲对孩子极其粗暴恶劣，孩子有错误或者学习不好，一点儿也不会教育，非打即骂，给孩子幼小的心灵造成极大的伤害。"

马达队长召开案件总结会说。

"丁某参加工作后，表面还看不出来他的心理有什么毛病。就是开始谈恋爱后，他在少年时受到过的打击和伤害显现出致命的害处了。由于从小家庭不幸福，丁某非常珍惜和女孩子的感情，不想再过自己小时候的日子，对未来充满幸福的幻想，所以他对女孩子的期望特别高，好像要在她身上把小时候没有享受的温暖全部补偿上。

爱情有时也是很自私、很可怕的，丁某一看到自己的女朋友与其他男同事或男邻居说话就生气，两人经常为这样的事情吵架。时间一长，女孩子也感觉出丁某性格偏执乖戾的一面，她和家人商量后不想再与丁某处下去了。丁某多次找女孩子谈话未果，而且她的家人也开始反对俩人继续交往。由此对生活彻底失去了信心，觉得活在世界上没有意义。所以借工作之便，偷偷拿了施工用的炸药，到女孩子家进行疯狂报复！于是就发生了这起震惊全城的爆炸案件。

我们在教育孩子的问题上一定要吸取教训，不能走极端，这对孩子的生长发育极其不利，短时间里也许看不出什么问题，但当他一旦走向社会，有了自己独立的行为能力，由于缺乏与人打交道的能力和厌世，往往就无法化解心中的郁闷和想法，遇到困难和问题容易想不开、爱钻牛角尖、走极端，缺点和人格缺陷就会暴露无遗，给自己和他人造成不可估量的伤害和损失！！

犯罪嫌疑人丁某，随着爆炸案件的发生，不但炸死了无辜的一家三口人，也把自己送上了一条不归路，他虽然逃避了法律的严惩，但他却给人留下深深的思索。"

马达队长的案情总结会结束后很久了，大家还都沉浸在思索之中……

（《中华人民共和国刑法》第一百一十四条爆炸罪、投毒罪：放火、决水、爆炸、投毒或者以其他危险方法破坏工厂、矿场、油田、港口、河流、水源、仓库、住宅、森林、农场、谷场、牧场、重要管道、公共建筑物或其他公私财产，危害公共安全，尚未造成严重后果的，处三年以上十年以下有期徒刑。

第一百一十五条第一款放火、决水、爆炸、投毒或者以其他方法致人重伤、死亡或者使公私财产遭受重大损失的，处十年以上有期徒刑、无期徒刑或者死刑。）

厉小羊手记之"红娘商简铮"

商简铮除了抽烟和爱看球赛两个爱好以外，其实还有一个最大的爱好，（由于他本人不太张扬，所以一般人还真不知道）那就是给别人介绍对象！因为商简铮自己就是最直接的受益者。

想当年要不是热心人介绍，一见女孩子就嘴唇哆嗦脸发红的商简铮哪里敢去主动追求人家？哪里会娶到貌美如花的老婆？如果就只有自己因此受益那太自私了，商简铮立志要为那些和自己一样羞于找对象的男同胞解决终身大事儿！

别笑！这介绍对象也不是那么容易的事情，就拿商简铮来说吧，从警十几年他也就介绍成功两对儿，辛苦付出不少，可是成功率不高，但商简铮执着呀，乐此不疲。

就说商简铮介绍成的这两对儿，也是很有意思。

第一对儿商简铮介绍得很成功（而且是商简铮首战告捷，这也是商简铮乐此不疲的一个重要原因），男的是医生，小伙子一米八三、一表人才，女的是老师，姑娘一米七二、温柔贤淑，一介绍两个人就一见钟情，再没有麻烦过商简铮，直到请商简铮喝喜酒，商简铮随了厚礼！而且一年后就生了对双胞胎女儿！喝了双胞胎满月酒的商简铮又随了一次礼。

商简铮逢人就拿这对儿成功例子说事儿，乐得他的小眼睛越发眯缝了。

第二对儿就曲折得多，男的是电脑工程师、女的是化验室的化验员，俩人从一开始谈对象就打打闹闹的还不散，商简铮这个红娘夹在中间又是调解又是劝架的，忙得不亦乐乎，好在最后也终于喝上了喜酒！

可奇怪的是，这对儿结婚多年也不怀孕。就为这件事儿，俩人还是老找商简铮，愁得商简铮到处求医问药、讨生孩子的方子，好像是他自己有什么毛病似的！

大家也许会问，商简铮是不是想图什么？不！你错了，商简铮绝对是为了成人之美！

就拿这些年商简铮介绍对象的支出这方面讲，商简铮对介绍认识的男女双方特别的理解，往往是把双方都请到自己的家里见面。用他的话来说就是：在家里多舒服，还自然、不拘谨，到什么咖啡厅、酒吧、饭店去见面消费太大了，让谁买单都不合适。

所以，干脆是商简铮买单，成不成的，先买堆儿各种时令的水果摆在自己家客厅的茶几上，外加两杯好茶、茶点，还有香烟什么的。让人家自己坐家里互相了解、谈谈，他自己则拉着老婆出去遛弯！给人家腾地儿。

如果成了，商简铮就比被介绍的男女双方都高兴。要是不成，商简铮还得赶紧继续张罗，到处打听谁手头有单身的男子或女子，然后开始新一轮的介绍。

所以要是你看见商简铮拉着他满脸笑眯眯的老婆在花园转圈圈，

那十有八九家里正坐着一对儿初次认识的男女在给他看家呢。

"钓鱼"

"大家开个会，近一个月来，在我城区人民花园、玉兰路工人文化宫、体育场等地发生了 4 起犯罪嫌疑人侵害单身女青年案件。局党委会上研究，要求我们限期破案。根据这几起案件的作案手法和时间、地段、被侵害的对象来看，可以确定为一个犯罪分子所为。展颜冰你把技术处根据受害人描述，画的犯罪分子头像，给大家发一下。"

马达队长的目光炯炯有神，声音浑厚洪亮。

"案件发生时间一般为晚上十一点以后到凌晨二时左右，多为人迹稀少的道路上，受害人不是下夜班的女工就是下火车的单身女旅客。

犯罪嫌疑人骑一辆二八加重自行车，带棒球帽，尖下巴，穿劳动布工作服，普通话口音。犯罪手段全是一个样的，先是上前搭讪，说要与女青年交朋友，哪个正经人气三更半夜出去交朋友？见女青年不答应，犯罪嫌疑人就继续尾随，伺机拿出尖刀去扎女青年的屁股，听到受害人尖叫后骑车迅速逃离现场。目前受伤的四个受害人全部住院呢！

这 4 起案件虽然没有造成更大的后果，但在群众中已经引起了极大的恐慌，几家工厂上夜班的女工全部要求倒成白班。所以就是局党委不要求，我们也应当尽早破案。"

马达队长扫视正襟危坐的大家一眼，继续说："我已经制定了侦察方案，给你们大家分个工：程俊峰、展颜冰到辖区派出所排查所有二十岁至三十五岁男子，其中重点查有前科的刑满释放、两劳人员、重点人口；章得黍、纪巍巍到周围各单位、工厂找保卫部门，把符合以上年纪段有恶习、调皮捣蛋、离婚、性格变态人员情况摸排一下。"

"那我们呢?"牛彩云看马达队长没给自己安排工作,挺着急。

"下面就安排你们了。"马达队长说。

"为了短时间内破案,除了以上同志做好外围摸排工作外,采取化装侦察方式,尽快破案。从今天晚上十时开始,厉小羊、牛彩云化装成下夜班的女工,在我城区几个高发案区域走动,剩下的几位与其他部门的同志配合,在暗中保护你们,确保你们的人身安全。你们看行吗?"

"没问题!保证抓住这个变态色情狂!圆满完成任务!"厉小羊和牛彩云兴奋地一起说。

"好,那你们准备一下,今晚就开始'钓鱼'行动。"

三天后,案件告破,犯罪嫌疑人被当场抓获,厉小羊、牛彩云毫发无损,专案组受到集体嘉奖。

星期天,马达队长请大家到郊区钓鱼,每人一个钓鱼竿。

不一会儿,纪巍巍就钓上一条三斤多的鲤鱼。

大家士气大振、摩拳擦掌,此起彼伏地不到半天就都把自己的水桶装满了。

也奇怪了,就程俊峰脚下的水桶空空如也,一条小鱼儿也没有钓到!

他拍拍自己的宽脑门子,装作恍然大悟似的样子,说:"你们都别美,有本事别比钓鱼!我敢说,如果把厉小羊、牛彩云给我当鱼饵,哼!估计我都能把龙王爷钓上来。"

"你再说,看我们不把你推下去喂老鳖!"

"哈哈哈哈!"

两次钓鱼行动,刑警队的同志们都以大获全胜告终。

(《中华人民共和国刑法》第二百三十七条强制猥亵、侮辱妇女罪:以暴力、胁迫、或者其他方法强制猥亵妇女或者侮辱妇女的,处五年以下有期徒刑或者拘役。)

厉小羊手记之"马达队长"

（注：厉小羊是下了很大的决心才写下这个题目的！这倒是可以理解的，你以为点评马达队长是那么轻松愉快的事情吗?！尤其还是现任马达队长！）

"马达队长，男，40岁，职务：刑警队马达队长。爱好：破案、还是破案；特征：高大威猛、面色漆黑、像猛张飞。"

这些个人信息，大家在本文前面人物简介里已经看到了吧？基本情况属实。

对马达队长，厉小羊其实是不敢妄加评论的，但是不写马达队长一笔，又怕将来有一天马达队长看见了本文，会严肃地问厉小羊说："大家人人都有份儿的事儿，为什么不写我？难道我就那么不让人待见吗？"

鉴于此，厉小羊只好在夜深人静的时候，搜肠刮肚地把对马达队长的粗浅认识跃然纸上，豁出去了！

一、传说：马达队长是公安大学毕业的，在学校里是唯一一个蝉联四届男子长跑冠军的得主。传说马达队长学生时代，一次寒假在某工厂实习时，曾经抓住过一个盗窃工厂财务室的犯罪分子。

当时的情景是这样的：夜间马达队长（那时马达队长还不是马达队长，只是实习警察）和工厂保卫科的同事一起巡逻，巡视到办公大楼一楼的财务科窗外时，就看见一个黑影从窗户跳出来，马达立即冲上去抓他肩膀，被躲开了，黑影看见有人来抓他，于是撒开丫子就开跑！

马达甩掉棉大衣就在后面开始追，边追边脱掉毛衣。两人一前一后绕着城市的大街小巷你追我赶，跑出十公里去！黑影跑得实在是不行了，看马达还是不紧不慢地跟着自己，就一屁股坐在地上乖乖地等马达抓他。

这家伙被拷上双手了还喘着粗气问马达是不是搞长跑的？马达问他怎么知道的？他说自己是国家二级运动员，当地还没谁能跑过他呢！不过输在马达的手上是彻底服了。

好好学习

二、粪池：马达参加工作没几天就赶上一起抢劫杀人案件。

一个预谋抢劫的犯罪分子在城里坐上一辆出租车，告诉司机说去乡下某地，并说给很高的租金。

车子行驶到乡间一条偏僻的小路上时，犯罪分子让司机停下车子并假装要上厕所，没有一点儿戒备心理的司机也下来方便，早有预谋的犯罪分子掏出事先准备好的匕首乘机在司机背后捅了几刀，确认人已经死后，立即弃尸驾车逃走，把杀人凶器丢到路过的一个小镇公共厕所的粪池里。

出租车司机的家人看到他好几天没有回家，也没给家里打电话（有人问了，怎么不打他的手机呢？司机可没有手机。马达刚毕业的那时候，手机可不像现在这样普及，还是一般人不敢梦想拥有的奢侈品呢！），感觉出了事儿，就向公安机关报案。

专案组摸排走访了半个月，经过大量工作，终于在邻省的一个旧车交易市场找到了失踪的那辆出租车！又乘胜追击、顺藤摸瓜抓住了那个犯罪嫌疑人！

在提取杀人证据时，涉及到那把最关键的凶器——匕首需要提取，根据犯罪嫌疑人提供的地址，马达（那时还不是队长，是刑警队的新兵）和专案组成员赶到那个小镇的公共厕所。

看到眼前深一米、宽二米、长五米见方的粪池时，大家还真有点不知道怎么办好，还没等专案组组长开口说话，只听"扑通"一声！再看粪池里，是马达跳下去了！！

大家惊得目瞪口呆！！！

大粪（形状、气味就不详细描述了，可以想像！）漫过了马达的膝盖！大家一看纷纷要往下跳，都被马达队长拦住了，他说要臭就臭他一个吧，要不回去的路上还不把全车的人都熏死呀！

于是马达楞是在七月的一个大太阳的中午，用了四十多分钟时间过筛子一样、穿着皮凉鞋踩出一把匕首！

虽然回刑警队后到水房冲了半天水，马达在修鞋摊上缝断了的皮凉鞋带子时，修鞋师傅还是问这只鞋怎么这么臭？马达只是笑笑，什么也没敢说！

三、眼泪：马达队长带领刑警队侦破了一起强奸杀人案件，由于证据确凿、事实清楚，犯罪嫌疑人很快被绳之以法！

由于是晚年得女，现在又痛失爱女，受害人的父母万分悲伤！之余，为了表示感谢，他们给刑警队送来一面锦旗。老人一见马达队长，就痛哭流涕、跪了下来，惊得没有一点儿防备的马达队长赶紧把老人搀扶起来。

大家看到马达队长的眼圈也红了，眼睛里有一层雾气……

后来马达队长在开案件总结会时说："……我们做了什么？侦察破案是我们的职责、本职工作，我们只是做了我们应该做的事情。群众是我们的衣食父母，难道我们为父母做了一点儿事情，就该接受白发苍苍父母的下跪吗？"马达队长说到这里又哽咽住了，禁不住流下眼泪……

大家屏住呼吸，会议室里静得就好像能够听见针掉在地上的声音一样！

直到马达队长恢复平静。

从此大家才知道看上去像铁打的马达队长居然那么容易动感情，敬佩之余对马达队长又平添一份亲近感觉。

四、功勋：马达队长从警二十年（从公安大学预备警察算起）破获重特大案件若干起、抓获犯罪分子若干人；立一等功二次、二等功四次、三等功九次、嘉奖若干；被评为优秀共产党员八次、优秀警察十次；同时还得过晚婚模范等荣誉称号。

这组数据可是厉小羊跑到政治部按年头查出来的，绝对详实可靠。

后来问马达队长，怎么在他的办公室里看不见这些荣誉证书、奖章？

马达队长头也不抬地回答说："要再立新功，不要吃老本儿。"

五、最美：无论是在警民联欢会上，还是在局里组织的春节晚会上，大家都知道《大刀向鬼子头上砍去》《游击队员之歌》《打靶归来》《少年壮志不言愁》这四首歌绝对是马达队长的保留曲目，可能是练习的次数比较多，所以马达队长每首都唱得激情高亢、声情并茂，往往引来阵阵掌声！

不过，别的歌他好像也不会唱！

"号外号外！"牛彩云压低嗓子说，"马达队长在唱羽泉的《最美》呢！"

"不可能！"大家异口同声地说！

"真的，我骗你们就是小狗！"牛彩云着急地说。"快去听，晚了就唱完了！"

大家不相信，但看见牛彩云着急的样子又有些将信将疑的，于是都蹑手蹑脚地跑到马达队长办公室门口偷听，果然听见里面断断续续传出一句：

"……准备了十二朵玫瑰，每一朵都像你那么的美……你在我心中是最美，每一个微笑都让我沉醉……"

曲调优美，也没有跑调，还真有些羽泉的味道！

年终茶话会上，每个人都要表演一个节目，轮到马达队长时，大家一起起哄说想听马达队长唱羽泉的《最美》！

马达队长严肃地说："谁唱那样的歌曲？软绵绵的，简直让人丧失斗志！我就来一首《大刀向鬼子头上砍去》吧，大家可以跟我一起唱！预备——唱！"

六、造句：

1、怀孕：马达队长说"怀孕的女人最美丽，展颜冰就不要藏藏掖掖的了"。从此展颜冰穿上肥大的衣服，昂首挺胸，摆出一副我是孕妇我怕谁的样子！

2、嫩滑：马达队长对研究菜谱的厉小羊说，肉丝混合蛋清后再炒会比较嫩滑一些，还不糊锅，比混合淀粉强。

3、福将：马达队长是福将，因为他早起跑步就抓了一个偷自行车的，经审问后发现这是一个惯犯，已经偷了一百多辆了！

4、连续：马达队长为了侦破一起绑架案件，在办公室坐镇指挥，曾经连续二十七天没有回距离单位才 500 米远的家。

5、无论……还是……：无论是白天还是黑夜，马达队长的手机都是二十四小时开机，随时准备第一时间到达案发现场。

6、不但……而且……：马达队长不但严格要求自己，而且还以身作则，使刑警队逐步成为一支能打胜仗、骁勇善战的队伍。

7、千钧一发：在歹徒手持尖刀扎向无辜群众那千钧一发的时刻，马达队长一个箭步冲上前去将其制服。

8、鞠躬尽瘁：为了自己热爱的事业，马达队长恪尽职守、鞠躬尽瘁、无怨无悔。

离婚了就不要来找我

赶上换季，程俊峰的女儿从幼儿园回家就有些发烧，他立即把女儿送到医院检查，医生说是感冒了，在医院输液到晚上十点才回家，疲惫不堪的程俊峰安顿好女儿，倒头便睡。

半夜睡得正香，程俊峰猛然听到自己家楼上发出"咚咚"的砸门声音，片刻后又传来男女吵架的声音，夜深人静的格外刺耳，惊扰得四邻不安。

程俊峰的老婆也醒了，悄悄对程俊峰耳语：楼上的两口子因为男的爱喝酒还老是酒后闹事，女的把男的赶出去了，俩人最近在闹离婚，还因为财产、孩子什么的老打架。

程俊峰听后，觉得两口子打架的事儿没办法管，可蒙上被子还是被吵得睡不着，女儿也被吵吵闹闹的声音吓醒了，程俊峰只好起来穿衣出门看看到底是怎么回事儿？

披上衣服出去看时，已经有邻居打电话报警了。

民警正把那家男的往楼下带。一问派出所的同事，程俊峰才知道楼上的这两口子已经离婚了，今儿下午办的手续，房子归女方。这男的不知道在哪里喝了半宿的酒，又回到这里来要进屋睡觉，女的换了锁，男的打不开门，俩人隔着门就吵了起来！

那男的一边下楼还一边嚷嚷："离婚怎么了?! 离婚我也要住在这里! 不让我进屋，我睡哪儿啊!? 他妈的!!"

邻居们都堵在楼道看热闹，程俊峰赶紧对大家说："好了好了，别看了，没事儿了。都回家休息吧。"

第二天上班，程俊峰给大家讲了昨晚遇到的事情，这时外出抓捕杀人犯罪嫌疑人的邓小新跑了进来。

他一进办公室就从自己背的旅行袋往外掏东西："来来来，都尝尝我买的橄榄干、芒果干、椰子糖，海南这个时候的荔枝最好吃了，可惜那东西太娇气带不回来，对不起啊！"

邓小新虽然满脸疲惫，晒黑的脸上的那双大眼睛仍旧炯炯有神，掩饰不住里面透出的喜悦。

"这次出门累坏了吧？怎么不在家多休息几天？"马达队长满脸高兴地走进刑警队办公室，关切地问邓小新。

"报告领导，我一点儿也不累！"邓小新立即顽皮地打个立正，对马达队长说。

"出门一个多星期，我想大家了，在家里哪儿还躺得住呀？所以跑来看看，看大家是不是都把我忘了！哈哈哈！"

"忘了你这个帅哥是不可能的。尤其是我们的牛彩云，她早就惦记你买的好吃的了，天天念叨你什么时候回来呢！"章得黍故意说。

"既然你来了，趁大伙儿都在，你就给大家讲讲你这几天抓捕全某的精彩过程吧！"

马达队长自己搬了一把椅子坐下来说。

"好的，现在我就给各位做一下汇报。"邓小新精神抖擞地说。

"这是一起一年前发生的杀人案件，犯罪嫌疑人全某杀死前妻的第二任丈夫后潜逃，我们一直在网上追逃。案子发生的过程大家都是知道的：这个全某是某公司的职员，他和老婆因感情不和离的婚，后就搬到职工宿舍去住了。可是他还总是回原来的家骚扰前妻，不是去取点儿东西，就是去看看女儿。一去就不走、还想在家留宿，其前妻不堪其扰，多次报警未果，居委会的大妈也给他们做过调解，但是没有什么效果。

后来，全某的前妻经人介绍认识了一个男朋友，两个人谈了半年多都论及婚嫁了，不知是怎么被全某知道了，又到前妻的男朋友单位去闹。尽管如此，为了寻求安全感和躲避前夫骚扰，全某的前妻还是再婚了，并搬到丈夫的单位宿舍去住。

全某对此怀恨在心，一天半夜，全某怀揣一把尖刀来到前妻的新家准备杀死前妻，结果在楼道的男厕所里遇到了前妻的丈夫，全某就一刀将其捅死！后潜逃。

全某是河南人，立案后，我们多次到河南他的亲戚朋友家中查找，未果。

今年开展'命案必破'专项行动后，马达队长把侦破这起案件提到日程上来，要求限期必须破案。我们把全某原单位中他的老乡、好友、亲戚全部梳理了一遍，挨个走访，以期查找全某藏身之处的线索。

功夫不负有心人，十天前，我们从全某的老乡那里得来消息说，全某现在已经改名叫庚某，现藏身海南省海口市某建筑工地打工，具体地址不详。

马达队长立即派我们专案组赶赴海口市。在当地警方的配合下，在海口市的各个建筑工地展开拉网式清查，查找庚某——也就是杀人犯罪嫌疑人全某。

三天前，我们终于在一家建筑工地找到了全某。当时是傍晚收工时间，在工头的指认下，我们跟在全某的身后，大声喊他的真名字，他下意识地答应了一声，并回头张望。

就这样，我们一举抓获了杀人后潜逃一年多的犯罪嫌疑人全某！凯旋。"

"哗！哗！哗！"大家热烈地鼓起掌来！

"讲得好，这是我们刑警队开展'命案必破'专项行动以来破的第二起杀人积案。现在社会上离婚率很高，根据有关资料统计显示，在我国大中型城市里，离婚率更高。人们崇尚个性自由，不再让不幸的婚姻成为束缚自由的绳索，尤其是女性普及就业后，经济相对独立，可以养活自己，不再依附丈夫生存，所以也就不再畏惧离婚。

这是社会进步的一种表现，但同时也给社会造成了极大的隐患。离婚的双方为了争夺房子、财产、孩子的抚养权等等一系列的问题，出现了很多治安案件和刑事案件，也给我们的工作带来了更多的挑战。

面对复杂的社会现象，我们不要有畏惧心理，构建和谐社会任重而道远，还是需要长时间的、多方面的努力的。"

马达队长语重心长地说。

"哗！哗！哗！"大家又是掌声一片。

"你们在开茶话会吗？"别的办公室同事路过刑警队时，听到鼓掌声，又看见桌子上摆的干果，于是伸进脑袋奇怪地问。

"哈哈哈哈哈！"大家开心地大笑起来。

短信你我他

"老将出马，一个顶俩。你说这案子能不破吗？"程俊峰一副很得意的样子，对厉小羊说。

"讲讲过程。"

"我们一接到报案，立即与受害人提供的对方电话号码进行了联系，顺藤摸瓜、一抓一窝！这帮家伙智商是够高的，他不知道从什么渠道得到你的手机号码后，就假借警方的口气发短信告诉你说，你的银行卡在南方某个城市的超市里被消费了几千元，让你立即向他们提供的所谓什么公安局经济侦察科电话报案。

搁一般警惕性不高的人，可不是就慌了神，哪还顾得上去银行查询自己的卡是否真的被刷走了巨款，肯定是抄起电话就按照人家提供的电话号码打过去，接听的对方还先自报门户，说自己是某市公安局经济侦察科，已经侦破了此类系列的案件，让受害人说出自己银行卡的账号，并到柜员机去按他们所提供的号码操作，以后就不会再次被诈骗了。受害人按照他们的指示不知不觉中就真把自己银行卡里的钱转账到诈骗团伙的账号里了！你们说，现在的犯罪分子智商多高、多狡猾！"

"那受害人也太笨了，别长他人志气、灭咱自己威风了！要是我就不相信这样的短信!"章得黍说。

"你多聪明呀，你不出去骗别人就是大家的造化了，开个玩笑！可是你别忘了，这帮犯罪团伙搞的是群发短信的办法，全国得有几万、甚至十几万的人同时收到这样的信息，总是有一些善良或缺少防范意识的人上当，诈骗这些受害人就够犯罪团伙把自己送进监狱了！"

"大家注意了，我手机收到一条好玩的短信，都竖起耳朵听着啊！"刚进办公室的牛彩云兴奋异常，小圆苹果脸通红的。

"话说七仙女在河里洗澡，猪八戒想看其裸体，请师傅唐僧帮忙，唐僧就对着河面喊道：'小心鳄鱼！'只见七仙女冲上岸来直扑猪八戒怀中，猪八戒如愿以偿地搂着七仙女敬佩地对唐僧说：'马达队长水平就是高啊！'哈哈哈哈！怎么样？这条够好玩吧！"

大家笑得前仰后合，立即聚到一起说起自己收到的好玩短信有哪些，进行一下交流，互相发发。

"告诉大家一个好消息，昨天半夜收到一条短信说我的手机号码中了香港某公司随机抽出的大奖，奖金高达二十万元。这回我可不能让我老婆知道，绝对不上交！我的小金库要变成大金库了！"商简铮笑得小眼睛眯成一条缝儿，还说再也不抽劣质烟了，待会就去买包中华。

"别臭美了！你智商低得很可怕呀同志，程俊峰这里不是刚讲完他怎么侦办的短信诈骗案件?!你就没有听说过吗？"厉小羊痛心疾首的看着商简铮。

"你如果与留在你手机的电话联系，他肯定说先让你缴税，然后没完没了的再缴其他各种各样莫名其妙的什么钱，最后的结局是你不但没有拿到那二十万，你肯定已经按照人家指示打到对方提供的银行卡里好几万块钱了！占小便宜吃大亏呀同志！"

"可我就是觉得万一我要是真中奖了呢？"商简铮还有些将信将疑的样子。

"别有侥幸心理了！你家祖坟就没有冒那个青烟，你以为你是警察，骗子就不会找到你头上？这条短信你就赶紧删掉吧，别做你的发财梦了。我这有一条短信倒是适合你，可以充实你干瘪的小金库。我就友情浪费一毛钱，给你发过去。"展颜冰慢条斯理地说。

"贡献出来，让我们都听听。"章得黍挺感兴趣。

"本市五星级宇宙世纪大酒店隆重开业，工作轻松、环境幽雅，现急需情感陪护人员，招收男公关（听着怎么像男公安呢?）若干，欢迎年纪18至50岁、面目端庄、身体健康、热爱生活的广大男士前来共展宏图，月薪5000至10000元，联系电话13＊＊＊＊＊＊＊＊＊，联系人某先生。"展颜冰慢悠悠地读到。

"好你这坏丫头，这不是让你哥哥我卖身么?!"商简铮气得从椅子上蹦起来，伸出长胳膊做状要打展颜冰，展颜冰夺路而逃!

"别闹了，肃静! 这领带不能扎了，谁也别穿、别用梦特娇牌子的衣服和系列产品了。"

马达队长进了办公室就说。

展颜冰冲商简铮吐吐舌头坐回自己的办公位置。

"怎么了? 马达队长。"纪巍巍奇怪地问。

"你们看我收到的这两条手机短信：一条是说乌龟每天都到河对岸晒太阳，蛇也想去，但不会游泳啊，乌龟就让蛇缠在自己的脖子上游到对岸去，结果被一只乌鸦看见了，狂笑着说：'小样儿，几天不见扎上领带了!'；另一条是说，狗熊摘朵花别胸前，也被乌鸦嘲笑一番说：'就你那熊样儿，还穿梦特娇呢!'。你们说这领带是不是扎了就成乌龟了，梦特娇一穿就是狗熊了啦?"

同志们开心地大笑起来，大家这才发现平时那么严肃的马达队长也有点儿幽默细胞。

"马达队长水平就是高啊!"展颜冰突然冒出一句话。

"过奖，谈不上高明。"马达队长一副很谦虚的样子。

大家禁不住捂着嘴偷乐。

"小心鳄鱼!"商简铮恶作剧地加了一句。

"什么? 鳄鱼?"马达队长刚转身准备回自己办公室，听商简铮这么说，又扭头问道：

"怎么了? 鳄鱼牌的衣服、鞋也不能穿了吗?"

（《中华人民共和国刑法》第二百六十六条诈骗罪：诈骗公私财物，数额较大的，处三年以下有期徒刑、拘役或者管制，并处或者单处罚金；数额巨大或者有其他严重情节的，处三年以上十年以下有期徒刑，并处罚金；数额特别巨大或者有其他特别严重情节的，处十年以上有期徒刑或者无期徒刑，并处罚金或者没收财产。本法另有规定的，依照规定。）

神经病和醉鬼

"昨天我值班，晚上11点的时候，杏花村小区有人打电话说邻居砍伤人了。咱刑警队立即出警赶到现场48楼2单元303室一看，你猜怎么着？满屋子都是血呀，没有一个人在家，好在邻居说他们全家都跑医院去了，我们又赶到医院，唉，别提了，一个九个月大的胖小子被砍死了！我都不忍心看了，那场面，他妈妈哭昏过去好几回。"商简铮唏嘘道。

"怎么搞的？谁砍的？怎么下得了手呢？"牛彩云有些不解。

"谁说不是呀？别说是一个大胖小子，就是个猫呀狗的，谁也不至于拿刀砍吧？"商简铮继续说。

"快说是谁砍的！"纪巍巍急了。

"他姥姥！"商简铮这会儿倒是干脆，可把大家吓了一大跳！

"为什么?!"大家一起问道。

"神经病呗！"商简铮说。"一开始胖小子他妈妈还不敢说，后来是孩子的爸爸说的，他姥姥有神经病。昨天白天就非说神仙给她托梦了，这个阳世要有灾难，让她赶紧到阴间躲藏，她一寻思，不能自己一个人走，去阴间得带着大家一起走吧，可是女儿女婿都不听她的。她想随他们去吧，那就把外孙子带到阴间去躲避灾难吧，免得在阳世受罪！于是就……"

商简铮无奈地摇着脑袋说。

大家听了都很难受，很久没人说话了。

"我昨天也遇到个倒霉的事儿，光听你们说案子了，也没有顾上告诉你们。"程俊峰打破沉默说。

"我家不是养了一条博美狗吗？一出生就抱来了，养了一年多了，个子小小的、眼睛大大的、毛雪白雪白的，特别聪明可爱。我们家要是谁出门不带它，它就会把谁的睡衣、鞋子叼到厨房去，踢翻垃圾桶，躺在睡衣上生气。我和我老婆都有过这待遇，我们家除了我女儿就它的地位高了。

昨天我老婆领女儿带着博美出去散步，在小区花园里，不知道为什么，它冲一个男人叫了几声。要说有宠物狗冲你叫几声不算什么事情吧？可昨天这个男的奇怪了，一直追着我们家的博美不放，它就往家跑，我家住在六楼，它跑到三楼的时候就被那个男的追上了，那男的抱起博美就从楼道里的窗户扔楼下了！

我老婆和女儿跟在后面没有追上，就用手机立即给我打电话，我马上冲到楼下，一看：博美躺在地上不动了！我老婆和女儿站旁边哇哇大哭，围了一群邻居，那个男的也被围住了，气得我真想上去揍他一顿！

他女朋友也在旁边，她还算懂事，一个劲跟我说那男的喝多了酒，耍酒疯呢！不知道谁报的警，派出所的民警也来了，我一看拘留他也没有什么用，派出所的民警调解了一下，给我赔了 600 元钱，说是给博美治伤的，我连夜把它送宠物医院抢救，陪了一晚上，刚才好了一些，我才把它送回家。

你们说，这都是什么事儿呀？"

"真是气死人了，遇到神经病或者酒鬼违法乱纪和肇事，法律还不能制裁他们！"牛彩云说。

"是呀，博美是抢救过来了，可是昨天晚上被亲姥姥砍死的胖小子可活不过来了，又不能把他姥姥怎么样！这老家伙怎么不自己自杀呢？这让你自己的闺女怎么活下去呢？"

纪巍巍口气沉重地说。

（《刑法》第十八条精神病人在不能辨认或者不控制自己行为的时候造成危害结果，经法定程序鉴定确认的，不负刑事责任，但是应当责令他的家属或者监护人严加看管和医疗；在必要的时候，由政府强制医疗。

间歇性的精神病人在精神正常的时候犯罪，应当负刑事责任。

尚未完全丧失辨认或者控制自己行为能力的精神病人犯罪时，应当负刑事责任，但是可以从轻或者减轻处罚。

醉酒的人犯罪，应当负刑事责任。）

厉小羊手记之"程俊峰的本命年"

程俊峰胖乎乎的样子，又随和又有眼力价。

一到老婆娘家，程俊峰拿起扫帚就扫地、抄起擀面杖就会擀饺子皮、挽起袖子就洗衣服、拽过毛线就帮丈母娘绕成团、还能和老丈人下盘自己总是输的象棋，因此深得老婆她娘家的喜爱，结婚后没有房子就一直住在丈母娘家，后来单位分了房子以后也没有起伙，一直在丈母娘家吃饭。

有一天在丈母娘家饭毕又午休后，程俊峰赶到单位，工作了半晌，忽然接到丈母娘的电话问是不是他把她的鞋子穿走了。

程俊峰这才发现自己居然穿了一双女式皮鞋就跑单位来了！刑警队的同志也才发现程俊峰是个穿 36 码鞋子的小脚男人！

程俊峰到警官基地参加警衔培训，学习有关知识还有体能训练、测试。

按要求为了保护脚部安全，体能训练的时候要穿胶底的鞋，程俊峰带一双绿帆布的胶底鞋，又轻巧又舒服。

头几天阴天，练习跑步；后来阳光明媚时，开始在垫子上单排练习前扑、倒功等。

只见烈日下，程俊峰一身深蓝色的警服、脚下一双草绿色的胶鞋，颜色够乱吧？更奇怪的是他的脚上穿了一双鲜红色的袜子！随着他前扑后，三种颜色暴露在众目睽睽之下，很抢眼！

后来督察同志认为程俊峰算是警容不整，要求立即整改，换双其

好好学习

他颜色袜子比较协调。

程俊峰可是委屈的要死，谁让自己是本命年呢？老婆买了一打袜底印着踩小人的红袜子给他，说红色的辟邪，现在哪有换的呀？

程俊峰只好光着他的小脚参加训练了。

一群吃货

刑警队里有个不成文的规定："荣誉归个人、奖金大家吃"。意思就是说不管谁要是破了案立功受奖、或被评上优秀公务员、优秀党员什么的，到手的只是荣誉证书，奖金则统统的贡献出来大家撮一顿。

所以虽然刑警队是清水衙门，同志们可没有耽误口福，这主要归功于厉小羊。

这位同志不仅喜欢在自己家下厨展示才艺，还曾经到北京参加过烹饪比赛呢！由此可见厉小羊吃的方面水平得多高？对全城的大小饭店、大吃小吃更是了如指掌，用她的话来说就是："这世间最直接的最美好的享受就是美食啊！同志们不抓紧时间吃、还等什么呢？等牙齿掉光胃口坏掉再想啃五香酱骨头？那就什么也来不及了。引用一位俄国名人叫什么斯基的话就是：当我们回首往事的时候不要因为该吃而没有吃感到后悔啊！"

每每厉小羊看到大家泡方便面吃火腿肠充饥时，都要痛心疾首、苦口婆心的劝说。

在她几年来不懈地努力下，全刑警队的同志们的口味都得到了不同程度的、前所未有的提高。

早餐，喝稀的大家会去吃丁香路的鸡汤馄饨，主食得是隔了两条街的百合路的烧饼。

所以一个早餐要兵分两路：一路去买烧饼、一路跑去占座位买馄饨，最后会聚，很隆重。

用厉小羊的话说就是："早餐要吃得像个皇帝。"

最爱吃方便面凑合的商简铮说："吃啥不是吃？皇帝不用自己过两条马路买烧饼吧？"

牛彩云说："皇帝当然不用那么麻烦了，我们就是皇帝，你是太监好了。哈哈哈哈！小金库打开，今天你买单。"

除此之外，像沧州羊肠子汤、兰州牛肉拉面、河间驴肉火烧、南方桂花粥、小二包子、鸡蛋火腿夹饼、四川酸辣粉等等，无一漏网。

无论美食藏在哪个犄角旮旯儿，厉小羊也能把它挖掘出来，大家连着吃上半个月也不会重样儿，确实舒坦啊！

午饭和晚饭就更不用说了，谁家脆肚腰花好吃、谁家水煮鱼地道、谁家涮羊肉正宗、谁家辣子鸡够味、谁家海鲜新鲜、谁家土豆丝切得最细、什么季节吃什么菜最合适、谁家厨子是北京大饭店退役的、谁家服务好环境不错、谁家服务员漂亮养眼、谁家店庆打折、哪里又开了特色风味店……

厉小羊对此是了如指掌，就差编辑一份全城吃喝指南了！

厉小羊还说：有位名人说过（别看厉小羊老说吃，但人家不是胡吃海塞，吃的是饮食文化呀，她总能引经据典的），人的一生要这样度过——"立上等愿、结中等缘、享下等福"。

按照厉小羊的理解，这里所说的"享下等福"就是指每日三餐要食不厌精、顿顿要精心策划着吃，这样才过的对得起自己（这不是谬论么，这个同志需要加强对八荣八耻的再理解再学习）。

最夸张的一次是，邓小新道听途说河间回民村里有家羊肉串特别正宗，流着口水说有机会一定前去品尝。

于是在一个阴霾的欲雪未雪的周末，在厉小羊的"多美好的生活呀！晚来将欲雪，能饮一杯无？"的感叹下，同志们决定开着两辆车集体出行，吃到河间去！

来回跑了四十多公里问了一百遍路才进的村，由刚在破获一起绑架案件中立了三等功的程俊峰买单。

边吃边听程俊峰眉飞色舞地讲破案过程，很过瘾！

两个因打架被劳教三年的狱友刚刚释放出来，因找不到工作，也吃不了打工的苦，眼看着周围的人吃香喝辣的，自己没有一点收入，就又合计找个来钱快点儿的"生意"做。

没几天，俩人盯上了一个穿着珠光宝气、经常开着一辆奥迪车的女人，跟踪踩点儿几次后，发现这个女人的丈夫是一个做生意的大老板，于是俩人决定绑架这个老板。

俩狱友租好车、准备了绳子、棍棒等物品。

一天晚上，抓住老板回家时拿钥匙进门的瞬间，把他绑架了，并用老板的手机给其家人打电话勒索80万元！

老板家人一边紧急筹款，一边报了警。

由于老板家人害怕绑匪撕票，在没有告知警方的情况下，与绑匪约好交易的见面地点，并在绑匪没有释放人质时，将80万元交到了绑匪的手里！

警情就是命令！接到报警后，刑警队立即周密部署，迅速赶到交易地点——一个加油站，解救了人质，并当场抓获其中一个绑匪，另一个绑匪驾车逃跑！两天后也被抓捕归案！

案子破得很精彩，人质完好无损地解救回来、绑匪如数抓获不说，连犯罪分子勒索的还没来得及挥霍的80万元也全部收缴交还受害人了。

听程俊峰讲，在东北抓获其中那个驾车逃跑的绑匪时，他正在逃亡的路上帮一个抛锚的大货车司机修车呢！

"你们说这个人，自己的命都快没有了，还顾得上帮助别人修车，可以说他本质上不是坏种，是一念之差走上犯罪道路，要是利用这修车的手艺劳动致富，现在没准和我们一样自由的想吃肉就吃肉、想喝酒就喝酒呢！所以呀，加强平时的素质养成还是很有必要的。"

程俊峰对心中油生的自由感觉不禁感慨万分。

"瞧你的口气怎么像咱们马达队长似的？不是我批评你，咱可不能想喝酒就喝酒，况且也没有喝酒呀，小心公安部的五条禁令。"

商简铮反应倒是挺快，满嘴还流着油。

大家乐不可支地吃了两百串烤羊肉羊筋！大饱而归。

真所谓"人为食亡、贼为财死"，好像不太对吧？反正就是那么个意思吧。

前几天，商简铮在抓捕一个刑满释放后再次专门盗窃办公室的惯犯时摔伤了腿，在家休养。

程俊峰、章得黍打电话问他想吃什么补补，牛奶？水果？豆油？……

商简铮一听，急得在电话里说："别扯了，那些破东西有什么吃头？整点荤的才补，卤猪蹄子！只要樱花路唐记的，前爪，肉多！鲜花和豆油我就不要了啊，都换算成猪蹄得了。"

你看看，厉小羊的多年的苦心教导和游说真是没有白费，功夫不负有心人呀！

商简铮都能分清猪蹄的前后了，他那曾经吃铁都能给消化成水的胃被娇惯得相当挑剔了。

（《中华人民共和国刑法》第二百三十九条绑架罪：以勒索财物为目的的绑架他人的，或者绑架他人作为人质的，处十年以上有期徒刑或者无期徒刑，并处罚金或者没收财产；致使被绑架人死亡或者杀害被绑架人的，处死刑，并没收财产。）

厉小羊手记之"厉小羊醉酒"

（注：看见没有？这个厉小羊是连自己也不会放过的！逮着谁就写谁！同志们都赶紧小心点儿！可别让厉小羊把你的糗事写出来了呀！）

厉小羊的初中同学趁春节前腊月二十六，搞了个毕业二十年聚会。

二十年啊！花样年华如流水一样的过去了！少女都变成孩子他妈了！况且还有当年曾经朦朦胧胧喜欢过的帅哥趁着酒醉说也暗恋过厉小羊，再回忆起当初穿白裙的少女时节，多唯美多伤感多浪漫啊……

你说厉小羊能不喝多吗？

酩酊大醉啊，厉小羊的思维比平时敏捷一百倍！

喝得简直是天昏地暗，醉眼半睁半闭、面若桃花、才思泉涌、妙语连珠、腾云驾雾，晕得她不知天上人间今夕是何年了都！

厉小羊的感觉好极了，频频举杯，一气把自己整高了！

谁没喝多过呢？酒醒了该干什么就干什么去，厉小羊可好，喝到下半夜踩着棉花被搀回的家，第二天又昏睡了大半天。

她心里其实也虚着呢，明明知道应该上班去，可就是头重脚轻地起不来床，晕得不能听人说"酒"这个字——韭菜的韭、七八九的九、久远的久都不行，一听到电视里的酒广告就想吐！只好硬着头皮把手机也给关了。

第三天总算彻底明白过来了，紧张得赶紧收拾收拾准备上班去。儿子放寒假在家无聊非要跟着一起到办公室玩，厉小羊答应带着他。

在办公室楼下停车时，儿子先下车上楼去了。

厉小羊趁上楼前的几分钟时间迅速的理了一下思路，想好了怎么给马达队长解释昨天为什么没有上班。"就说春节前家里太忙，怎么也得备个年货、打扫卫生什么的吧，所以就没有来上班；至于手机关机的理由就是，谁知道它什么时候自动关的机呢？"

想好了借口，厉小羊感觉理由比较充分，心里踏实多了，一路和同事们打着招呼、心安理得的上楼去了。

未料刚走到三楼办公室门口，就听儿子在里面大声地说：

"……我妈吐的别提了，熏死我了，还问我是谁？连我都不认识了！不过她发誓说再也不喝酒了，真的，小狗骗你们！"

听着办公室里程俊峰、商简铮、纪巍巍爆发的狂笑，厉小羊再也迈不开腿了，立马晕死在办公室门口！

她晕死前心想："这个叛徒，怎么没想到他会出卖我？真是智者千虑必有一失！怪不得《西游记》里神仙的坐骑趁主子疏于管理就要下凡闹事，看来防范工作必须从身边工作人员抓起，保密知识要渗透到小学生当中，要继续学习、学习再学习！"……

男人的小金库

这几天财务科连着把防暑降温费和差旅补助什么的发下来了，大家的都领到了手，就程俊峰到内蒙出差抓一个钻孔盗油案件的犯罪嫌疑人去了，还没有回来。

牛彩云打电话告诉程俊峰后，说："一千多块钱呢，搁我这儿也不放心，万一帮你花了怎么办？你要是一时半会不回来，我就给你老婆得了，让她来取。"

"可千万别那样，你锁起来吧，我回去再说，千万别告诉我老婆。"

听着电话里的程俊峰有点儿急，牛彩云暗自窃笑，心想趁机敲诈他一下，于是道：

"那你回来后得请客。不是吓唬你，万一哪天碰上你老婆，我这人可是一不小心就容易说走了嘴的。"

"好好好，没问题！注意保密！"电话里的程俊峰满口答应。

邓小新坐在角落里一直闷闷不乐的，大家一问才知道，原来这小子把一年来发的奖金一直瞒着老婆没有上交。结果昨天和老婆出门遛弯，在街心花园遇到每分钱都上交的商简铮的老婆遛狗。女人遇在一起聊天就说道老公的收入，一比较，邓小新的老婆就及时地发现了严重的问题。

于是弯也不遛了，原本拉着的手也松开了。回家不等老婆拿出搓衣板（这年头谁家还存有搓衣板？！谁家还用搓衣板洗衣服？！很明显就是刑具嘛。），邓小新立马全部交代，小金库也被没收。

看邓小新无精打采地在看报纸，跟霜打的茄子似的，展颜冰实在不明白此事对邓小新何以打击这么大，就纳闷地问章得黍："你们男的弄个小金库到底想干什么？"

"你不知道，来个同学吃顿饭、婚丧嫁娶随个礼，这男人没有小金库怎么过呀？以前工资发现金时，我还可以打埋伏，现在变成发银行卡，坑死人了！我老婆把我的工资卡收走了。别不知足，咱们中国妇女地位在世界上最高了：掌握家里的财政大权不说，吃饭都跟男人一张桌子，还敢吆五喝六的跟我们拼酒；结婚后还用自己的姓，比如牛彩云你吧，要搁过去出嫁后就该姓丈夫的姓，你就叫沙牛氏（杀牛死!?……），你们就差上天了我看。跟别的国家妇女比比，你们就偷着乐吧！昨天发的钱大家要注意保密啊！"

"哈哈，章得黍你要不巴结点儿我，表示表示，我现在就给你老婆打电话说咱们发钱了！"

牛彩云洋洋得意地威胁道。

"行，求你了姑奶奶别闹了，你说吃什么吧？糖葫芦，给你买五串行了吧？你也不怕酸倒牙。千万别给我老婆打电话。不过我也提醒你，回家也审问一下你家老沙，他肯定也有小金库！哼。"

"他敢！"牛彩云嘴上说得凶，看办公室这几位男士处心积虑地攒私房钱，心里也有点儿犯嘀咕。

"小金库真是要不得。"厉小羊说。"你们好像都忘了似的，三月份邓小新侦办的那起杨某杀人碎尸案不就是男人私存小金库引起的吗？"

"那不是由于第三者插足杀的人吗？"展颜冰说。

"你没仔细看最初是怎么回事儿埋下的祸根。"厉小羊振振有辞地说。

"古人说得好：'饱暖思淫欲'，男人有了钱就想包'二奶'、养'小蜜'，杨某开公司发了财，就跟自己的女财务总管好上了，把自己的老婆儿子送回东北老家，俩人买了房子住在一起，公司盈利多少钱全在这个女人的手里掌握。

后来，杨某的儿子要结婚，杨某还算良心未泯，可能也觉得对不起儿子，于是打算在老家买套房子作为结婚礼物送给儿子，算是给儿子的一点儿补偿。需要几十万元钱。向那个女人索要，结果他的财务总管不但不给钱，还说他俩辛苦挣的钱凭什么给'别人'花？你们说，对于杨某来讲这儿子能是'别人'吗？这不是自己亲生的骨肉吗？

于是几次三番要钱未果，杨某恼羞成怒，一气之下就把那女人杀死了，然后就碎尸藏匿在自己的寓所、然后就逃到西北青海、然后就被咱们抓回来了。"

"那他是开公司发的财，跟我们这点儿小金库不能比，我们就是为了花钱方便点儿呗，哪还至于杀人碎尸去，太夸张了吧你。"纪巍巍的表情十分的不屑。

"防微杜渐呀同志们，积少成多、千里之堤毁于蚁穴，万一因为小金库的事情闹出点儿什么妖蛾子，大家就悔之晚矣。回家后小金库都上交，免得有后患！"

厉小羊简直都要痛心疾首了。

牛彩云听得惊心动魄，心想：回家是得好好审问审问老沙，要是真有小金库，哼，格杀勿论！

马达队长叫纪巍巍到他办公室去问什么时候发报销的药费，因为昨天的奖金已经如数上交夫人，他说兜里就剩八块钱了！

"别看咱马达队长在单位呼风唤雨、指挥千军万马的样子，口袋里可真可怜。他这方面比我差远了，我家的财政大权虽然也不在我手里，可我兜里现在起码还有十一块钱呢！"

纪巍巍甩着手里的几张毛票，摇头晃脑、得意的鞋拔子脸都有点儿变形了，好像他在家里的地位多高似的。

工作日志

"快快，大家都把工作日志交上来，政治部全局大检查，抽到咱们了。"一听展颜冰带回的这个不幸的消息，办公室里立即炸了锅，大家七嘴八舌的开始议论：

纪巍巍："这不是要我命吗？我都一年没有写日志了，这可怎么办？"

商简铮："我倒是写了一些，可还差半年的，得补。"

程俊峰："你小子还真写啊？我和纪巍巍一样没有写。"

章得黍："说这些也没有用了，得想个什么办法过这一关呀，听说这可和年底的公务员考核挂钩。"

邓小新："展颜冰，这事儿什么时候截止？你不是和政治部的干事是老乡吗，通融一下，宽限两天，大家看来得及补吗？"

牛彩云幸灾乐祸："活该，让你们有时间的时候不写日志光耍贫嘴斗闷子玩，傻了吧？"

厉小羊："别闹了。有人写吗？写好的先交上来，咱们自己先验收一下，看合格不。"

"商简铮，你看你这日志写得怎么成你们家的日常开销流水账了？每天花多少钱你也往上写。"厉小羊翻看大家交上来的工作日志，十分不满，俩条眉毛拧在了一起。

"展颜冰的日志写得倒是不错，仔细一看，全是抄的关于痕迹检验方面的知识，像课堂笔记。"

"章得黍你瞧自己的工作日志了吗？四月十二日，上午大扫除，下午整理内务；四月十三日还是这点儿事，四月十五日还是如此，你上班光打扫卫生了？你破的那么些案子怎么不往上写写呢？"

"我搞的案子都是保密的，马达队长不让往非保密的本子上记录，我敢写吗？写了就是泄密。"章得黍委屈地说。

"那这篇，六月十六日，郝、118-DU，1000-YAO。什么意思，这也叫工作日志？"

厉小羊还真仔细，又发现了章得黍的偷工减料。

"我看看。"章得黍自己听着也有点奇怪。

"噢，我知道了，就是我主办的那起贩毒案件。郝是那个女毒犯，你们不是还说人家长得像张曼玉嘛。"章得黍说。

"这些数字什么意思？"

"118支的杜冷丁、1000片的摇头丸。这案子挺有意思。三月份商简铮办理的一起盗窃案里的犯罪嫌疑人吸毒，根据他供述提供毒品人的线索，我们盯上了郝。

这郝也是，护士工作干得好好的、收入也可以、长得也不错，她还不知足，为了满足自己日益膨胀的拜金主义虚荣心，非要偷医院的杜冷丁卖；又跟南方卖摇头丸的联系上了。我都苦心经营的跟了她整整两个多月，她还以为自己干的人不知鬼不觉呢。人要是走火入魔了那真是没有救了！

后来得到可靠消息，我们在她与下家交易的时候以迅雷不及掩耳之势当场抓个现行！精彩吧？"

"是够精彩的，可工作日志上没有反映出来，政治部还以为你什么都不干，一天到晚尽打扫卫生呢。"厉小羊说。

"要不咱们管巡警队的弟兄们借一下，改一下扉页的名字就行！"邓小新为自己想出来的这个"绝妙"的主意颇为得意。

"得了吧你！"牛彩云立即反驳，"政治部的同志也不是瞎子，回头收上去一检查，看日志里写的尽是：今天上街巡逻多少次、为粗心群众开门多少次、为夫妻吵架调解多少次、为丢失的孩子找到家、在菜市场抓了几个小偷什么的，还以为咱们刑警队的都失业了呢！"

"这事商简铮就能办了。"纪巍巍的鞋拔子脸上露出了坏笑。

"我能怎么办？替你们补写？不可能！"商简铮脑袋摇得像拨浪鼓。

"不用补写。"纪巍巍说，"你只要把你抽过的烟头放在大家的工作日志上就行，制造一个小范围的失火事件，问题不就全解决了嘛！"

"行了，纪巍巍你就别出馊主意了。"展颜冰兴奋地跑回办公室说："对不起啊同志们，虚惊！我老乡说了，这次抽的是巡警队，我听成刑警队了。没事了！"

"上帝呀！我的天使妹妹，这是能开玩笑的事儿吗？你要是再晚回来一会儿，为了不上交这几本工作日志，咱办公室差点儿都要被火烧了！"厉小羊抚着胸口说。

"领导好。"牛彩云眼睛灵活，一下看见了走进来的马达队长。

"你好。"马达队长板着脸说，"这都怪我平时对你们要求不严格，工作干了不少，就是懒得记录。这次侥幸抽查的不是咱们，下次恐怕就没有这样好的运气了。这周大家抓紧时间把工作日志补上，然后都送我那去。"

马达队长交代完工作回自己办公室了，边走还边自言自语说："没准什么时候就检查到我了，我也得赶紧把近两个月的日志补补。"

（中华人民共和国《刑法》第三百四十七条走私贩卖运输制造毒品罪：走私、贩卖、运输、制造毒品，无论数量多少，都应当追究刑事责任，予以刑事处罚。

第三百五十七条本法所称的毒品，是指鸦片、海洛因、甲基苯丙胺、吗啡、大麻、可卡因以及国家规定管制的其他能够使人形成瘾癖的麻醉药品和精神药品。

毒品的数量以查证属实的走私、贩卖、运输、制造、非法持有毒品的数量计算，不以纯度折算。）

基层归来

"同志们好！同志们辛苦了！"

厉小羊颇有领导风范的挥着手进了办公室。

"你小子可回来了！"牛彩云高兴地冲上来拍拍厉小羊的肩膀。

"行啊，小样儿，下趟派出所就有马达队长的派头了？"纪巍巍也笑着说。

"快坐下，谈谈下基层的体会。"展颜冰赶紧拉着厉小羊的手坐下说。

"喝口水，喝口水，润润嗓子。"章得黍殷勤地递过自己的茶杯。

"同志们好像很想念我的样子嘛，看来我在咱办公室还是有点儿人缘的嘛。"厉小羊慢悠悠地喝着茶水说。

"你就别打官腔了，谁还不知道谁呀。你不在的这些天，我们过得可没意思了，跟着纪巍巍吃了好几天的凉皮，我都快变成陕西人了。"商简铮装出一副很委屈的受气小媳妇的样子。

"好了好了，别闹了，听厉小羊说说派出所的情况。"邓小新打

201

警队轶事警队轶事

断商简铮说。

"好，言归正传。"厉小羊清清嗓子道。

"这次我按照省公安厅统一要求下到派出所之后，通过与基层的民警一起工作，了解了很多以前咱们不知道的事情，要说基层的同志是真辛苦，五公里的辖区里固定和流动的人口加一起有四、五万人口，成天都是打架、斗殴、盗窃、丢自行车案，派出所就十几个人，每天都忙得连轴转，刚开始去我可不适应了，眼花缭乱的，都不知道从哪里下手工作。"

"那你参与办理治安案件了吗？"展颜冰好奇地问。

"怎么不参与？去基层就是给派出所增强警力、配合干工作啊。就拿我参与办理的一个民事调解案件来说，竟然花费了近半个月的时间，事情的经过是这样的：辖区中学初三某男生被两名校外男青年打伤，因怀疑是某女同学指使所为，某男生的二姨就将某女生打伤，某女生的叔叔知道此事后从天津赶来，要去殴打某男生的二姨，被我们制止。

由孩子引起的纠纷逐步上升到双方家长之间，闹得不可开交。此时，离中考仅两个月的时间，中学领导和老师焦虑万分：一方面担心影响俩学生的中考成绩；另一方面在校师生的人身安全问题得不到保障；此事处理不得当势必影响面极广，由此产生的严重后果短时期内不好消除。

鉴于此，我们主办人员在所长快查稳查、将影响控制在最小范围、尽快结案的指示下，多方工作，放弃休息日，利用中午和下班以后的时间到这俩学生家中做调解工作。经过努力，双方家长分别表示不再就此事互相打击报复，孩子们也尽快恢复正常的学习状态。

基层工作看似简单，其实不然，通过办理这一起治安案件，足以反映派出所民警的工作量。最后落实到月底的治安案件月报表上的只是几个简单的阿拉伯数字，但是这数字的背后有我们基层民警付出的多少工作日和心血——这是我们机关民警所看不到和无法体会的。"

"行啊，收获真不少，看来我们以前误解基层工作简单、轻松是不对的，真是各有各的难处。"程俊峰不禁感慨道。

"你还真长了不少见识，不错！"纪巍巍由衷地说。

"太长见识了，我还上了一回当呢！"厉小羊自嘲道。

"怎么回事儿？快说说！"牛彩云着急地问。

"别看我们大家都一样是搞公安的，基层和机关的工作却差别很大。在机关里，拿我自己来说吧，大多时候做的是上传下达的工作，无论是省厅还是分局，包括省内或省外，打交道的全是同行，工作单纯，容易沟通。

但在基层派出所就不一样了，作为公安机关一个窗口单位，每天都要接触大量的人民群众、违法嫌疑人、案（事）件的双方当事人等，人员复杂、千差万别，这时候就要求我们有高度甄辨的能力和与人打交道的能力。

在办理一起赌博案件取违法人员材料时，当时有一个女的，所领导派我取她的材料。她一见我就说：'我怀孕了，特难受。'我一看她的肚子确实有些大，作为女性，在感觉上就对她产生了一种同情和理解，所以在她说出自己只是路过华夏网吧上厕所，并没有参与赌博时，主观上便相信了她说的话，认为一个孕妇怎么也不会去赌博吧，并按照她说的情况取的材料，很清白。我还主动对办案民警提出让她早点回家休息的要求。后来，办案民警告诉我说通过询问其他参与赌博人员了解，她在撒谎，根本就没有怀孕，还参与了赌博。同时批评我经验少，缺乏与特殊群体打交道的经验、缺少实战经验，最重要的就是缺乏基层工作经验。"

"哇！这女的也太狡猾了吧?!"牛彩云听得很生气。

"谁说不是呢。你、还有展颜冰，下次去基层锻炼可要注意这方面的问题，老警察让违法分子骗了，这不太丢人了吗！都是教训呀！"程俊峰说。

"基层同志直接与群众打交道，还有很多让人感动的事情呢。"厉小羊接着说。

"有天上午上班，我刚走进派出所的小院，就看见一位六十多岁的老太太站在葡萄架下。我走过去问她找谁，她说家里的户口本丢失，需要派出所查底卡并开出证明申领新的户口本。由于孩子不在身边、老伴儿又腿脚不灵便，她自己一大早从沧州二部基地坐交通车赶过来的，十点钟还得赶回去给老伴儿做中午饭。

我一听就知道糟糕了，头一天下午下班的时候管户籍的同志对我说她今天一早要坐车去沧州市公安局办事儿，下午才能回来呢。

这可怎么办？我赶紧把老太太请进办公室坐。打管户籍同志的手机又说不在服务区无法接通。请示所长，问坐哪个司机的车走的，可以打司机的手机联系，所长说她是搭车走的，所里没有派车。

看着老太太焦急和询问的目光，我想：老人家办不成事就回沧州实在不忍心，老人出趟门不容易，如果是我自己的母亲也遇到这样的事情怎么办？

突然我灵机一动，打电话到沧州市公安局户籍科，找到一位同志，告诉她我们的同志去办事儿，请务必转告她立即给所里回个电话。

给老人倒杯水喝，我一边忙着手头的工作一边留心电话铃声。好在没有多长时间管户籍的同志就回了电话，一听我的介绍，她二话没说立即又坐车回到所里，给老人家开好证明、盖好章，又让老人家一起坐车送她回沧州二部基地，她再去沧州市公安局办事儿。老人家走的时候感动得热泪盈眶，哆嗦着嘴唇不知道说什么好，拉着所长的手一个劲地摇……

忙一上午，一看时间都快十一点了，估计车要是开得快点，老太太还是赶得上给老伴儿做中午饭的，只是不知道管户籍的同志的午饭在哪里吃、事情办得怎么样了，一天跑两趟沧州市也真够她受的。

都说群众的事情无小事，怎样在工作中体现'以人为本、立警为公'？回想我经历的一切，派出所的民警给我上了生动的一课，同时也为诠释'人民警察为人民'交上了一份满意的答卷。"

好好学习

"好啊！看来厉小羊这次基层之行的收获可真不小!"马达队长不知道什么时候站在了大家的后面。

"领导快请坐。"牛彩云拿把椅子过来。

"不坐了，厉小羊你写份下基层体会，下午咱们开个座谈会好好聊聊，让大家充分感受一下基层的辛苦，切实为基层分忧解难，共同为维护人民群众良好的治安环境出力。"

"行，请领导放心，我保证完成领导交办的任务!"

厉小羊响亮地回答。

伪球迷与世界杯

厉小羊这几天有个新发现，办公室的男同事们一个个晚来早走，上班时间哈欠连天不说，平时一办案子就格外兴奋的商简铮，也不积极外出赶紧调查取证手头的涉黑案件，竟敢公然趴桌子上睡觉!

有次上班时间找程俊峰要案件卷宗装订，不是休假、不是倒班，手机里他居然含糊其辞地说自己在家休息呢!

包括马达队长也极其反常，平时最强调劳动纪律的人也破天荒的连续迟到了三次!

三次啊！同志们，多么让人痛心疾首啊！马达队长一辈子（半辈子比较准确）不迟到不早退的英名毁于一旦!

厉小羊实在是不明白大家这是怎么了，于是虚心地向商简铮请教。

商简铮瞪着不大的小眯缝眼叫嚣道："世界杯！四年一次的世界杯足球赛在德国开赛，你就没听说!? 历时半月有余！男人的狂欢节！由于时差原因，所以都是在晚上九、十点以后或者凌晨三点开赛，精彩不容错过，早上能不迟到吗？电视里都说阿拉伯国家出台一条规定，如果老婆不让自家男人看世界杯，那么这可以作为离婚的一条有利理由！！相比之下，我们迟到算什么？"

"嘿，迟到还有理了你?!"厉小羊秀气的小鼻子简直要被商简铮的样子气歪了！

她忽然想起了最近报刊杂志和新闻媒体确实是铺天盖地、连篇累牍地报道着这件事，主持人好像都喜欢穿运动装了，还有几个穿衣服的狮子总神气活现地老在电视里晃来晃去的。

不过女的哪有几个喜欢足球呢？所以也没有往心里去。

可现在形势逼人啊，厉小羊心想：我也得看看这世界杯到底是什么好东西，引无数英雄竞折腰（当然啦，办公室里的这几位就不算英雄啦），为自己万一迟到也找个说得过去的理由吧。

几天后的一个早上，稀里糊涂看了三场球赛的厉小羊终于如愿以偿的睡过头了！

"我是迟到了，但我有理由啊！"

一走进办公室的厉小羊，差点儿和站在门口的门神似的马达队长撞个满怀，她侧身瞄一眼墙上的时钟，看自己确实是迟到了半个小时，谁想今天马达队长竟然没有迟到，被他堵个正着！只好先声夺人地嗫嚅道。

"什么理由？你又没值班、也没有加班的。"

马达队长黑着个脸、瞪着大眼睛，很疑惑。

"对不起，我是没加班也没值班，但我看世界杯呀。"看着马达队长惊讶的表情，厉小羊有点儿洋洋得意。

"你也看世界杯？你是球迷吗你?"

"咋不是球迷？马达队长太官僚了吧，以为就你们男的爱看啊？我也是贝克汉姆的粉丝呢，不过我还是喜欢范巴斯滕，长得比贝克汉姆有味道，样子真迷人！"

"你们女的也看球？看帅哥还差不多！"

刚走进门的程俊峰，胖脸上满是不屑，撇嘴悻悻地说。

"办公室里也没几个帅哥，还不允许我们看电视里的帅哥养养眼吗？光看你们我的审美观点都有问题了。"

牛彩云愤愤不平，借世界杯的东风，她也堂而皇之的迟到了几次，所以特别愿意维护女球迷的利益。

"我喜欢非洲加纳的'爱心'，别看人黑、个子也不高，面对高手如林的欧洲队，人家一点儿也不惧，真是纯爷儿们！不过你们说，'爱心'一年的收入就是3千万欧元，换算成人民币就是3个亿啊！老天，他花得完吗？非洲一个小穷国一年的生产总值也没这么多吧?!"牛彩云又及时补充发表了自己的见解。

"我就知道，你们女的看球早就看到别的地方去了，你们感兴趣的是球员的长相啊、收入啊、绯闻啊、谁的老婆或女友漂亮啊、有几个孩子或私生子啊什么乱七八糟的，谁真的看球啊？会看吗？看得懂吗你们?"商简铮跳起来进行恶毒攻击。

"不看长相看踢球有病呀？一群大男人对着一个球踢来踢去的有什么看头？真幼稚！我觉得巴西队的花絮最好看!"牛彩云撇着嘴说。

"小罗暴牙、大罗太肥，就他们那长相有什么好看的，德国队员个个剽悍英俊，那是真迷人。"厉小羊双眼迷离、一副无限向往之的样子实在可气。

"打倒德国法西斯！打倒日本鬼子!"牛彩云振臂高呼。

"瞧我理的头发怎么样?"利用上班时间外出的章得黍一进办公室就美滋滋地问。

"不错，跟齐达内的差不多，但没有人家的潇洒。"

看了一眼章得黍的平头，厉小羊不屑一顾地说。

"拜托，老大，齐达内是平头吗？他是光头耶!!!"

章得黍气得直翻白眼，还没顾上还嘴，本来坐桌子上的邓小新瞪大眼睛一下子跳下来说。

"不可理喻！简直不可理喻！你们女的看球简直就是胡闹，伪球迷嘛！还内讧！都看哪去了？不会看还添乱，明天都不许迟到，男的、女的统统的、一律平等!"马达队长气得吹胡子瞪眼睛。

"那领导也不许看!"大家一起喊道。

"不看就不看，中国队又没有参加比赛，你们以为我愿意看？给别的国家队员鼓掌是我最不愿意做的事情！哼!"

大家哄然大笑，没想到马达队长还真是个爱国者啊！

世界杯结束了，收获还真不小，除了在蔷薇路洗浴中心抓获了四个因看球赛麻痹大意的抢劫犯罪嫌疑人外，厉小羊还向大家透漏了一个秘密：看世界杯时候，为了打发比赛休息和广告时间，听说男的都喝啤酒，她就换着花样给自己买各种小吃，最大的功劳就是吃遍大街小巷的鸭脖子、鸭爪子、鸭翅膀，最终比较出来的结果是，芍药路上的武汉久久卤鸭头和鸭肠子最好吃了！

所以厉小羊的体重也长了三斤有余也！

刑警队花絮

1、被窝办公

纪巍巍趁马达队长外出学习，抢占值班室的床铺，晚上在办公室上网玩一宿游戏，白天把办公室的电话拨到值班室接听。

一次厉小羊跑到值班室拿东西，看见纪巍巍正趴在被窝里，右手拿着笔做记录，左手拿着电话说："对对对，您说，我听着呢。这个月的案件数据提前上报呀？"

厉小羊惊奇地问："上班时间你怎么还在睡觉呢？"

"谁上班时间睡觉了？同志，说话是要负责任的，传出去是要毁我清白名誉的。这是被窝办公啊，你看不出来？眼拙！"纪巍巍放下电话，满脸严肃地回答。

2、拍老婆马屁比赛

商简铮有句拍老婆马屁的经典名言是："我老婆是我亲眼见过的活着的唯一的美女啊！电影里的明星咱没有见过真人，所以在我眼里我老婆是最漂亮的女人了。"

这话倒也不假，商简铮的老婆确实是花容月貌、姿色出众。

纪巍巍则谦虚得多，他说自己和老婆的关系就好比是鲜花插在牛粪上，老婆是朵美丽的花，自己是堆有养分的农家肥，不好看但滋养花儿。

章得黍则说:"我提醒你们几个女的,要是哪天走大街上看见我和我老婆遛弯,你们千万记住,可别像在办公室里似的跟我热情地打招呼啊。我跟我老婆说了,这世界上除了她是貂蝉,剩下的女的我是瞅也不瞅的!"

"呸!就你那样儿,脑袋大、脖子短,横看竖看都像伙夫!花钱请我瞅我都懒得瞅!"牛彩云撇着嘴说。

邓小新感觉自信极了,说:"那牛皮可不吹的、火车不是推的、海水不是斗量的,我和我老婆真是郎才女貌、天仙配,我儿子今年都十一岁了,还有不少人给我和我老婆分别介绍对象呢!不过我俩统计了一下,给她介绍对象的总是比我高出十个百分点。"

程俊峰说得更肉麻:"你们的老婆都不如我老婆年轻靓丽,我和我老婆走在大街上,不认识的人都以为我是她二大爷!"

听这话,办公室全体做呕吐状!

3、睁眼说瞎话

周六上午,厉小羊正躺家里看李咏主持的电视节目,忽然接到马达队长打的电话,说让厉小羊立即到办公室去加班写个近期案件侦破情况的汇报材料,周一会上要用。

厉小羊实在放不下正在看的精彩节目,于是对马达队长说:"对不起领导,我领孩子在北京动物园玩呢,周日晚上再坐火车回去,现在赶不回去啊。"

"北京?!"马达队长的声音有点儿迟疑。"我打的可是你家座机,你的手机没有开。"

"啊?是吗?那是我睡糊涂了吧?我是在自己家里吗?"厉小羊看着手里的电话话筒开始胡说八道。

"睡糊涂了?你开的电视声音也真够大的,是非常六加一吧?!"

马达队长声音里透着火气。不过马达队长真是洞察秋毫啊,要不怎么是领导呢?

厉小羊实在无计可施,只好拍马达队长马屁:"您真是眼观六路、耳听八方,我其实就是想看看您怎么破我这个小案子的,果然是老刑侦,一分钟破案!"

"别忽悠我了，十分钟赶到我办公室来，迟到一分钟这月奖金就别想拿了，贡献出来大家到饭店会餐。"马达队长恶狠狠地说。

4、关于在哪儿扫雪的问题

有一天下雪，程俊峰早上被阴天蒙蔽了眼睛，七点的时候醒了一下就又睡过去了。

马达队长找他要材料，八点了还没见到人来上班，就打他手机问在哪里。

程俊峰朦胧之中反应倒是挺快，张嘴就说："我在外面扫雪呢！"

马达队长一听大怒："我刚从楼下扫雪回办公室，根本就没有看见你。"

只听程俊峰不紧不慢道："我在我自己家楼下扫雪呢！也是可以的吧？"

马达队长立即昏过去！

5、年终工作总结会议

作为机关，一年结束后，召开一下年终工作总结会议是很正常的一件事情，估计每个企事业单位都会这样做：对过去的一年里的成绩和不足进行总结，再对新的一年里的工作进行一下美好展望和预测，如此而已。

按照马达队长要求，大家纷纷拿出各自打印好的工作总结照本宣科，烟雾缭绕的会场气氛沉闷而又压抑。

与会场气氛极不吻合的就是纪巍巍的态度，他四处东张西望，一副事不关己的样子。终于轮到他发言了，也不见他拿出什么发言稿，清清嗓子就开说："我去年做的工作大家都有目共睹，今年的工作继续。我主要是要说一下个人生活方面，由于结婚后一直没有考虑生孩子，今年的最大任务就是传宗接代。"

大家本来都低着头听他发言，这下都惊讶地抬起头张大了嘴！

继而会场一扫沉闷气氛，坐上座的马达队长也忍俊不禁地笑着摇摇头；同志们捂着爆笑之后疼痛不已的肚子纷纷要求重新发言，重点谈谈个人的生活方面的展望。

看着热闹的像市场一样的会场，纪巍巍则一副洋洋自得的样子。

6、"三多两少"

纪巍巍身高还是很标准的，一米七五左右，中等偏瘦身材、水蛇腰、蝈蝈肚儿、一张鞋拔子脸、一个扁扁的老婆婆嘴，其余不仔细观察还真没什么太大的毛病。

纪巍巍的早餐基本上是以陕西红油凉皮告慰饥饿的胃，这从他每天早晨遗留在下巴上的点滴红油可以看得出来。

纪巍巍吃凉皮的历史可以追溯到上个世纪九十年代初，高中时囊中羞涩的他基本上是用一块钱的陕西红油凉皮请客、一块五毛钱的解馋，要是纪巍巍斥巨资两块钱买凉皮享受的话，那一定是考试成绩不错用以奖励自己！

告别本地的陕西红油凉皮奔赴天府之国求学的四年，是纪巍巍无限怀念和魂牵梦绕冀中平原的四年，吃了四年川味小吃的纪巍巍在毕业之后回到本地，第一件事就是冲向旧日常去的月季路大排档。一海碗的陕西红油凉皮下肚后，纪巍巍无限感慨地抚摸着肚皮得出的结论是："还是咱这儿的陕西红油凉皮好吃啊！"

至此，纪巍巍每天的幸福生活就是从一碗陕西红油凉皮开始的，虽然同志们纷纷倒戈，换着花样把个早餐吃得五彩缤纷、花里胡哨、金光灿烂，有吃牛肉面的、有吃驴肉火烧的（说到这里，作者咽个口水先，那是本人的最爱，"老板，要多夹点儿肥肥的驴板肠哟！"）、有吃羊杂汤的、有吃馄饨的、有吃鸡蛋夹饼的、有吃牛奶面包的、有啥也不吃的等等，不一而足。

但纪巍巍不这样，他对陕西红油凉皮情有独钟、不离不弃，而且只吃玫瑰路世纪商贸城张记。那是纪巍巍吃遍商场十几家红油凉皮后精心比较挑选出来的，并跟着人家从原在牡丹路百货大楼后面摆摊搬迁至玫瑰路世纪商贸城。

无论阳光明媚、风吹雨打、雪花漫舞，纪巍巍都会或打车或坐人力三轮车或骑自行车赶去一饱口福，用他的话来说就是："花小钱，享大福啊！"

一日，纪巍巍正在电脑前忙工作，请外出吃早餐的同志们带份红油凉皮回来充饥。

来到张记，同志们还都挺聪明，等摊主拌红油凉皮时，给纪巍巍及时地打个电话，问问他有什么禁忌没有，可能是摊主听到纪巍巍的名字，立即抬头说："是公安局的纪巍巍吧，甭问了，我知道，他是'三多两少'。"

"什么'三多两少'？"同志们面面相觑、有点儿费解。

"'三多'就是面筋多放、香菜多放、红油多放；'两少'是辣椒少放、醋少放。你们纪巍巍最爱这样组合着吃。"

啧啧！同志们不禁感慨道："瞧瞧人家纪巍巍，到底是写材料出身，吃个凉皮也能找出最佳配方，而且还总结得简单易懂，多么朗朗上口、多么容易记住啊。"

自此，纪巍巍工作忙时，都会放心的派出个别同志到玫瑰路世纪商贸城张记给他买回"三多两少"的陕西红油凉皮来，一来是买卖双方有默契，二来是看到"花小钱、享大福"的纪巍巍埋头狼吞虎咽的样子，遍吃美食、终日不知道选择吃什么的观者也能咽着口水、找出点蠢蠢欲动有食欲的感觉。

好好学习

老屋的味道

吊兰开花了。浇水的时候它被搬到了阳台上，顺便晒晒太阳。每片叶子都被擦得干干净净，绿油油地放着光。一些已经开放的小白花点缀在绿叶间，星星点点的，比米粒大不了多少，一副羞怯的小模样，得拿放大镜才能看仔细。每朵花都由五个像芝麻那么大花瓣围拢在一起。至于中间的小花蕊，就太小太小了，怎么也看不清楚了。

赵秉德对自己的劳动成果很满意，歪着脑袋，背着手，观赏半天。只要发现一丝尘土，赶紧拿出一块雪白的小毛巾擦拭，直到确定全方位不留死角，才罢休。

赵秉德心想，这要是以前，被老伴看见了，准得笑着夸他手巧。说起来，别看赵秉德在单位兢兢业业几十年，啥活都干过，比如挖干打垒，在钻井队扛油管，出野外开大卡车，坐办公室时打水扫地等，事无巨细面面俱到。在家里他可是不干家务活的，不是他不伸手，是全被能干的老伴承包了。记得有时偶尔洗一次碗，老伴都要夸他半天，就跟夸孙女和外孙子似的，弄得他有些不好意思，一丝红晕从皱纹里透出来："行了，行了，快别夸了。好像我是个弱智的残疾人，啥也不会干似的。"

嘴里这么说，似乎有些抱怨，其实赵秉德心里还是高兴的，知道老伴心疼他，还跟刚结婚时一样。

想想，原先一大家子人热热闹闹的，一到双休日，全都回来聚餐。一大早赵秉德陪着老伴去市场买新鲜的鱼虾蔬菜，一般都是老伴定买啥，跟人家摊贩砍价，他只负责伸手接过装东西的菜篮子就行。回到家，老伴就进厨房里收拾，这些都不让赵秉德参与。老伴喜欢热闹，知道他怕吵、爱看书，估计孩子们快回来了，就把他往书房撵。

他在书房里清清静静地看书，屋子外的热闹不时传进书房，他的心更加静了。

有时，还能听见老伴叮嘱孙女和外孙子，"不要在书房门口闹，不要吵着你爷爷和你姥爷了"。

当然了，老伴说的"你爷爷"和"你姥爷"，指的都是他一人。

老伴煎炒烹炸一通忙乎，欢欢喜喜地做好满桌子菜，张罗着让看电视的、玩游戏的、聊天的孩子们团团坐定。这才去叫他，知道他喜欢女儿，这时就派女儿去书房。

等他落座拿起筷子，老伴宣布开席，大家才动筷子。边吃边聊，说些单位里生产的事情、同事之间关系的事情，各说各的，他听着。有时问问儿子女婿的工作，有时问问孙女和外孙子的学习。对儿媳妇和女儿，他是不问的，有老伴呢，反正有啥事老伴就会跟他念叨几句。他听了，有时评论几句，有时也不吭声。

一双儿女，培养得还算成功，都是名牌大学毕业。

女儿跟着女婿进京了。女婿在中石油的海外项目部工作，女儿调进师大附中，继续当她的老师，他很满意。不工作不行，年纪轻轻的就当什么全职太太，他赵秉德家是不允许的，不劳动者不得食。况且他很喜欢老师这个职业。记得上小学时的启蒙老师就是一个梳着两条辫子的姑娘，在他幼小的心里觉得老师这个职业最高尚。一路读书，有多少老师为他的成才做出了贡献啊。女儿高考后报志愿时，他一律填写的是师范院校，如愿以偿，很欣慰。

儿子工作不错，在北京，也是中石油单位，自己应聘去的。一开始老说累、说紧张，说没有油田舒适。赵秉德就跟儿子聊天，说早先在油田时的安逸生活，你说不满足，担心自己会变得懒惰和颓废，下决心非要到外面的世界去闯闯，给自己一个机会。我和你妈也没拦着，现在找到了适合自己的工作，不也挺好？大小伙不要怕苦，累什么紧张什么？年轻人就得先吃苦，不吃苦，哪来的甜？适应了就好了。

儿子踏实下心来，工作好几年，站稳了脚跟，回油田把房子卖了。赵秉德和老伴拿出存款，帮助添了一部分资金，剩下的一部分房款是向银行贷款，在北五环外买了四室一厅的房子。

儿子接了儿媳妇和孙女去，儿媳妇把油田的幼儿园老师工作辞掉了，没再找工作，但也没闲着，在网上发现了商机，在家开网店，进货发货，挺忙乎，每月收入不少呢！

儿子在自己的家里给他们老两口预留了老人房，装修的式样，很合他的胃口，有一面墙是书柜，是空着的。孙女很乖，靠在他怀里说，书柜就等着爷爷来住呢，然后去买多多的书，让书柜空空的肚子吃得饱饱的。

孙女扎着两根朝天的羊角辫，稚声稚气，小脸圆乎乎的，实在是可爱。

儿媳妇很孝顺，心也细，围着他忙前忙后的。新买的睡衣都洗干净晾好了，叠得整整齐齐放在老人房的床上。是他喜欢的蓝格子棉布材质，很舒服。

晚上睡觉时，他却失眠了，翻来覆去睡不着，觉得床软，气味也不对。丝绵的被子不如家里的棉花被子沉，轻飘飘的不压身子，总觉得哪儿都不得劲，安不下心来。睡衣虽然穿着舒服，后脖子那儿却有些扎皮肤，脱下来一看，是硬布做的商标没有拆除，边角硬硬的，影响他睡眠。

第二天早起，他外出买报纸，找半天没看到书报亭。两手空空地往回走，在小区和路上看见的全是陌生的面孔，个个都一副行色匆匆的样子，没人看他一眼，更没人会停下脚步跟他聊聊天气和新闻时事啥的。

这样住了两天，还是不习惯。房子是大，也很舒适，但到底不是他们俩的家，儿子媳妇才是这个家真正的主人。赵秉德觉得他和老伴不能久留，看看儿子一家过得不错就行了。必须回家。

儿子拗不过他，把姐姐搬来当救兵。

女儿劝他说，早就想好了，等双休日时，她一家三口和儿子一家，开车带全家人去奥林匹克森林公园玩，喂喂奥海的锦鲤，爬爬那座仰山，坐观光车绕着公园转转。再买些好吃的，一大家子人坐在草坪上野餐，多好，很多人家都那样做。其乐融融地游园，幸福生活啊！

儿媳妇也说，以后每个周末都一家人出去玩，把香山、颐和园、长城、故宫等都游一遍。还可以去京郊，住农家院，休闲养生，垂钓……

他还是不同意，说那些地方以前都去过了。年轻人工作忙，不要管，他们买票坐火车回油田，很方便。

女儿和儿子拗不过他，连孙女说想让爷爷每天接送她去幼儿园的话，也没打动他。

行驶在大广高速上，开着车的儿子气呼呼地不吭声。

他和老伴坐在车子的后座上，从后视镜里看见儿子皱着眉头，两个眉毛都快拧在一起了，长得跟老伴很像。赵秉德也不说话。

倒是儿子沉不住气，问他为什么不留下。他就等着儿子这句话呢，轻轻回答说："那是你自己的家，没有咱家的气味。我和你妈住不惯。"

"气味？啥气味？"儿子看一眼后视镜里的他，"喔，我明白了。您住久了不就有气味了吗？咱家那气味，不就是您和我妈住出来的。"

"不止是气味的事。你家楼下，没有老黄头、老宋头。"他说。

儿子反对道："黄伯伯？那老倔头，您不是跟他掐了半辈子吗？再说了，宋伯伯半身不遂，说话也听不清楚，你俩能交流？"

"我乐意。"赵秉德不想多说。几个老家伙几十年的交情，见面吵，离开就惦记，比亲人还亲。那年老黄跟他女儿去西安住了一个月，那还是他老家呢。虽然老家已经没啥亲戚了，毕竟是老黄的出生地啊，可他还是回油田来了。一见几个老伙计，眼泪哗哗流……这事跟儿子说也说不清楚，主要是儿子理解不了。算了，不必解释，到一定岁数，儿子自己就能明白。

"那他们最后不都得奔儿女去？"儿子还在反驳他。

好好学习

他知道，自己得使出杀手锏了："嗯，有一天也许会那样，那我也没办法。不过你家小区里看不到一样东西，离开那东西，我心里不踏实。"

"啥东西？爸你说出来，我给你买去。"儿子兴奋起来，似乎立即就想调转车头往回开了。

"磕头机。你到哪儿买去？"赵秉德说完，心里几乎有些得意了。

果不其然，儿子憋红了脸半天不吭声了，半晌后才说："那好吧，爸，我听您的。但您可得自己照顾好自己，有啥事赶紧给我打电话。"

儿子妥协了，看来还是孝顺的。他心里高兴了，冲旁边的老伴笑笑，老伴也看着他笑。

回到家进屋，他一闻到那股熟悉的气味，心里立马踏实了。躺在睡了几十年的铁床上，被老伴铺得不软不硬，正好，舒服啊！这铁床，还是刚到油田时，从单位后勤借用的，后来花钱买下来，归了个人，几十年下来还结结实实的。

赵秉德打开壁橱，拿出老伴叠得整整齐齐的蓝格子睡衣，翻开衣领一看，没有商标。他知道，今晚自己终于能睡个好觉了。

儿子没在家待，他楼上楼下挨个拜访了老邻居，叮嘱人家说，要是有个什么事互相照应着，把他和姐姐的手机号留给邻居们。

看着儿子忙来忙去满头大汗，拧着眉毛的严肃样子，很像一个男子汉了，就想起他小时候被大男孩子欺负了，跑回家躲在阳台上不出来的情景。

阳台的墙上用毛笔蘸着墨汁勾勒了一个人形的图案，老伴用涂料刷了好几次也掩盖不上，后来罢手了。那是儿子想学崂山道士穿墙而过，在阳台上练习往墙上撞，给自己画了一个范围，说练成之后，坏孩子再欺负他时，他就能迅速穿墙逃跑，而不是被堵在墙角没办法了。

那是哪一年呢？哦，是儿子还没上学时的事，按照六岁算，应该是1984年吧。

那就是三十年前啊！三十年前，自己才41岁，还年轻着呢，正是工作的黄金年纪。忙的时候，就和老宋头一起睡办公室，也顾不上回家。这一晃，三十年过去了，时间过得真快。

他是不承认自己老了的。几次烧水，都把水壶烧干了，让他对自己很是恼怒。躺在床上回忆，自己怎么就忘记关火了呢？儿子为防止这种事情发生，特意买的水一开能发出响声的壶，可他也没听见。

还有一次，他午睡呢，楼上的老黄头走进来喊醒他，他不明白是怎么回事。听了老黄头解释才明白，家里的大门是开着的，老黄头上楼时发现的，说以为他家里遭贼了。

赵秉德奇怪了，自己明明记得锁上了啊。不过很快回忆起来了，他去超市买白菜，排队结账的时间有些长，半截想上厕所，忍忍还是回家上吧。到了门口时，打开门就有些憋不住了，赶紧进屋上厕所，可能转身就忘记了锁门。

赵秉德前列腺有炎症，吃了很长时间药了，也不怎么见好。他去油田职工医院咨询过，医生说得做手术，从北京大医院请专家，手术后就能根除。

后来听老黄头说，还是不要做手术的好，老黄头也是那毛病，手术后伤口愈合不好，遭老罪了。尿频就尿频呗，勤着去厕所就行了。人吃五谷杂粮，哪能没点毛病，这要是比起住在前面家属楼坐轮椅的老宋头，不是强多了吗？老黄头说。

是啊，老宋头，想当年多威风的人，物探公司野外队的队长，身体好得跟牛犊子似的，大冬天穿件大衣，从来不见他系扣，领口的风纪扣也敞着，还老嚷嚷着热。那叫啥体格？石油学院读书时就是校篮球队的主力。老了不也半身不遂了坐上轮椅了嘛？

再说了，老黄头也好不到哪儿去，一个退休的钻井工人，胃也不好，常年野外工作的后遗症，还爱抬杠，老是说老宋头和赵秉德吃的苦没他多。

相比之下，尿频就太小儿科了，他赵秉德能克服。

说到哪儿了？哦，是说不服老，行，服老。这也没啥，自然规律。平民百姓如此，皇帝老子也得如此，概莫能免。

儿子终于楼上楼下地忙乎完，千叮咛万嘱咐后这才开车回北京了。

赵秉德看着儿子的车驶出视线，想起急于回到自己的家，其实还有一件很重要的事情要做，他要写回忆录啊。

不是为了出版，也不是为了给儿女留下什么纪念。赵秉德是想好好回忆一下自己的这一生，记录下来。

再说了，回忆可以练练脑子，打字则能练手指头，预防老年痴呆症。

打字有些慢，他给自己规定每天一千字。这样的进度，一年下来，也有三十多万字，两年下来，怎么也能写完。这辈子，有多少事，也是能写完的嘛。

说干就干，赵秉德早就打好了腹稿。刚开始用电脑打字很费劲，拼音不会，打小没学过，再学有些难度。赵秉德学的是五笔字型，背词根不怕，他最不怕的就是背东西，打从上私塾起他就爱背书，一路到大学，到大庆油田，到华北油田，工作一直很出色，全凭脑子好，记忆力好了。

回忆录，打哪儿开始写呢？既然是一生，就从出生开始写吧。

出生时还没解放，家里不算穷，父亲是小业主，母亲读过书，日子过得比较殷实，要不百天时怎么会留下来一张照片呢？那个年代，普通人是不懂得照相留念的。

后来是上学，上小学，上中学。学习好，长得好，经常上台表演文艺节目，老师们都喜欢。

快考大学前，得了肺结核，住院治病，耽误了考试。上了会计学校，也不错，那个年代，女同志做会计，是很好的职业。

"嘿，你发现了，我是在给你写回忆录呢！"赵秉德冲老伴笑了，说，"你不是老说没人记挂你，瞧，不是还有我记挂你吗？"

"我记得，咱们是 64 年暑假快结束时认识的。那年我 21 岁，你 19 岁。你去高中时的班主任童老师家玩，我也是去童老师家玩。咱俩都是童老师的学生，只不过我比你高三届，已经上石油学院了。

我第一眼就看上你了，朴朴素素，利利索索，干净漂亮。你好像也对我很有好感。

你知道我是石油学院的，特别感兴趣，问我怎么才能找到石油？什么时候我们国家可以摘掉贫油国的帽子？

我故意卖个关子，说有急事要走，你若是想知道怎么找石油，将来可以通信，我在信上告诉你。没想到，你立即答应了，高兴地说喜欢集邮，这样正好可以收集邮票了。

我其实特别不想离开你，但不能让你看出来，交换了通信地址之后，我就离开了童老师的家。

我一直躲在童老师家不远处，等着你出来，跟了一段路，这才跑到前面，假装和你偶遇，直到把你送回家。路上和你聊聊天，知道你喜欢养花，爱看前苏联小说，会织手套。那天，我感到特别幸福。

回到家里，我就开始给你写信，返校后邮寄给你。十天后，收到你的回信，从此开始了我们的两地书。

你寄信从来不贴普通邮票，都是成套的邮票，图案很漂亮，有蝴蝶的，各种花卉的，从来不重样。

收到你的来信后，按照你的要求，我小心地把邮票剪下来，泡在水里，清理掉邮票北面粘着的浆糊和纸片，贴在宿舍玻璃窗户上，干透了再揭下来攒起来。寒假回家时，把邮票夹在一本前苏联小说里再一起给你。看你雪白的手指翻开书，小心翼翼地把邮票放进集邮册，长睫毛忽闪着，脸蛋上的一层绒毛清晰可见。摆弄好邮票，你就开始看那本前苏联小说，样子真美。

我在一旁假装看书，其实一直在偷偷看着你。我都不敢呼吸了，也不敢说话，生怕一张嘴，心脏就能跳出来。

大学毕业后，我被分配到了大庆油田工作。你知道大庆冬天冷，省下每月的定量粮票，换了毛线，学着织了一身厚厚的毛衣、毛裤、围巾、手套，寄给我。围着带有你体温和气味的围巾，一直暖和到我的心里。手套一直舍不得用，担心弄脏了，我把它掖在毛衣里，也能感觉到你的体温。

我们继续通信，谁都没有说过爱这个字，也没有说过喜欢。但我知道，你会陪我一辈子，我也是。

等到你中专毕业，我们就结婚了，没有积蓄，你抱着两本集邮册嫁给了我。婚后两地分居，我回大庆油田上班，你留在老家，既要工作，又要替我尽孝，照顾老人。我是遗腹子，母亲一手把我拉扯大，很不容易，对我巴心巴肺地好，但对你却很刻薄。过年回家探亲时，邻居告诉我，母亲说闻不得煤烟味，咳嗽，不让你在屋子里生炉子。大冬天里你就忍着，睡觉时怕冷都不脱衣服。你的信里，却从来没跟我提起过。

生老大时，我不在身边，你自己去的医院。从娘家坐完月子回家，你立马就下地做饭，洗尿褯子，照顾孩子，伺候母亲。女儿养得白白胖胖，家里打理的井井有条。母亲嘴上不说啥，心里对你也是很满意的。

后来华北平原的古潜山下，发现了油藏，我接到命令要从大庆油田带着队伍参加华北会战，当时来不及告诉你，过了很久才给你写封信，告诉你新的通信地址。

三年后，油田刚刚组建的商业公司缺人，你从老家调来，我们一家总算团聚了。单位分给咱们一套两居室。你高兴得直蹦高，还大哭了一场，哭完了就精心布置咱们的家。我理解你，跟着我住过干打垒、帐篷、铁皮房，终于住上属于自己的房子了，你心里该有多高兴呢！等我评上工程师后，才调到现在的三居室，那是后话。

说是团聚了，其实还是聚少离多，家里大事小情全指着你张罗。我除了每月按时往家交工资，几乎帮不到你什么。休假回家，你还不让我动手，说我找石油工作累，贡献多，功劳大，家务活都是鸡毛蒜皮的小事，不用我干。

团聚了，咱俩之间就不用写信了。知道你喜欢集邮，我经常去邮局预定邮票，后来更省事，一年买一册，全年出的邮票都齐全了，整齐地插在集邮册里，方便欣赏。有时，你还跟我念叨，回忆过去通信时，盼信、收信、看信、写信、贴邮票、寄信的过程，想起有一次冬天冒着大雪去邮局给我寄信，一路上摔了好几十个跟头，还是坚持赶到邮局投递的事，咱俩都笑出了眼泪。我知道，回到家脱下衣服，你才看到，那几十个跟头把你的胳膊、膝盖、小腿都摔出一块一块的青紫……可你说那也值，担心我接不到你的信会胡思乱想，让我安心找石油。

你生儿子时，我还是没有赶上。等我回家时，儿子都过了百天了，我愧疚极了。你却说，不止咱一家如此，找石油的人不都是这样吗？报纸上电视上，都说石油人伟大。在我心中，老伴啊，你也很伟大。

……

叨叨半天，也没敲出来一个字，我先跟你念叨念叨。然后我再慢慢写，有写得不对的地方，你得，你得帮我，纠正。

我跟儿子说不愿意在他家住，说想老黄头、老宋头，那俩糟老头子有啥可想的？

老宋头跟我是同学，从大庆到华北，在一起搅和了大半辈子，每天都能瞅着他坐在轮椅上晒太阳，我懒得看见他那副怂样。

老黄头，工人，大嗓门，老说我和老宋头是知识分子，吃不得苦，没他对油田贡献大。那他还把仨闺女都送石油大学读书去了，规定必须找学石油的硕士、博士女婿才行，最好都戴着眼镜。

哼，我看这老黄头口是心非，明里一套暗里一套，心里不定对知识分子多羡慕呢！

其次呢，我也是担心，我不在，谁给咱们的吊兰浇水？谁能看见它开花？说起吊兰了，再叨叨几句。当年你到野外队探亲，挨个屋子给大家收拾乱糟糟的宿舍，还从附近的老乡家里要来一盆吊兰养在我的宿舍里，说吊兰好养活，不需要太多的阳光，想起来浇点水就行。

谁承想，这一养就是三十多年。这些年都不知道给邻居、同事，还有孩子的朋友们，分出去多少盆了。

吊兰的生命力真强，活得长久，估计这么长下去，能活到这个世纪末了，还能继续活到下个世纪去。我们人啊，都比不过它呢。"

……

从阳台的窗子往外望去，可以看见远处有一排桔橘红色的磕头机，一下下地点着头，却听不到任何声音。油田人口增多，家属区要扩建，可土地紧张，只好把磕头机包围在家属区里面，外面围着铁栅栏，看着真亲切。

近处的草坪边上，可以看见老宋头坐在轮椅上晒太阳，旁边蹲着老黄头，他俩一起看着一个穿着橘红色工作服的女人带着孩子在草坪上奔跑、放风筝，像一团燃烧的火焰。那个穿橘红色工作服的女人，可能刚下夜班，还没来得及换衣服就带着孩子出来玩，画面就像无声电影。

赵秉德浇完花，站在阳台上往外看风景，心里特别舒坦和踏实。随后，他继续开始跟老伴唠叨着，说他的回忆录要怎么怎么写。

老伴的目光温柔，微笑着，隔着镜框，爱怜地看着他。镜框旁边摆着厚厚一摞子的集邮册，还有一把欣赏邮票的放大镜，擦得干干净净。

那盆葳蕤的吊兰，一朵一朵地、悄无声息地开着小米粒大的花朵，屋子里，一片风轻云淡。